U0731839

杏花春雨

桩桩 ——

著

陕西师范大学出版总社

图书代号：WX20N1489

图书在版编目（CIP）数据

杏花春雨 / 桩桩著 . —西安：陕西师范大学出版
总社有限公司，2020.11
ISBN 978-7-5695-1746-0

Ⅰ.①杏…　Ⅱ.①桩…　Ⅲ.①长篇小说－中国－当代
Ⅳ.① I247.5

中国版本图书馆 CIP 数据核字（2020）第 117129 号

杏花春雨
XINGHUA CHUNYU

桩桩　著

出 版 人	刘东风	
责任编辑	陈君明	
特邀编辑	王建恒	
责任校对	彭　燕	
封面设计	王　鑫	
出版发行	陕西师范大学出版总社	
	（西安市长安南路 199 号　邮编 710062）	
网　　址	http://www.snupg.com	
印　　刷	北京雁林吉兆印刷有限公司	
开　　本	620mm×889mm　　1/16	
印　　张	15	
字　　数	205 千	
版　　次	2020 年 11 月第 1 版	
印　　次	2020 年 11 月第 1 次印刷	
书　　号	ISBN 978-7-5695-1746-0	
定　　价	49.00 元	

目 录

1. 范家七仙女

范小多长到二十一岁一直顺顺利利，该读大学时读大学，大学毕业该工作时就工作。和许许多多同龄人一样，告别大学踏入社会才真正是她人生的开始。

家里人觉得这样很好，一个呱呱坠地的婴儿终于平安长大，她就该这样平平安安。这不，范小多刚大学毕业开始工作，家里人就规划起她人生的下一步——找男朋友。

范家二老伉俪情深，退了休老两口儿长年不问家事，遍游祖国大好河山。有一天两人到了丽江，家家门口溪水潺潺，这让他们想起小时候住过的街道。范妈妈瞧着古城大大小小的酒吧、咖啡店精致漂亮，一心也想开家这样的店。范爸爸则觉得丽江风景好，游人往来如织，亲切热闹。于是两人一合计，在丽江开了家咖啡店。

客人不是太多，但也不少。范妈妈煮的咖啡、做的小吃让来自不同地方的游人赞不绝口，加之范爸爸待人热情、说话风趣，一来二去混熟了的人就叫老两口儿范爸爸、范妈妈，不熟的人来了也跟着这样称呼。这股子亲热劲儿让二老喜上眉梢，觉得比住在 A 市整天在家门口等着家里的几个兔崽子回家吃饭要有趣得多，于是两人在丽江长住下来。

　　二老不在家，当家做主的就是范家大哥和范家二姐，捧着老爹老妈的圣旨操心小多的未来。

　　说到这儿有必要提提范家的成员。范爸爸很努力，范妈妈很争气，从六零年到七零年的十年时间里，一连生下了六个孩子，五子一女。

　　老大范哲天从八岁起就成了另一个范爸爸。

　　他亲眼瞧着一个接一个的粉红小婴儿出生，刚学会说话时就扯着衣角叫他哥。才八岁的范哲天感动得无以复加，那时他就明白了长兄如父的真实含义。

　　老二范哲琴只比范哲天小两岁。她八岁的时候顶替了范妈妈，和大哥一起当起了范家的家长。

　　随着后面四个小子的出生，范爸爸无奈地在家实行了军事化管理。

　　老大和老二当仁不让当了小队长，每天早晨将贪睡的弟弟们叫醒，列队齐整去食堂端早点。

　　老大、老二端盛粥的盆，四个小子两人捧馒头，两人端小菜，分工合作，有条不紊，成为范爸爸所在单位食堂的一景。

　　范爸爸单位的同事看着眼红："老范啊，你家这么多的小崽子怎么给你收拾得这么听话呀？我家才两个，家里就跟大闹天宫似的，弄得我成天头痛。"

　　范爸爸骄傲地说："手下有两个能干的兵，我压根儿就没操过心。"

　　范家二老的确省心。他们家不像其他人家儿女多了，小子们成天吵闹打架、相互争东西，让父母头疼得直后悔当初为何要生下这些麻烦精。

　　范家大哥精于谋略，范家二姐心细如发，两人配合得天衣无缝。

　　有一次范爸爸和范妈妈齐齐去外地出差个把月，临走时交给老二范哲琴五百块钱家用，等到回来，范哲琴捧出记得整整齐齐的账目，还退还了二百多块钱。从那时起家里的财政大权就完全移交给了十四岁的范哲琴。

范哲天不仅是家里的老大，也是院子里的孩子王。他说一不二，处事公平。

有一次老三范哲地和老五范哲和因为吹小人儿争了起来，老五踢了老三一脚，哲地还了哲和一巴掌，两人都大哭起来。

范哲天没收了两只小人儿，问老五："你为什么哭？"

老五哭着说："三哥一巴掌打得我好痛。"

他又问老三："那你哭什么？"

老三抽泣："老五那一脚真狠，我现在都疼。"

范哲天想了想说："老五，你现在给老三一巴掌。老三你不准还手，他打完了你上去踢他一脚。老五，你也受着。"

一巴掌一脚打完踢完后两个小子都觉得报了仇，又和好如初。从此，只要遇到类似的事情，范哲天就是主审法官，他断的案子没人喊冤。于是范哲天凭着他的处事利索、公平公正，牢牢地坐稳了家里的头把交椅。有他在，弟弟妹妹没人敢闹翻天。

能和范哲天一斗的只有老二范哲琴。

范哲天的铁杆儿是老三和老五。范哲琴的队伍有老四和小六。三对三，两人觉得势力均等，井水不犯河水，一直相安无事。

时间飞逝。转眼间范哲天十八岁了，成了帅小伙儿一枚。范哲琴十六岁，也已经出落得亭亭玉立、娇嫩如花。下面四个小子很齐整，年龄差距一样：范哲地十四，范哲人十三，范哲和十二，小六范哲乐十一。

范爸爸与范妈妈以"天地人和"给儿子取名，没想到多了一个小子，范爸爸乐呵呵地说："咱家这样也算融洽和乐，老六就叫哲乐吧。其乐融融，开开心心。"

本以为范家人口不会再增加。没想到范妈妈刚过四十还没进入更年期，又怀上了，时间的脚刚迈进八十年代。

老两口儿对望一眼，决定受罚也要保住这个八零后。用范妈妈的话说叫咱家在哪个时代也不能留下空白。

于是，范妈妈顺利地生下了一个粉嘟嘟的女儿。

范爸爸乐开了花："没想到我宝刀未老，还能有个七仙女。"

范妈妈老来得女喜不自胜："老范啊，咱们刚结婚的时候……"女儿的出生让她情不自禁回忆起甜蜜的新婚。

小女儿的到来让老两口儿感受到了一种强烈的幸福，但是六个儿女却各有想法。

四个小子都是十来岁，懵懵懂懂觉得当了大头兵多年，这下有了出头之日。

老大瞧着小妹，心想一定要从小培养她，千万别让她变成不好对付的二妹范哲琴。

范哲琴则暗暗算计，如果小妹投靠了自己，家庭投票时，范哲天就处于劣势了。

六个人眼珠子跟着床上的小婴儿打转，各想心事。突然，哇的一声，小妹张开小嘴哭了。那柔嫩的小嘴跟花瓣似的一张一合，把范家人都吓了一跳，同时心里涌出一种怜爱，都舍不得让这个小人儿受半点儿委屈。

老大、老二一声令下，四个大头兵齐齐行动，拎开水，烫奶瓶，冲奶粉，试温度。老大一把抢过冲好的奶，老二也不甘示弱，轻柔地抱起小妹，两人合作喂下了小妹的第一口奶水。

范爸爸和范妈妈相视一笑，几个孩子太懂事、太能干了，他们感动得几乎老泪纵横。

可等到取名字的时候却犯了难。众人意见完全不一致，七嘴八舌出主意。这是第一次，老大范哲天的意见没人听，也是第一次，老二范哲琴的命令无效。范爸爸无奈，最后拍板说："就叫小多吧，她是上天多给咱们家的女儿。"

范小多终于有了大名。

范小多两岁起，范家二老就长年在外出差，一年在家待不了两个月，家里的事就交给了老大和老二掌管。二老总是在走之前一再叮嘱两个大的千万照顾好小多。

小多还小，邻居陈婆婆带着，等哥哥姐姐放学来接。每次看到来的是哥哥，小多就特别高兴，她可以骑在哥哥脖子上回去。看到是二姐，小多也特别高兴，她可以吃着零食回家。

不管五个哥哥、一个姐姐怀了什么心思，小多在家里的地位永远是最特殊的。从她生下来起，她扁扁小嘴，好吃的和好喝的一人送一份就是六份。她每天要对谁少笑一个，那个人就会觉得在六人里面很没面子。

范家还是老大掌家法，老二管财政，但服务对象却全变成了范小多。

小六和院子里的孩子去田里捉蜜蜂，才五岁的范小多被六哥牵着去看他们弄花蜜。

小六找了把医用镊子夹住油菜花上采蜜的蜜蜂屁股，旁边其他孩子就用小刀把蜜蜂后腿上那块黄澄澄的花粉刮下来。小六告诉小多："你喝的甜甜的蜂蜜就是用这个酿出来的。"

蜜刮完，小六就松开镊子把蜜蜂放走。

小多很好奇，看到身边菜花上正停了一只蜜蜂，就伸手去摸。她手背一痛，被蜇了，瞬间就鼓起一个大包，疼得放声大哭。

小六被吓得魂飞魄散，拉过小多的手又是吸又是捏，弄得小多疼得更厉害，眼泪哗哗往外淌。小六急了，背起小多就往家跑。回到家又是擦碘酒，又是涂清凉油，完了问小多："还痛不？"

小多哭着点点头，觉得手背上火辣辣的。

这时候，范哲天下班回家了。他一进屋就瞧见小多两眼泪汪汪，一张小脸上又是泥又是泪。小六脸涨得通红，一边桌上瓶瓶罐罐全是药。他惊得三步并作两步冲上去，问清情况后差点儿没气昏了头，冷森森地说："小六，你去阳台上跪着。我带小多去医务室。"

范哲乐小声地央求："我和你一起去吧，回来再跪。"

范哲天一声怒吼："你再多说一句，以后不准你再带小多玩！"

小六马上遵守家法，直挺挺地跪在阳台上。一个哥哥回来，问问情况便急匆匆跑出了门，又一个哥哥回来，还是这样。小六独自跪在阳台上忍不住哭。他也想跑去看小多，就是不敢。

等到一行人抱着小多热热闹闹地回家，坐上饭桌开饭，范哲天还没叫小六起来。小多瞧见了，溜下饭桌跑到阳台上拉小六。

这是范家第一次有人敢无视老大的命令去同情被执行家法者，可是没人吱声。

范哲琴巴不得有人挑战范哲天的权威，冷眼看戏。

老大不忍心呵斥小多，让小六顺利地上了桌。

哲地、哲人、哲和三个你看我我看你，在彼此的眼神里读出同一个意思：这次小多出手挑战老大没出事，以后要犯了错，小多就是免死金牌。

小多怯生生地先给小六夹菜，小六感动得在心里暗暗发誓，一辈子都不再让小多受伤害。其实小多只是害怕六哥受了罚以后不再带她出去玩。

瞥见桌上其他几个人神色各异，聪明的小多又给每人夹了一筷子菜。

饭桌上恢复了往日的欢声笑语。小多在家中的地位又得到了进一步巩固。

范小多就这样在家人的呵护下像公主般长大了。眼下她刚工作不到两个月，范哲天和范哲琴接到"太上皇"范老爸的旨意，要替小多选男朋友。

两人觉得小多二十二岁了，已经参加工作了，是该有男朋友了。可是，上哪儿去找个能配得上小多的人呢？

在范哲天眼里，小多的男朋友从长相上不能输给自己和四个弟弟。

在范哲琴眼里，小多的男朋友得比自己温柔细心。

两人画了张男人脸，往里面填内容：长相得帅，心地要好，家世清白，事业有成。

画像一出来，两人很犯难。

范哲天开口道："人多力量大，把那几个小子叫来一起商量。"

等到六个人聚齐，小多未来男朋友的画像上又多了几条：要风趣幽默，要会做一手好菜，等等。最最关键的是他必须爱小多，而且他的爱必须超过范家哥哥姐姐们的爱。

哥哥姐姐齐齐犯了难。

最后范哲琴做出了决定："从现在起，我们发动朋友、单位的同事一起找。一个合适的都不放过。"

范哲天同意："对，漫天撒网，重点捕鱼。"

全票通过。

但他们都忘了问问小多的意见。

就在家里人绞尽脑汁给范小多张罗男朋友时，范小多正一个人坐在公园的树林子里哭。她刚进电视台上班，就碰上了从来没有遇到过的复杂人际关系。

范小多要去单位报到时，范哲琴才发现全家对小多的教育中缺乏了社会关系上的指点，一定要亲自陪她去报到。

范哲琴一路上喋喋不休："小多啊，到了工作单位，少说话多做事，千万不要在背后说别人啊，单位里最忌讳相互诋毁。你不喜欢谁千万不要表现出来。现在的人复杂得很，表面对你笑背地里动刀的人多着呢……小多啊，在单位，你是新来的，勤快点儿，人家看你才会顺眼。你累了姐给你买好吃的啊！"

范小多听得啼笑皆非。在家人眼里，她就是没长大的娃娃，都二十出头了，还拿买零食的招来哄她。见二姐还要唠叨，她挽住姐姐的胳膊撒娇："知道啦，姐。我会做好的。"

到了电视台门口，小多就不肯让二姐进去了："姐，要是人家看到这么大了，来工作单位报到还要家里人陪，会笑话我的！你回去吧，我自己去就行啦！"

二姐拗不过小多，又放不下心，就对小多说："姐正好要去你们台办点儿事，一起进去，不是陪你。"

小多没办法，只好和二姐一起进去。刚进大门，二姐就遇上了熟人："哟，这不是范大姐嘛！来台里怎么也不提前说一声。"

范哲琴笑眯眯地说："没事没事，我今天就是陪我这个妹妹来报到。以后啊，我家小多你多照顾啊！"

熟人也笑："您的妹妹？是家里的小七吧？一眨眼就长这么大啦！好秀气的闺女，还这么能干！"

小多被夸得满脸通红。她根本不知道别人只是在说客套话，心里一个劲儿地觉得好笑，自己才来报到，怎么就知道自己能干了，这个人怎么睁眼说瞎话还能说得这么利索呢？她低着头不吭声。

等人走了她才听到二姐说："这是你们台总编室的林主任，记着哈。

走进大楼，小多才发现上了姐姐的当，二姐根本就是专门陪她的。和熟人们招呼完后，二姐拉着小多直接进了台长办公室："刘台长，我陪妹妹报到来了，您以后多教育她。"

寒暄几句之后，二姐走了，把小多一个人留在台长办公室。小多暗自打量，刘台长整个人精瘦精瘦的，看上去不像很凶的人。可老半天了，刘台长也没叫她坐，小多站在办公室里，手足无措，心里后悔，就不该让二姐陪她来，自己拿着档案去办公室多轻松。

正想着，刘台长打电话叫来一个三十来岁的女人。他指着小多对来人说："新来的，就在你们通联部先做着吧！"

那个女人一看就是事业型的，精明能干。像是早知道了小多的来历，她一副和蔼可亲的样子："你叫范小多是吧？我姓张，是通联部副主任，叫我张姐就行。走吧，我们去办公室。"

范小多跟看到亲人似的，对张姐的印象好得不得了。

她根本不知道，大哥范哲天是刘台长的老同学，他已经给台长打过招呼，请刘台长多照顾小妹了，再加上作为公司大客户的二姐陪着自己来报到，还没到岗，她在同事们眼里，已经是不能轻易得罪的对象。

就这样，小多进了电视台的通联部。

通联部人不多，两个副主任，一个经验丰富的凌老师，还有一个年轻女孩，然后就是她。

范小多坐在办公室里不知道该干什么。张姐交给她一叠县里电视台传来的稿子，告诉她："小多，你把这些改成口播简讯，不用配图像的。有不懂的问凌老师或者我都行。"

小多很感激，越发觉得张姐和蔼亲切。

从那天起，小多在电视台通联部干上了改简讯的活儿。

通联部里的年轻女孩见小多坐在她办公桌对面，就自我介绍说她叫张丽。小多有了人搭话，活跃了许多。两个年轻女孩子很快就熟了起来。

小多正奇怪通联部怎么没有正主任呢，张丽就悄悄爆出了内幕：原来的主任升了副台长，所以正主任现在空着。两个副主任，一个张姐，另一个姓马，明争暗斗都想被扶正。

小多记着二姐的话，只听不搭话。

马主任与张主任对小多都很客气。大概因为小多是张主任领来分配工作的，马主任对小多的工作没有异议。

这天张主任休息，马主任拿了厚厚一叠稿子给小多说："你把这些稿改改。"

小多清脆地答应了。两个月下来，她改简讯得心应手，长篇稿件被她大笔一挥就变成了简略的几行口播文字。

初到电视台，小多觉得新鲜，对自己台里的新闻，每条必看，重播也不放过。她最喜欢看主持人播自己改的简讯，虽然没有图像，但也让她心里隐隐有种成就感。

她非常喜欢这份工作，还很向往做一名记者，但是她知道自己现在还没有那个能力，在通联部改稿是锻炼基本功。

小多接过马主任递来的稿子，很认真地修改起来。在这之中，有一篇关于某地养猪致富的报道。这篇稿件不长，就一页纸。小多圈出了七八个错别字更正了，又觉得这篇稿段落顺序没对，就用红笔把段落做了个颠倒，单薄的一张稿纸在她的笔下变成了花脸。

范小多没想到，她改的这篇新闻稿惹了大祸。今天她一上班，就被新闻部一位资深老记者叫到一边。小多正纳闷儿，老记者语重心长地对她说："范小多，我认识你二姐，和他们的关系都很不错，所以我把你单独叫到这儿。你知道吗？我做了十年记者，还从来没有人这样改过我的稿！我知道你很认真，错别字都找出来了，但是你要知道，新闻稿的写法不是只有平铺直叙，还有倒金字塔形式……"

小多听得云里雾里，但还是听明白了，自己大刀阔斧改过的新闻稿是眼前这位老记者的，而老记者的稿件不是她这种新上岗的毛头小年轻能动的。

小多不由自主地分辩："我不知道改的是老师您的稿件。我以为马主任拿给我改的都是可以改成简讯的。"

话一说出，老记者脸色大变，对小多说话客气了许多："以后多长个心眼儿，别被人当枪使了。"说完就走了。

小多哪里会想到，因为她这么一说，老记者转过身就找马主任理论去了。

她走到办公室门口，正听到马主任对老记者说："我拿给她是让她学习学习，没想到她就动手改了，还改得乱七八糟的。她怎么能这样呢？太不尊重你了。"

小多惊呆了，这是她进台后第二次遇到别人张嘴就说瞎话。生活环境单纯的范小多从来不知道这世上还有这样一种人，说假话脸都不带红的。她只觉得胸口堵着块什么东西，难受得要命，转身就躲到了走廊里，等到心情平静下来，才慢慢地进了办公室。

一进门，马主任就笑嘻嘻地对小多说："桌上有几篇稿，你赶紧改出来，今晚要上，记着改成简讯。改完就下班吧！"

没有想象中的大发雷霆，小多却害怕得哆嗦了一下，仔仔细细看着稿，生怕再弄错了。

快下班的时候马主任发了飙，拿着张丽递过的稿大发雷霆："这稿是这样改的吗？越改越臭！年轻人多学着点儿，教了这么久，连最简单的简讯都改不好！"

小多心里知道马主任是在借着机会骂自己，只咬着嘴唇埋着头收拾东西下班。一出单位，她就冲到对面公园小树林里放声大哭起来。

她委屈得不行，明明资深记者的稿件是马主任让她改的，他怎么能这样说话害她？

她根本不知道自己已经成为马主任和张主任斗法的牺牲品。

这件事她不想让哥哥姐姐们知道。她希望自己凭能力在台里站住脚，而不是一出问题就找家里人帮自己解决。

所以，范小多只能一个人可怜地躲在公园的树林子里哭。

日落西山，小树林里很安静。范小多选择这里就是怕人瞧见她哭。没想到这个时候有个声音冒了出来："遇什么事了吗？哭得这么伤心？"

小多跟惊了的兔子一样跳了起来，看到前面有个男人倚着棵树抽着烟好奇地望着她。

她压根儿没想到还有人，而且还会开口询问。小多有些倔强地看过去："关你什么事？我又不认识你。"说完掉头就走。

没走两步，那个人竟然追了上来："看你一个人在这儿哭了大半天，我好心好意地关心你，你怎么这个态度？"

小多心里很是恼怒，有人看到她哭她已经觉得丢脸了，这个人还赶着来问她的态度。小多不想回答，埋头又要走。

往左往右走了几次，那个人都挡在面前。小多转头看看四周，小树林里空寂无人，偶有几声鸟叫。她突然害怕起来，怕遇上了坏人。这个念头一起，小多被吓着了，发出一声凄厉的呼救声："救命啊！"见那人一愣，她撒腿就跑。

一口气跑到公园大门口，看见有人了，小多才停下来不停地喘气。她回头张望，见那个人没有跟来，这才放了心，慢慢地走到车站坐车回家。

范小多怕黑、怕打雷，怕一个人走夜路。老六范哲乐现在还记得清清楚楚，兄弟姐妹们小时候看《一双绣花鞋》，看得呼吸都紧了，大气都不敢出。电影放完，大家发现小多呆呆痴痴地坐着一动不动。哲乐碰碰小多，没想到她大叫一声，然后就哭了起来。一家大小都吓呆了，才听到她哭着说自己吓着了。

那天晚上，小多和二姐在一张床上睡，睡不着。范哲天把小多接过去，她还是睡不着。四个小子轮流抱小多睡，但她还是失眠，折腾全家人到天亮，才因为太困睡着了。

从此，范小多和老二范哲琴睡觉，房间都是不关灯的。为了让小多睡觉时屋子里有光，范哲琴还精打细算地让小四给她屋子里另装了只小功率的夜灯。

所以，当老六范哲乐回到家看到屋里漆黑一片时，还以为家里没人。正疑惑小多下班跑哪儿去了，一开灯，却猛地看到小多躺在沙发上。

范哲乐吓了一跳，走过去要推醒小多，却看见她脸上有哭过的痕迹。这下范哲乐急坏了："小多，醒醒！"

范小多睁开眼，看到六哥在面前，顿时想哭，可她又不想让他知道自己今天一天的遭遇，只好说："六哥，你回来啦。我去厨房热东西吃。"

哲乐瞧着小多，觉得不对劲："小多，出什么事了？"

他不问还好，一问，小多终于忍不住哭了起来。她没说树林子里的事，只把台里发生的事告诉了哲乐。

哲乐比小多大十一岁，是家里唯一还没结婚的男人。随着年龄的增长，范家几个儿女陆续结婚搬走，家里只有哲乐和小多住在一起，小多和六哥的感情一直是最深的。

小多说完，仰着脸求哲乐："六哥，千万不要告诉大哥和二姐啊！"

哲乐皱着眉想了半天，答应了下来，又坐下来慢慢给小多分析情况。他以一个律师的理智认为这才是对小多最有帮助的。

本来老大、老二召集他们几个讨论给小多找男朋友，他不认为这对小多是最好的。可是听了小多说工作上的事，哲乐觉得小多是该谈谈恋爱，这样她会成熟得更快。而且，哥哥姐姐们都不能护着小多一辈子，小多能有个男人照顾也好。

范小多考大学时，家里人想都没想就决定她得报本市的大学。虽然这一是因为这里本来就有在全国能排上号的学校，但更重要的是，这样范小多不用去外地读书，家里人能就近照顾她。

老五哲和正好在小多读的大学里当讲师，所以小多在学校的一举一动家里人都清楚。哲和出现在小多宿舍楼下接她回家时，总有意无意让别人误会他是小多的男朋友。不仅如此，一听到有男生找小多，他就横加阻拦，害得范小多大学四年都没男朋友。

老大范哲天的思想和小多隔着十万八千里远——十八岁的差距让他们整整差了一代人。哲天不准小多在大学谈恋爱，老五哲和则忠实地执行了大哥的命令，一到周末就去接小多回家，小多要是和同学出去玩，他会一一核实都有谁，人怎么样，有没有打小多的主意。

所以在范家人眼中，小多在感情上是张白纸。这也是范家人苦苦思考该给小多找个什么样男人的原因，生怕一个没找准，小多会受伤害。

哲乐想了会儿，还是把大家的决定告诉了小多。

范小多越听越恼："你们在干什么呢？"

哲乐很正经地对小多说："我也觉得你该找个男朋友。"

小多真恼了："这事就不用你们操心了吧？我现在还不想交男朋友。"

哲乐心想小多可能是今天在台里受刺激了，所以才一口拒绝这事，也就没再多说。范小多以为这事就完了，也没往心里去。

她知道几个哥哥姐姐都拿她当宝，把她当孩子似的看待，一路安排铺垫，生怕她有半点儿闪失，生怕她受一丝伤害，这些，小多以前从来都是接受的。但是从上了大学，对于哥哥姐姐的过多干涉，她就觉得不舒服了。现在一工作，他们马上又要来安排她谈恋爱，范小多的心情坏到了极点。

她的这些哥哥姐姐们只知道呵护她，却从来没有真正地了解她，不知道范小多绝对是那种表面文静，骨子里调皮活跃的女孩。她最好的一个朋友总结说，大家干十次坏事，一次都不会看到有范小多，但十次坏事里有九次她都是幕后策划者。

她们班教计算机的老师很色，与他走得近的女生，考卷上哪怕只写个名字也能及格过关，不理他的女生答得再好，成绩不是刚及格就是需要补考。该老师又矮又胖，还烫着卷发，女生们背地里都喊他"矮脚卷毛"，但当面谁也不敢这么叫他。有段时间，矮脚卷毛每天来上课都兴致昂扬的，且态度良好，再没拿言语骚扰班上女生。大家都感到奇怪，只有范小多始终淡定。大家问她，小多平静地回道："矮脚卷毛目前属于恋爱期的状态，你们没看出来？"

有女生不信，就拿话去试探，回来笑着说："'卷毛'得意地说有人给他写情书！"

这个消息震晕了好几个人，都说没想到会来位正义侠女为民除害，又为那位侠女叹息，说可惜了这么位有牺牲精神的人间奇女子。

范小多叹了口气说："等到考试结束就好。"

考试一完，成绩一出，矮脚卷毛跟霜打的茄子一样蔫儿了，在课上直言不讳地说有人情书写得这么缠绵深情，怎么转眼间就音信全无，连张白纸都没有了。说着，他情不自禁地念了几句情书上的话："我第一次看到你时就心动了。每当看到你在讲台上的身影，我就舍不得移开眼睛……"矮脚卷毛接着说："这肯定是班里哪个女生暗恋我嘛！"

全班哄堂大笑。坐小多旁边的室友听到她嘀咕了一句："要不是这样，你怎么肯放全班女生过关？"

室友恍然大悟，对小多刮目相看。

还有一回，某男生追到小多的室友后就说分手，明言是同学间打了个赌而已。室友自尊心严重受伤，成为他人笑柄。小多沉思半天说她有法子。结果 C 大某天校园里出现一奇观，有花店员工扛着棵小胳膊粗的梅花树声势浩大地送到该男生宿舍楼处，梅树上系了张卡片，写道："月到中天，湖边相见。"

老大一棵树往男生宿舍楼下一放，震惊了校园。该男生自豪不已，高高兴兴赴约，在零下两度的湖边冻了一夜，回来高热不退，被弄进医院关了一周。

　　当然，范家人不会相信做这些事情的是自家的乖乖女，宝贝妹子范小多。

2. 相亲搞怪

范小多压根儿没想过她的五个哥哥和一个姐姐加上嫂子、姐夫，再加上他们的同事、同学、朋友以及同事同学朋友的亲戚、朋友都在为她谈恋爱的事操心，队伍跟滚雪球似的越滚越壮观。

范哲乐跟她说过这事后的第三天，范小多就接到大哥电话，说晚上在郁香村吃晚饭。小多当时没往心里去，她常去郁香村吃饭，她喜欢吃那里的菜。

她走进去看到大厅里有几桌人，根本没在意，径直往范哲天那桌寻去。没想到一开席，大哥一举杯，三张桌子的人都站了起来应和。

小多还是没多想，以为是大哥和大嫂一家和朋友聚餐。直到大哥意味深长地介绍一个男青年给她认识，她才反应过来，这是场壮观的相亲宴。她哭笑不得。

该男青年是大嫂娘家一个亲戚的同事的儿子，所以今天除了大嫂一家，她亲戚一家以及她亲戚的同事全家也来了。

范小多想象过很多美好的恋情，但绝不包括被坐满三张大圆桌的人盯着相亲。她像正处于青春叛逆期的少女，挖空心思要破坏这次相亲。

但范小多很苦恼，大哥面子给不给都无所谓，不能不给大嫂面子。

不过尽管心里烦，小多仍然保持着淑女姿态，一副斯文安静的模样。

见范小多端着这副模样，邻桌满意的窃窃私语越来越多。范哲天感觉自个儿倍儿有面子，兴奋得不行。

男青年和她搭话："我学医，听说你在电视台上班？"

小多灵机一动，应声说："学医好啊，不像我，在电视台就是一打杂的。"说着用手拿起根蒜香排骨开啃，活活饿了几天似的，吃相难看至极。

范哲天强笑："大家吃菜，多吃呵！"

他刚说完就看到小多把油腻腻的手往衣服上擦，他声音不由得放大了："小多，你在哪儿擦手呢？"

小多尚不自觉地笑着："餐巾啊！怎么啦，大哥？"看到大哥眼神不对，她低头一看，因为人多坐得挤，男青年的西装下摆就在自己腿边，上面赫然有几个油乎乎的手指印。小多赶紧道歉。

男青年皱了皱眉又舒展开，一本正经地说："没关系，擦手最好不要用餐巾，用热毛巾、纸巾都可以。餐巾上面每平方厘米的细菌就有一亿三千多万个……"

小多心想，你怎么废话这么多，我就是故意往你衣服上擦的。

范哲天看不出小多是有意还是无意的，也不好说什么了。这时，服务员端了盆带丝鸭上桌，小多伸筷子去夹海带丝，拉出了一大团，她赶忙往碗里扯，扯到一半觉得多了，又往盆里夹，没料到这一夹，一团海带丝又回到了盆里，小多只好重新把海带夹回碗里。

范哲天的脸越来越青。男青年赶紧站起来帮忙，但他刚伸出筷子，小多的筷子一松，那团刚夹出来的海带扑通一声掉进盆里，汤溅到了男青年的西装上。

小多连声说对不起、对不起，忙抓起餐巾要帮那男青年擦衣服。压在碗碟下的餐巾被她用力一扯，碗碟噼里啪啦掉在地上发出了清脆的响声。

她呆愣着，脸上表情那叫一个无辜。

意外连连发生，男青年匆忙说声抱歉，借口换衣裳，走了。

小多眯着眼睛想："人家说医生都有点儿洁癖，果然被自己吓跑了。"

男主角退场，相亲宴就变成了聚餐。小多舒服地吃着平时爱吃的菜，想着略施小计就逼走了男青年，心里非常得意。

走的时候范哲天对小多说："看来这个你不满意，下回哥介绍个更好的给你。"

范小多又郁闷起来。

这天，范小多被台长叫去吃饭，饭桌上就她一个通联部的，其他都是广告部的同事。小多和他们不熟，听着大家的说笑，她也跟着微笑。这时，台长对她说："范小多，你去广告部做后期怎么样？"

小多听了，不知道怎么回答，还是微笑。

台长又说："台里想去广告部的人特别多，他们正想要个女孩做后期，我看你就合适。"

广告部肖主任趁热打铁地说："你们通联部的张主任就想来。可是，我们广告部嘛，还是来个斯文的好。"

刘台长见小多不知所措，就说："定了，你明天就去广告部，我给你大哥说。"

其实范小多是不想离开通联部的，通联部属于新闻中心，她一心想做新闻。但台长说定了，那也就定了。

范哲天知道后，想了想说："你们台长是为你好，广告部收入高，但人际关系相对要比新闻部简单。"

范哲琴知道了很忧虑："广告部成天在外和客户拉关系，吃吃喝喝的，别把咱家小多带坏了。"

六哥哲乐听小多讲完全过程，用律师脑袋分析说："看来你们通联部张主任是个女强人，广告部的人担心来个厉害角色，倒不如用你这刚出校门的单纯女孩，好使唤。"

小多恍然大悟，多种原因造就了她调去广告部的形势。她想了想，觉得在通联部马主任手下，还不如顺应形势去广告部。

就这样，到电视台三个月后，范小多到了广告部做后期编辑。

广告部果然比通联部气氛活跃，办公室里随时都有人开玩笑讲笑话。广告部每个人都有自己的广告任务，但小多做后期编辑，和广告业务不搭边，跟大家没有利益冲突。相反，她每天要排广告、改广告，部门的其他同事们都求着她。加上她刚出学校，在广告部里年纪最小，小模样斯斯文文的，广告部同事都很照顾她。

这么一来，环境倒真的好了许多，小多活跃的本性也慢慢露出来。后期只有四个人，三个女孩负责操作流程，一个男的负责摄像。

女孩们最讨厌结束一天的工作临下班时，有人急匆匆地进来要求取消广告或者临时上广告，这就意味着要加班。所以一般到了下午四点半以后，女孩们都拒绝接受同事们的要求。

这天下午小多和阿慧、阿芳坐在编辑机房里聊着天儿等下班，广告部严哥带着一个年轻男子走了进来。严哥脸上堆满了谄媚的笑："今天还来得及上条广告不？"

阿慧嘟着嘴不高兴了："严哥，非得今天吗？"

严哥便回头对那个男人摊摊手表示有点儿麻烦。想了想又笑呵呵地对女孩们说："看你们方便不，能上就上吧，不能就明天。今天先把广告样带采进计算机吧。"说完留下那个男子出去了。

严哥一走，三个女孩子就不吭声了，不说拿广告带，也不说不拿，反正就不理会那个人。不到五分钟，那个人也走了。大家一下子笑出了声——反正明天的广告，明天做也一样，临下班就是不想做事。

阿芳说："其实那个男人长得还不错，有点儿帅。"

小多开玩笑："怎么，看上了？让严哥介绍啊！"

阿芳笑着过来呵小多痒。正闹着，阿慧咳嗽了一声。阿芳和小多回过头，看到那个男的拎着一大包零食又进来了："来吃点儿东西吧。"

小多板着张脸说："我们上班不能吃东西的。"

机房里三个女孩摆出正经工作的样子，心里想的都一样，就是不理你，今天就是不做，看你怎么办。

那男的脸皮很厚，也不恼，找了张椅子坐下来，打开拎来的零食就吃，边吃还边说："我可饿坏了，你们不吃我吃。"

小多严肃地说："机房里不能吃东西。"

男子听了，停下吃东西的动作："这样啊，东西放这儿了，你们下了班再吃，我明天再来。"说完就往外走。

女孩子们等他一走，笑着跳了起来，围着零食就开吃。小多边吃边评价："这个男的还真不简单，长得不赖，脸皮又厚，还知道买零食讨女孩子喜欢。这种男人最恐怖，花样儿太多。"

阿慧和阿芳点头表示赞同。

下了班，范小多刚走到单位门口，就看到了三哥的车。她蹦蹦跳跳走过去："三哥，今天怎么想到来接我？"

范哲地宠溺地捏了捏小多的鼻子："三哥很久没和你吃饭了。走，今天带你去吃好吃的。"

小多高兴地上了车，笑着说："我想吃海鲜。"

哲地呵呵笑着答应，把车开到了家海鲜酒楼。小多挽着他走进去，谁知哲地带着她进了个雅间。小多心一沉，不会又是相亲吧？走进去看到里面没人，她才放下心来："三哥，坐大厅就行了，怎么要坐这里？"

"三哥许久没和你吃饭了，找个清静的地方好说话，"哲地眨眨眼睛笑着说，"三哥刚谈了笔生意，兜里银子在往外蹦。"

小多咯咯笑起来，觉得三哥眨巴眼睛的样子太可爱了。

范哲地开了家装修公司，是范家七兄妹里目前最有钱的。

哲地心疼小多，但不明说，就是每次见着她都给她钱。

小多上大学的时候，范哲琴决定每个月给她六百块生活费。几个哥哥觉得少，哲琴说："不能让小多养成奢侈浪费的坏习惯，学生太有钱不是件好事。"

小多在本市读书，周末回家，吃穿用都不用她掏钱，六百块做零用，在学校里算是不高不低的，不会太张扬，也不会在同学面前抬不起头，大家对范哲琴的安排很佩服。

但大家的表现却完全不是这样。

范哲天偷偷去见了小多，完了塞二百块钱给她说："拿着买自个儿喜欢的漂亮衣服去，你二姐买的衣服你嫂子都能穿，太老土了。千万别告诉你二姐啊！"

小多接下钱，心里甜滋滋的。还是大哥好啊，她喜欢和同学逛商店自己买衣服，又不好意思告诉二姐。长这么大，小多从里到外从头到脚穿的都是二姐买的。

进大学住宿舍是小多头一回离家，头一回和那么多女孩在一起相处。但同学们一混熟，说话就随便了。

吴筱和小多在宿舍里关系最好，她比小多大一岁，发育已经很成熟了。她吃惊地看着小多居然连胸罩都不穿，奇怪地问小多原因。

小多红着脸说："我二姐说，只有生了孩子怕胸部下垂的才穿那个。"

范小多发育很晚，进了大学还像个初中学生，又瘦又小，个头儿只有一米五八，体重挨边才八十斤，胸部是标准的太平机场，夏天不穿胸罩也压根儿看不出来。

吴筱笑了半天，拉着小多去内衣店。小多第一次买衣服买的居然是胸罩。

吴筱说："你现在不穿，以后再穿就晚啦！"然后又对小多说了一大堆女人需要注意的事项。

小多穿了胸罩之后，突然间觉得自己是个女人了，感觉很特别。从那时起，小多就有了女孩子的小秘密。

小多没对二姐说，范哲琴一开始居然也没注意到小多开始穿胸罩了。后来发现了问小多，小多轻描淡写地带过了。范哲琴还是习惯性地给小多买衣服，也开始买内衣了，但她买的小多不是很喜欢，所以大哥塞钱给她让她自己买衣服，她很高兴。

然而，大哥并不是唯一偷偷塞钱给小多的人。三哥、四哥、五哥、六哥，每个人见了小多都偷偷给小多钱，都叮嘱她不要告诉其他人。

小多又有了自己的小秘密。她也不乱花，四年下来，存折上竟然有了笔不小的存款。

小多到电视台上班，离家挺远，她每天早晚都要坐公交车。范哲地每个月都拿钱给小多让她坐出租车上下班。但如果坐出租车，一个月的车费都得六七百，小多不肯要三哥的钱，她在范哲琴的教育下觉得坐出租车太浪费。但哲地每次都说："三哥才赚了笔钱，给你坐出租车的钱请人吃一顿饭就没了。"硬要小多收下。

小多看三哥今天请她吃海鲜，暗笑等会儿又会有笔意外收入。

范小多愉快地吃着海鲜。她喜欢吃海鲜，还喜欢把贝壳、螺壳全带走，拿回家洗干净，没事的时候就用这些壳粘画儿玩。她边吃边数着桌上的贝壳，突然听到有人进来，抬头一看，可不正是今天被她晾着不做广告的那位。

那人是自来熟，不等范哲地介绍就抢先一步说："我们认识的，哲地。"

范哲地很惊讶："你怎么会认识我妹妹？"

在范哲地心里，范小多要是认得一个陌生男人，肯定要通报全家的。何况这个人是他精心安排打算介绍给小多当男友的。

听说老大范哲天大张旗鼓召集了三桌人给小多隆重相亲的事后，

哲地差点儿没笑喷饭，他笑着对大哥说："老大，你是不是会开多了，做什么都像做报告？"

看到范哲天脸色不好，他忙拍着胸说第二轮由他出马。

范哲地分析，小多对相亲有排斥感。

这都什么年头了，她又不是大龄女青年，正当青春年华，给她说去相亲，小多首先就会生出逆反心理。所以范哲地一个字都没透露今天带小多吃饭是相亲。等到人来了，坐一起轻松把饭吃完，再看有没有戏——他打的就是这个主意。

小多古怪地看着来人，只听他笑着对三哥说："今天去电视台广告部做广告认识的，你妹妹相当坚持原则。"

范哲地忙对小多说："小多，这是哥生意上的朋友李欢。"

小多一笑，一下子想起了古龙小说中的李寻欢。

李欢大概看出了小多的想法，也笑着说："我叫李欢，可是不去寻欢。咦，咱俩可真有缘啊，名字加起来正好欢乐多多！"说着自顾自坐了下来。

范小多一怔，脸就红了，心里暗自嘀咕，谁要和你的名字扯一块儿啊，不害臊。

吴筱曾经说过："小多，你最大的保护绝招就是你太容易脸红了。不知道的人以为你是害羞，哪知道你稍有情绪就会脸红，这可是比变脸还高明的招！"

的确，范小多现在不是害羞，而是恼恨。这个叫李欢的男人真是脸皮太厚了，才搭上话就硬扯关系缘分。

李欢坐在范哲地的旁边，正对着小多。他与哲地谈笑风生，不时把小多扯进话题。

范哲地也没告诉李欢要把妹妹介绍给他。在哲地心里，一切都要以小多的喜好为准，要是小多看不上李欢，这顿饭就是普普通通的一顿饭，不得罪小多，也不得罪朋友。

他选中李欢是有原因的。

李欢一表人才，比小多大七岁——年龄大些可以照顾小多，让着小多。李欢自己的公司也做得不错，算得上事业有成。范哲地和李欢有过好几次生意往来，觉得李欢很讲信用，去酒吧玩也正正经经的，人品绝对没有问题。

唯一让范哲地不太满意的是李欢嘴太油滑。不过他转念又想，这也是具有幽默感的一种表现嘛！

看到李欢总找话题往小多身上扯，范哲地心里有了底，李欢对小多有感觉。转头再看看小多，她正微笑着吃东西，和平时一样，话少了些，也可以理解，和自家哥哥吃饭与同外人吃饭毕竟不一样。

范哲地下了结论，小多对李欢不反感。

他哪知道小多此时对李欢的油嘴滑舌讨厌到了极点。

李欢问道："哲地，我发现你和你妹妹长得不像啊？"

哲地笑着回答："是啊，小多和我相差十四岁呢。我像我老爹，北方人的长相。小多是我们几兄妹里唯一长得像母亲的，娇小秀气。"

李欢开玩笑："怪不得取名叫小多，你出生的时候计划生育早就提出来了吧？"

哲地也笑："是啊，小多是超生的。我老爹老妈硬是顶着罚款挨着批评把她生下来的，舍不得！"

两人交谈时，范小多盯着桌上的贝壳和螺壳心疼地想，这些壳是拿不走了，意外收入也泡汤了。她像是突然想起什么事来，抬起头说："三哥，阿慧的手机忘办公室了，她让我给她送去，我差点儿忘了，我先走了。"说完恋恋不舍地看了看桌上的壳，没给哲地阻拦的时间，起身就走了。

哲地只好笑着摇了摇头，对李欢说："我这个妹妹啊！"

李欢直言不讳道："小多很可爱，介绍给我做女朋友怎么样？"

哲地愣住了："你开玩笑吧？"

李欢收了油腔滑调，一本正经地对哲地说："我认真的。"

哲地很高兴，忙拉着李欢说起小多来，把自家妹妹夸上了天。范哲地心里特别得意，自己一出马就成功了！他暗自盘算着回去后怎么给小多说。

范小多气呼呼地走在街上。她没谈过恋爱但见过同学谈恋爱，没吃过猪肉总见过猪跑。李欢的八面玲珑是她最不喜欢的，她不喜欢轻浮的男人。小多心想，今天肯定又是一次变相的相亲，瞧三哥的神色她就知道了。

别看她平时不吭声，一副乖巧模样，但从小生活在哥哥姐姐的宠爱中，她早学会了察言观色，她知道怎么样才能让六个人都对她好。

她从小没什么小伙伴，最大的乐趣就是逗哥哥姐姐们玩，惹了祸总能找着另一个人帮她顶黑锅。每个人都觉得小多乖巧听话，要是他们互相沟通交流一下，就会发现完全不是这么回事。

就拿小时候请假需要家长签字来说，小多每次都换着人签，不知道和同学偷偷跑出去玩了多少回。但小多非常注意，该回家时就回家，所以家里没一个人发现。

小多经常得意于自己的小聪明，大祸她从来不闯，只来些小打小闹。实在不小心，被发现了，她泪眼汪汪望着最严肃的大哥，马上就太平无事了。

范哲天每次都觉得小多不会干坏事，闯了祸也是被她的同学带坏的，自家小妹绝对是无辜的。

长这么大，范小多一次打都没挨过。有一次小多和同学跑到郊外偷人家树上的橘子被抓了现行，还被人告到了学校。范哲天匆匆跑到学校领人，看到墙根一溜儿立正站好的学生里有他家小多，简直不敢相信。把小多领回家，范哲天觉得这次一定要教训小多，小时候偷橘子，长大了怎么办？想到这里，他拿起鸡毛掸子厉声说："把手伸出来！"

小多两眼泪汪汪地往他身上一扑，连声认错，保证再也不敢了。

范哲天本想给她个教训，打一顿，让她长长记性。没想到还没开打，小多就认了错写了保证书，认识还非常深刻，目的达到了，这鸡毛掸子就挥不下去了。

老六范哲乐一直以为小多胆小，他哪里知道在范小多见多了他们不肯认错被大哥修理得惨不忍睹的样子后早就得出结论，识时务者为俊杰，决不受皮肉之苦。

想起大哥、三哥安排的相亲，范小多心里这个郁闷啊。她一脚踢飞路上一个空可乐罐子，没想到正好砸到一辆车上，车上的报警器不负它的重任呜呜响了起来。

她吓了一跳，正四处看车主在哪儿的时候，身后突然传来一个有点儿熟悉的声音："道歉！"

小多知道这是车主来了，估计他正在路边馆子吃饭，听到车报警的声音跑出来看。她理亏，转过身就说对不起。

谁知道那车主却不肯放过她："没教养的丫头！"

范小多火了。她已经很诚恳地道歉了，这人还想怎么样？

车主是个年轻男人，剑眉星目，器宇轩昂，长得挺帅。范小多心想，帅就这么嘚瑟？我还心情不好呢，她张口就说："你凶什么凶！不是给你道歉了吗？"说完又不怀好意地补了一句；"以后走夜路小心点儿，劫财不怕，怕的是被劫色！"

说完哼了一声，掉头就走。

那人出手如风，一把扯住了她的胳膊。

小多急了："干什么！把你的猪脚拿开！"

那人邪邪一笑："你喊救命啊！"

小多一愣，觉得眼下的情景有点熟悉，她仔细一打量，这才发现眼前这人是上次在小树林出现的那个陌生男人。

男子又是一笑："想起来了？当我是色狼？"

　　胳膊给他捏得很紧，小多心里那个恨啊，嘴上却很识时务："上次也对不起，我心情不好。"

　　听她话一软，男子松开了手："怎么每次见到你都心情不好？女孩子这么凶，小心嫁不出去。"

　　小多本来就被三哥安排的相亲弄得很不高兴，心里憋闷，这人一句话触怒了她。她很想发飙，又觉得在大街上免费给路人表演划不来，只好低声说："下次你遇到我最好绕道走。"说完，狠狠地瞪了那个男的一眼，小嘴一翘，包一甩，走了。

3. 恶整李欢

也是老三范哲地太得意，得意到没有先问过小多就跑到范哲天那里去邀功。

范哲天好歹有过一次组织相亲失败的经验，听到消息并未狂喜，而是冷静地盘问："小多没有拿别人的衣服擦手？"

"哪能呢，一张大圆桌，隔着好远呢！"

"那是小多手没那么长，不代表她不想。她没有一不小心把汤汤水水溅到别人身上？"

"没呢，今晚吃的是海鲜，汤还没上小多就走了。"

"那是菜品不对，也不等于她不想把汤泼人家一身。"

范哲地急了："我说大哥，你别把小多往坏处想嘛！上次她肯定不是故意的。小多今天安安静静地吃着饭，还不时地搭搭话，她一点儿也不排斥李欢。你别是嫉妒我一出马就成功了吧？"

哲地有些骄傲地看着大哥，一想到小妹的姻缘线最终由他来牵，李欢又是他朋友，以后小多对他这个三哥肯定会多一分感激、多一分亲近，嘴角禁不住溢出了笑容。

范哲天看到他那副得意样，心里很不舒服："那个李欢……生意场上的人，可靠吗？"

于是哲地又把李欢狠狠地夸了一通，最后下了定语："李欢对咱们家小多是一见钟情啊！我还没提相亲的事儿，他就开口要我把小多介绍给他了。"

范哲天像逮住了哲地的小尾巴似的，极其不屑地说："小多这么单纯，李欢那种在生意场上打滚的人见过几个？不一见钟情那是他没眼光。"——语气虽然不屑，却还是让范哲地收集了些李欢的资料，召集大家开会讨论。

李欢躺在床上有些兴奋。今天真是太有趣了，先是去了电视台，三个故作严肃正经的小姑娘居然不搭理自己，哲地的那个叫小多的妹妹还摆了张冷脸拒绝吃他买去的零食。其实他前脚一出门就听到机房里传来的笑声，心里清楚那三个丫头正吃着他的零食损他。

李欢又好气又好笑，本来决定第二天去台里做广告时，再带上堆零食去逗那三个小妖精，没想到晚上范哲地约他吃饭，他就看到了其中最可恶的那个。

李欢可没放过小多眼里闪出的无奈与厌烦——她很不喜欢自己坐下来一起吃饭，却偏偏要在她三哥面前装淑女。

李欢当时心里就想，你就装吧，我看你装到几时。他不时把话题往范小多身上扯，果然见她不耐烦地找了个借口拔腿走人。可是范小多临走时却恋恋不舍地盯着桌上的空壳。李欢心里一下子有些不平衡了，自己和她三哥连堆吃剩的贝壳都不如？

接下来发生的事让李欢目瞪口呆。

范哲地跟他说起范小多时，用的形容词有清纯、可爱、美丽、有礼、大方、懂事等，几乎囊括了所有能形容一个女孩子优点的词语。

他不明白为什么他一天短短接触两次，就发现范小多跟个小恶魔似的，而看着她长大的范哲地却偏偏把她形容得跟不食人间烟火的仙女一样。

他断定范哲地的恋妹情结太深，已经走火入魔了。

李欢打断范哲地对妹妹的夸奖，好奇地询问："她走的时候我看她对桌上的空壳恋恋不舍，为什么？"

范哲地顿时被他的话激得跳了起来。对，就是跳起来，一跃而起，跟点着了尾巴似的。紧接着，范哲地就跑到门口叫服务员去了。

服务员来了，范哲地着急地说："刚才忘记告诉你们了，不要换渣碟，空贝壳、空螺壳全部装袋里，要拿走的。刚才的还在吗？"说完满含希望地看着服务员。

服务员有些为难："都倒垃圾筒里了。"

只听范哲地又说了一句："照刚才的菜再上一份，李欢，咱们再吃点儿？"

再上一份……还吃啊！李欢摸着已经有点儿鼓胀的肚子一头雾水。

范哲地解释："小多每次吃海鲜都要带走那些壳，她喜欢粘贝壳画玩儿。"

"让酒楼把今天客人吃下的壳装一些带回去不行？"

范哲地摇头："陌生人吃过的小多不要，她嫌脏。小多吃海鲜的次数不算多，今天吃了没带走这些壳，心里肯定舍不得，我带回去她不知道会有多高兴。"

说着哲地眼里竟放出光来。

李欢毛骨悚然。

他突然对范小多来了兴趣。他想知道一个看上去只能说是清秀的女孩子怎么会有这么大的魔力。

李欢开口要求做小多的男朋友，范哲地没有拒绝。

但是李欢做这个决定时还没有爱上范小多，他只是好奇。但他马上就被自己的好奇引来的灾难吓着了。

第二天，李欢还是拎了一大袋零食去电视台。

广告很顺利地上了播出线。三个女孩子对工作还算负责，今天没有给他冷脸子瞧了。工作做完，她们开开心心地把他带来的零食拎到办公室里去吃了。

范小多像是忘记了昨天和李欢吃饭的事情。

李欢也没找机会和她说话。他心想，不用着急，让范哲地创造机会就是了。

范小多没把这个三哥想要介绍给她的李欢放心上。她以为跟上次大哥介绍男友一样，她不喜欢也就算了，三哥也没来找她说过这事，所以她待李欢跟对别的广告客户没什么区别。

但看到李欢今天又买零食来讨好她们，她心里更加讨厌这个懂得怎么哄女孩子高兴的男人。

小多不知道，今天晚上，六个哥姐要瞒着她对李欢"三堂会审"。

范哲地给李欢打来电话："李欢，昨天你说想要我家小多做你女朋友是吧？"

"是啊！"

"你确定？你再确定一下。"

李欢听哲地的声音如此严肃，禁不住乐了："我是认真的。我希望你能介绍你妹妹范小多给我做女朋友。"

电话那头的哲地沉默了一会儿告诉他："那好。今晚七点，你来天香阁大酒楼吃饭。"

李欢哑然失笑，他搞不懂哲地为什么如此严肃。晚上七点，他准时走进了天香阁大酒楼。

服务小姐引他到雅间门口时，李欢突然觉得有点儿紧张，总感觉哪儿不对劲。推开房门时，他就愣住了。

包间里已经坐了一大桌子人，男男女女的见他进来，都用一种奇怪的眼神盯着他。

自己脸花了？领带小撇长过大撇了？还是裤子拉链忘拉了？李欢在众人的目光下开始胡思乱想，忐忑不安。

范哲地走过来请他入座，把他安排在背对门的位置。

李欢坐下后，就看到他对面坐着个四十岁左右的中年男子，浑身散发出威严的气势。

哲地介绍道："李欢，这是我大哥大嫂、二姐二姐夫、四弟四弟妹、五弟五弟妹、六弟。这个是我老婆，你认识。"

范哲地说相声似的报着人。李欢听着，笑容不由自主地僵在了脸上。他瞧着这一大家子，头上开始冒汗，情不自禁地挺直了背。

他以为今晚是范哲地约了小多和他吃饭，没想到来的是范小多的哥哥姐姐和家属一大群人。从座位安排到他们的表情，他懂了，想要范小多做他女朋友，得要她全家认可。

李欢觉得很可笑，这场面这阵仗他有些吃不消。同时他心里又多出一丝好奇，很想知道自己要是过了这关获得范家人许可，那个表面很乖的范小多会不会真的听话做自己的女朋友。想到这里，李欢打起了十二分精神应付范家的考试。

坐下后，李欢就几乎没时间吃东西，问题太多，答题时间有限。他飞快地转动脑筋，想起了若干年前的大学辩论赛。

"你喜欢小多哪点儿？"

"清纯、可爱、美丽、有礼、大方、懂事……"范哲地昨天的形容词他今天照搬了过来。其实他认识小多才不过两天，说的话加在一起也没超过二十句。

"你做了小多的男朋友后，准备怎么对她好？"

李欢有点儿头疼。他目前还没有娶范小多为妻的打算，只想开始交往、互相了解。可他想得很简单，范小多的家人却像要他承诺对范小多终身负责似的。

李欢想了想，咬牙回答："我会做到一个男朋友应该做的。"

接下来的问题就五花八门了。

"你会做菜吗？"

"你会每天接送小多上下班吗？"

"你会陪她逛街买东西不厌倦吗？"

"你会种花吗？"

"你会带着小多去生意场合吗？"

李欢有点儿招架不住了。

最可笑的问题冒出来了："你会讲故事吗？"

问这个问题的是范家老四范哲人。

他对李欢解释道："小多失眠的时候得有人给她耐心地讲故事，念小说也行，她听着听着就会睡着了。当然，这是你和小多结了婚以后要做的事情，我只是想先了解了解。"

李欢满头黑线，他几乎要打退堂鼓了。

这时范家老大下了结论："李欢，我们就把小多交给你了，你好好和她谈恋爱。大家还有什么问题没有？"

饭桌上没有反对的声音。范哲天又总结了一句："那好，从现在起，大家集体出力，帮李欢和小多谈恋爱。李欢，有什么难题尽管找我们，不了解的地方尽管开口问，嗯？"

李欢呆了半天，突然意识到最后那个"嗯"是冲自己来的，这才云里雾里地回答："嗯。"

从酒楼回到家中，李欢还没从震惊里清醒过来。他没搞懂，不过是让范哲地介绍他妹妹和自己认识，做自己女朋友，怎么就弄成这样了？

这家人，这群兄弟姐妹之间的亲情……成功地引诱了在家是独子的李欢，使他下定决心要和范小多谈恋爱。

李欢通过集体评审的这天晚上，范家六兄妹集体失眠了。

范哲天的老婆哄完儿子睡觉，看见书房的灯还亮着，走进去一看，范哲天一个人坐在书房里发呆。

范大嫂很理解，小多像他女儿似的："哲天，你在想小多的事吧？"

"那个李欢看上去一表人才、沉着机智，是很好。但小多怕是斗不过他呀！"

…………

范哲琴在床上烙烧饼，睡不着。

老公受不了了，拧开台灯："阿琴，想什么呢？"

"老公，小多这么单纯，那个李欢能说会道的，他会不会欺负咱们小多啊？"

…………

范哲地在家里兴奋地对老婆说："这么好的男朋友，小多一定高兴！还是我这个三哥好啊！"

"小多同意了没有啊？"

"糟了！我忘记问她了！应该没问题吧？"

范三嫂讥讽道："白开心！"

范哲人辗转反侧了一会儿，突然抱住了老婆，抱得很紧。

"老婆，以后我只能讲故事给女儿听了。"

语气失落得让范四嫂无言以对："睡吧……"

范哲和提笔写下一篇感言："吾家有女初长成！"

"哲和，早点儿睡！"

"老婆，我现在灵感来了，文思泉涌，写完就睡。"

范哲乐蹑手蹑脚走到小多房门口。

范小多在床上睡得正熟，睡容可爱至极。

小时候他带着小多出去玩的情景仿佛就在昨天。范哲乐想起每一次自己闯了祸，都是小多向大哥求情，小多总会把好吃的留着悄悄给自己，他眼睛有些酸涨，暗下决心，要是那个李欢敢欺负小多，决不会放过他！

只有范小多，一夜好梦。

周末，范小多和哥哥姐姐们聚餐。聚餐地点在大哥范哲天家里，他家宽敞。

小多进了屋。嫂子们在厨房忙碌着。侄子侄女围在阳台上玩小火车。男人们在客厅里聊天儿。

这个周末范哲天家里跟过年似的热闹。

小多先去厨房里转了转，表示要帮忙，给二姐和嫂子们推了出去："去，出去玩，别在这里添乱。"

用手偷偷拿了块红烧肉吃了，范小多转身出了厨房，跑到阳台逗几个孩子玩。

这时，范小多听见门铃响，有人进了屋。她伸头去看，心里一下子不舒服起来。

李欢西装革履，抱着一束天堂鸟，拎了一堆礼品，满面春风。

她缩回了头，当没看见，继续玩开火车。

开饭的时候，李欢被安排着坐到了小多旁边。

范小多不理他，只顾吃东西。

全家人的眼睛都围着两人转，她视而不见。

范小多右边坐着大哥十岁的儿子范小天。

小天爱吃鸡翅膀，抢先动手夹了一个在碗里，一抬头就看见小多瞪着他，盯着他碗里的鸡翅膀不吭声。

范小天咽了咽口水，有些舍不得，却听到老爸发了话："小天，你不知道小姑最爱吃鸡翅膀吗？"

他很委屈地看了看妈妈。

妈妈也发话了："你是男子汉，要让着女士，明白吗？"

没有外援，他不甘心地把鸡翅膀夹给了小多。

范小多吃得心安理得。

桌上其他人没表现出任何异常，这似乎是天经地义的。

二十二岁的姑姑和十岁的小侄子争鸡翅膀，还是小侄子理亏？！而且这肯定不是第一次！李欢看得目瞪口呆。

他为范小多的孩子气叹息，为这家人宠小多已达到人神共愤的地步而痛心。

李欢正感慨万分，发现范家人纷纷把目光落到了自己身上。

李欢有点儿莫名其妙，自己没抢范小多的鸡翅膀啊！只见范哲地不停地对自己使眼色，又往红烧鸡翅膀那瞅瞅，动了下筷子。

李欢明白了，范家人是让他把红烧鸡翅膀夹给范小多。

他哭笑不得。他不打算照范家人的意思做，这也太"奴颜媚骨"了吧？

李欢半晌没动静，这可急坏了范哲天。李欢昨天的机灵劲儿怎么没了？范哲天觉得自己有必要提醒他："李欢，你坐小多旁边，你帮她夹菜啊！"

这下李欢没了退路，颤抖着筷子把鸡翅膀送到了范小多碗里。

他看到范小多眼睛里闪过一丝得意，心里这个气啊！他一下子理解并同情起十岁的范小天来——感同身受啊，这种委屈！

他忍！

范小多啃得津津有味，嘴边浮起妩媚的笑容，时不时还咂巴下嘴。她的嘴唇跟花瓣似的，鲜艳柔嫩，一只鸡翅膀到了她嘴里，仿佛变成了美味珍馐。

李欢瞧着，不由自主地咽了咽口水，对鸡翅膀也产生了浓烈的兴趣。

一会儿工夫，两只鸡翅膀成了光骨头。李欢的视线自然而然地往桌上一瞟，想再找只鸡翅膀给范小多吃。

他突然看到范小多的几个哥哥也做出了同样的动作。

李欢被打败了。他悲观地想，怎么就这一会儿工夫自己也跟范家人一样想宠着范小多了呢？

小多满意地啃完所有鸡翅膀，觉得好吃极了，尤其是李欢被逼着夹给自己的那只翅膀，太美味了！范小多不想再待下去给李欢机会，拍拍手站起来："大哥，我们没周末的，这会儿我要去台里上班了。我先走啦，你们接着吃。"

范家人又给李欢使眼色，李欢赶紧站起来："我送你！"

范小多觉得有必要给李欢说明情况，就没有反对。

出了门上了李欢的车，小多就开口了："李欢，你别跟着我哥他们折腾哈，我现在没打算找男朋友。"

李欢觉得自己今天夹鸡翅膀给她的行为已经很可耻了，现在这个丫头还当面拒绝自己，心里的怒火不由得熊熊燃烧，表面却带着笑说："我现在开始追你如何？"

小多不说话了。

她不乐意做的事从来没人勉强过。

范小多心想，那你就追吧，反正我不来气，你有力气折腾是你的事。

范小多觉得让李欢来追总比应付一场又一场的相亲宴好——所有人的目标都放在李欢身上，对付他一个比换着招对付未知的人轻松。

她明白哥哥姐姐们是铁了心要给她找个男朋友，下一步就是把她嫁出去，从此完成对她人生的完美规划。

小多叹了口气。人家都说有这么多疼爱自己的哥哥姐姐太幸福了，可她却很累，但又不忍心拒绝他们的心意。

就这样，她一直郁闷着把节目做完了。

走出电视台，她就看到李欢在门口等她。

范小多本来不想理他，但手机响了，是大哥打来的："小多，李欢去接你下班，你和他一起吃晚饭，吃完他会送你回家。你到了家再用家里电话给我打过来！"

范小多更加郁闷，怎么又变回读大学的时候了？只是五哥范哲和换成了这个嬉皮笑脸的李欢！

她懒得和大哥争执，争执的结果只会是一家人围着她唠叨。

看情形这个李欢已得到哥哥们的认可。范小多还没想好对付李欢的招，就平静地跟着李欢去吃了饭。她没有任何小动作，安静地吃过饭回家，然后打电话给大哥汇报。

李欢觉得有诈。

范小多听话地跟他走，他认为这是暴风雨前的平静。他有些期待范小多出招了。

他没有想到，他的车刚开走一会儿，范小多就出了家门，而且化了彩妆，一改素面朝天的形象。

范小多今晚约了阿慧和阿芳到酒吧喝酒。

三个女孩进了家酒吧，一进门就听到震耳欲聋的音乐。

周末人很多，三人坐在吧台前要了半打啤酒嘻嘻哈哈地边喝边聊。

阿芳说："目前还没发现极品帅哥。"

阿慧笑她："放心，总会让你找到一个的。"

小多想放松一下。这里没有哥哥姐姐，她不用装斯文、装可爱，多么美好的夜晚啊！

三个女孩下了舞场。

舞池里光线昏暗，灯光在吧台上投下一个个圆圆的光圈，谁也看不清谁的真面目。

吧台旁边有个台子，小多大声对阿慧、阿芳说："上去跳？"

阿慧、阿芳拍手叫好。三人爬上去，跟着音乐跳了起来。

范小多跳得欢快无比，舞动时露出一截儿粉嫩的肚皮，紧身的衣裤勾勒出窈窕的身形。范家人要是看到这时的她，恐怕会吓出心脏病来，继而痛心疾首。她管不了那些，她只知道现在她们三人玩得很开心。

四周响起口哨声，为三人的热舞喝彩。

范小多突然听到了一声讥笑。

在喧嚣的音乐声中，她居然还能听到一声这样的笑！她半睁着眼四处寻找声音的来源。

附近一张桌子旁坐着那个她威胁过，让他以后见了她最好绕道走的年轻男子。他旁边还坐了两个年轻人，三个人三张俊脸。

范小多想，物以类聚，祸害都聚一块儿了。

那个男人端了杯酒和小多对视着，带出一丝挑衅的神色。

范小多不想跳了，她从台上跳下来，只听刺啦一声，牛仔裤被台角的圆钉钩住，拉出了一个三角形的洞。

她伸手摸了摸，破洞在腿弯处，不影响什么，就没再理会。一抬头，却又看到那个男人露出了很讨厌的笑。

范小多肯定，自己遇到了个千年大祸害，需要她去替天行道。她撞撞阿慧和阿芳，朝那男子的方向示意。阿慧和阿芳的眼睛一下子亮了起来。三个人商量了一下，阿慧拿着酒瓶走了过去。一会儿工夫，那男的和同桌另外两人走了过来。

范小多睐着眼睛看那个人走过来找死，想着，很好，三对三，也不算以多欺少。

六个人拼了桌坐下。

阿慧说："认识一下，我叫阿慧，这是阿芳、小多。"

那三个人也开了口："张言、小马、晨光。"

范小多和那个男人对视了一下，心里都在想，我记住你了。

阿慧问他们："玩什么？骰子？划拳？"

三个男人低声笑了起来："都没问题，什么规矩？"

女孩子们等的就是这句话。

阿芳说："三对三，赢家出招，第一轮我们先出。你们输了喝满杯，我们输了喝半杯。"

三个男人又笑了起来："好，让让女孩子，就这么着。"说着朝吧台招手，要了两瓶伏特加，又很有风度地问小多她们兑什么。

小多摇摇头说："纯的，不兑。"

范小多这话一出，三个男的都扬扬眉，感到吃惊。

张言笑着说："不兑？那味道喝得惯？"

小多妩媚一笑："兑了跟喝水一样，有什么意思？"

到广告部不久，部门聚餐，席间，同事说："待在广告部首先就要会喝酒，不会喝酒的肯定待不长。"

范小多根本不怕。

她老爸是北方人，她没继承老爸的长相却继承了他的酒量，白酒喝半斤没感觉，喝八两正合适，喝一斤才有点儿晕。有回过年，她在家和哥哥们拼酒喝高过，但睡一觉，第二天就没事了。

广告部的同事见范小多清清秀秀、斯斯文文的样子，直起哄，都找她喝酒，想灌醉她，没想到范小多酒到杯干，脸色都没变一下。这下广告部主任兴奋得不得了，直呼部门来了员大将。

后来广告部请客户吃饭，只要三个做后期编辑的女孩子出马，喝趴下的绝对是客户。

今晚范小多和阿慧、阿芳商量好了，三人各有所长，拼酒肯定赢。不兑饮料的酒，说白了，是专为灌翻眼前这三个男人准备的。

小马很高兴，觉得刺激，首先跳了出来："你们谁先出招？"

阿慧摇了摇骰子："我先来。"

小马不到一分钟就阵亡了。

张言第二个，和阿芳划十五二十。半分钟不到，张言败走。

阿慧、阿芳都赢了，开心得直尖叫，就等着小多画上圆满的句号。小马和张言也盯着晨光，嘴里高呼着要报仇！

小多心里涌起一股兴奋，她要灭了这个讥笑自己的臭小子！

她慢慢开口："我们石头剪刀布，五打三胜。"

晨光笑道："何必那么麻烦，一拳定输赢不行？"

当然不行，范小多石头剪刀布一定要五局，第一局是蒙的，后面才是好戏。

她摇头："我出招，你接就行了。"

晨光苦笑，他都小三十的人了，和个小姑娘划这种幼稚拳？他看到了小多眼中的挑衅，知道这丫头和他杠上了，但话早已说出口，他只好应招。

很快，小多连出三拳，晨光也连出三拳，三比零，不到二十秒，战斗就结束了，晨光输了。

晨光有点儿不可思议地想，自己怎么就跟中了蛊似的，傻乎乎地把手掌伸到小多面前，让她轻轻松松伸出两个指头，咔嚓一声剪掉。

遇到三个不好惹的丫头啊！三个大男人苦笑着端起酒杯碰了碰，把酒喝了。相互交换了个眼神，被激起了好胜心，打起了精神继续战斗。

跟遭遇滑铁卢似的，他们一路惨败。

女孩子一直沉浸在屡战屡胜的兴奋中，偶有失利，就感叹："哎，太渴了，终于可以喝杯酒了。"

损得三个大男人胸口阵阵闷痛。

晨光一杯接一杯喝着纯伏特加，满嘴苦涩，一会儿就有点儿飘了。这时，他听到范小多压低声音不无得意地对他说："叫你看到我绕路走的。"

哎哟，这丫头够嚣张啊！他抬起了头。

范小多翘着嘴，一脸得意。他心里隐隐一动，生出种强烈的想征服这个小妖女的念头。

两瓶伏特加被他们三个喝完了。估计再叫了酒，也是他们三个包圆儿了，那脸就丢到姥姥家了。

晨光决定休战："今天到此为止吧，我们三个甘拜下风。下周这个时候还在这里怎么样？"

阿慧和阿芳喜上眉梢。这三个男人看上去都不错，和帅哥约会不会无聊，两人满口答应。

小多却犹豫了，今晚六哥不在家，她才敢偷溜出来。下周六哥在家，她出不了家门怎么办？

晨光看小多似乎不太情愿，就出言激她："怎么，想绕道走了？"

范小多看到他脸上又露出挑衅的神色，一副她会怕了他的模样，脱口说道："今天的酒你们没喝够，那下周再接再厉呗！"

约好了，三个男人便撤退了。

阿慧尖叫起来："下周我要打扮得更漂亮一点儿！"

阿芳也很兴奋，她对张言有好感。

让那个叫晨光的男人拱手言败，范小多也很开心。

她回家时买了口香糖嚼着去酒味，开门发现六哥还没回来，先松了口气，赶紧去洗了澡。回了卧室，她看着那条被挂破的牛仔裤，拿起剪刀一剪子下去，长裤变成了条牛仔短裤。

小多看看手里的剪刀，想着今晚剪掉了晨光无数个大巴掌，扑哧笑出声来。

4. 李欢的追求秘诀

　　一连几天，李欢准时出现在电视台门口接范小多下班。

　　范小多看到他就皱眉。

　　李欢压根儿不理会小多对他的冷淡，嘴皮子从范小多上车起就翻得噼里啪啦，独角戏从头唱到尾。

　　范小多惊叹不已。

　　今天又是老样子，李欢来接她下班。

　　范小多想推，李欢嘿嘿一笑："你家五个哥哥加个二姐都等着我汇报今天的吃饭心得呢！你成全我行不？"

　　范小多睁大眼睛看着李欢，觉得他有病："你真汇报？你累不累啊？"

　　李欢正色对小多说："刚开始不习惯，现在觉得每次吃饭你都不怎么说话，吃完就走，那就汇报吧，让他们提供情报，远比我自己收集来得快。"

　　范小多不知道家里人都给他说了些什么，但短短几天李欢倒真掌握了不少她的喜好，吃海鲜帮忙收集壳，吃西瓜去籽切块用牙签扎好，陪她去花鸟市场买花，而且一去就点名要她喜欢的品种。她总觉得自己又多了个哥哥。

直到李欢把甘蔗咬成牙刷状给了她一把，范小多突然间觉得要多恶心有多恶心。

范小多牙不好，从小吃甘蔗都是哥哥姐姐咬成牙刷状拿给她，她握着一大把，一口解决一个，吃得汁水长流、开开心心。

然而这事由李欢做，范小多无论如何也吃不下去了。

哥哥姐姐帮她做这事她觉得很幸福，李欢是个才认识没多久的"陌生"男人，让自己吃他的口水，她真心受不了。

范小多盘算着，不能再和李欢含糊下去了，她决定让他知难而退。

吃晚饭的时候，范小多叫服务员上了根玉米棒子。她掰下半截儿开始表演。

这是她新发明的吃法，家里人还没见识过，今天就先让李欢开眼了。

范小多咬下一粒玉米，牙一咬，嘴一抿，把嫩玉米芯子吃了，然后把玉米皮儿吐出来。她慢条斯理地吃，也不多说话，就一粒粒地吐皮，和吃瓜子一样。

李欢早已吃好了，他看着范小多啃玉米棒子，以为她马上就能吃完，就点了根烟等着。

烟抽完了，小多手里的半截儿玉米啃了还不到十分之一，李欢又叫服务员添了茶水。看着小多面前吐的一堆玉米皮儿，李欢头开始疼了。他明白小多知道他静不下来，话多，就故意拖着时间坐着。李欢下了决心，今天就等着你吃完。

两人就这么僵持着，也不说话。

李欢闭上了嘴。他倒是想说，想说各种笑话，可明摆着他无论说什么范小多都会跟没听到似的，便干脆拿了张报纸来翻看，心里暗骂范家人怎么宠出这么个宝贝疙瘩。

他从没这样仔细地读过报，连报纸上的广告都一字不漏地看完了。

范小多这才擦擦手说:"吃完了,回家吧。"

李欢如蒙大赦,赶紧付账,开车送范小多回去。

从范家出来,李欢觉得不能再这样了。范小多不和他吵也不和他闹,说吃饭就吃饭,话不多说,吃完就要回家。有这样谈恋爱的吗?

突然,李欢懂了,范小多就是这样故意晾着他,让他觉得无趣,她是想用这招逼自己主动放弃。

李欢也犯了倔,心想我偏不让你如意,明天起就用我的方法对付你。想着想着,李欢兴奋起来,仿佛已看到了范小多露出本性,撕去斯文的面具和他对抗!

他高兴得使劲儿一拍方向盘,猛听到刺耳的喇叭声响起,把自己吓了一跳。他嘿嘿笑了起来,回家准备去了。

周三,上午十点。

有花店送花的捧着一大束红掌走进了广告部,指名让范小多收花。

阿慧、阿芳跑得比小多还快,帮她把花捧回办公室,围着小多议论:"不会是那天那个帅哥送的吧?没这么土吧?红掌哪有一整束一整束送的,瞧着跟塑料花一样。有没有品位啊?"

小多也摇头。红掌一般是用来插花的,哪有包一整束送人的,真心难看。她想,会不会是晨光故意送这样的花来报仇?想想又觉得不对,晨光根本就不知道自己在哪儿上班。

阿芳从花里翻出来一张卡片:"'欢乐多多!'谁呀?这么逗!"

李欢!范小多一下子头痛起来。电话随之而来,李欢情意绵绵地说:"很俗气、很没品位是吧?我保证你看了会笑。这就对了!瞧着卡片上写的没?'欢乐多多!'"

小多感到阵阵恶寒。

周四,上午十点。

换成了一大束香水百合。

香水百合看上去倒是比一大束红掌养眼，花里的卡片写得却比昨天还直白："我觉得这花衬你的外形，清纯芳香，喜欢不？"

李欢的电话又来了："小多，闻闻，是真的香水百合吗？"

范小多"嗯"了一声。李欢在电话那头凄然忧伤地说："你哪天才会真的吻吻我呢？"

范小多反应过来，气得发抖："流氓！"

周五，上午十点。

紫色郁金香一大束。

范小多拒收。

电话打来，小多挂了。

不一会儿，办公室电话响了，小多拿起听筒，李欢在那头道歉："范小多，你连玩笑也开不起？哎，我不过是对你感到好奇，如果你不装乖乖女，没准儿我还不追了。"

范小多无语。

周六，下午五点。

李欢捧着花走进广告部，见人就热情地招呼。

严哥瞧见他，打趣道："李欢，做广告不用带花。"

李欢笑嘻嘻地说："我送花给女朋友可以吧？"

"我们广告部的？你小子可以啊，做一次广告就谈上恋爱啦？是谁？"

"范小多啊，我都见了她家长了。这不今天周六，她还在上班，我来接她回家吃饭。"

两人对话的声音很大。阿慧和阿芳听到了，吃惊地问小多："你和他好上啦？你不是说最讨厌那种油腔滑调的男人吗？"

李欢是在昭告天下呢。范小多气急败坏地声明道："我哥他们介绍的，我可没说我愿意。"说完就把机房门关了，生怕李欢进来后赖着不走。

阿芳开始担心："上周我们约好今晚一起去酒吧，你还能去吗？"

范小多咬着牙说："去，怎么不去？我甩掉李欢就去。"

她正愁没有对策，大哥电话来了："小多啊，今天晚上和李欢一起回家里吃饭啊！"

范小多没办法，冲大哥直说了："大哥，我不喜欢李欢，我不想和他回家吃饭。"

范哲天这回没惯着小多："李欢这小子真的不错。你们接触多了就有感情了嘛！听说他还每天给你送花？呵呵，这小子，心挺细的嘛。听哥的话，一起回来吃饭啊！"

范小多不吱声了。

范哲天明白小多要耍小性子了，赶紧提醒她："今天你嫂子生日，你忘啦？等你们吃饭！"

小多这才想起今天是大嫂生日，忙和阿慧、阿芳她们约好时间，拿着包下班了。

上了车，范小多绷着脸不说话。

"怕你下班时间太晚，我去给嫂子买了蛋糕，就说咱俩一块儿挑的，你别说漏嘴了。"李欢提醒她。

范小多愣了愣，心里有些惭愧，转念又想这样一来，不是让哥哥们更误会两人关系吗？那声谢就说得不情不愿："你有心了，我替嫂子谢你。"

明白吗？我是替嫂子谢你，我才不领你的情呢！

范小多这小心思被李欢看穿，他也不恼。两句话就想击退他，没门儿！

果然，一到范哲天家，看到李欢拎着蛋糕，说是和小多一块儿选的，范家几兄妹脸上不约而同闪过了心领神会的笑容。

吃饭时李欢主动把两只鸡翅膀都夹到了范小多碗里，赢得了范家哥哥姐姐们赞许的目光。他们便把李欢当成自家人看待了，亲热得不行。

范小多突然觉得今天的鸡翅膀不好吃了，便分了一只给范小天。范小天望着碗里的鸡翅膀，又听到小姑温柔地劝他，吃吧吃吧，激动得只差没对范小多摇尾巴了。

范小多边吃边想着今晚的约会，盼着阿慧和阿芳赶紧来电话解救自己。

正想着，电话就来了。范小多如蒙大赦，接完电话，告诉哥哥姐姐们："单位有点儿急事，有个客户明天就要走，现在等着录广告样带，我现在要赶回台里。嫂子生日快乐，你们慢慢吃。"

二姐皱眉了："怎么你们广告部这么晚了还要加班？又是周末。我给你们肖主任打电话，让他另外派人去。"

范小多傻眼了。她哪敢让二姐给主任打电话呢，万一主任因此对自己不满呢？她只好拦着二姐："我给阿慧、阿芳去个电话吧，让她们帮忙。"

她跑到阳台上给阿慧打电话，听到两人在电话里失望地嚷嚷，只好说："你们先去吧，我晚一点儿一定到。"

晚上九点，这场家宴终于结束。范小多没让李欢送，她和六哥范哲乐一起回家。

李欢没有坚持，只是当着范家人的面说："我们电话联系。"

回了家，范小多心急如焚，但她又不敢告诉六哥她约了同事去酒吧玩。

以老六哲乐的性子，这么晚了绝对不会让范小多去那种娱乐场所。就算要去，他也一定会陪着去。范小多只能干着急。

回到家已经十点了。小多看着时间越来越晚，心想今晚肯定去不成了，就对哲乐说自己累了要睡了，便回了房间，关上房间门就给阿慧、阿芳打电话。

电话没人接听，小多寻思，两人多半是还在酒吧，没听到电话响。

她有些沮丧地倒在床上，想明天阿慧和阿芳肯定要埋怨她，想那个长着张祸害脸的晨光多半会笑话她临阵脱逃。好不容易扳回一局，下次要是再遇到，没准儿会被他嘲笑个够吧？

范小多想起晨光噙在嘴角的那个讨厌的笑就跳了起来，她不想再看到那个带着蔑视的笑容，她想把那个笑容和笑容的主人都踩得扁扁的。

她看看时间，都十一点了，不敢肯定阿慧和阿芳她们走了没有。但是如果今晚不去酒吧看看，她会睡不着。她装着去卫生间，经过哲乐房门的时候，看到里面已经没了灯光。今天家宴上哲乐喝了酒，洗完澡就上床睡了。

范小多趴在哲乐门口听，隐约听到一阵阵呼噜声，不由得乐了。六哥只要睡着，打雷都不会醒。

她迅速换了身衣服，拿上包轻轻打开房门再轻轻用钥匙锁好。

跑出家门，范小多感到无比愉快，在路上拦了辆车直奔酒吧。

晚上十一点半，酒吧里人山人海，舞池里挤满了年轻人。对酒吧来说，此时夜生活才刚刚开始。

范小多在人群里穿梭。她没打通阿慧、阿芳的手机，只好在昏暗的灯光下一桌桌去找，找得几乎要失望的时候，一只手拉住了她的胳膊。

范小多一惊，条件反射地把胳膊往回扯。那只手用力一拉，她便扑进了一个结实的胸膛，晨光带着醉意的声音在头顶响起："你是在找我吗？"

小多抬起头，晨光正亮着一双眼睛注视着她。

　　小多看不明白他眼睛里透露着什么意思，只觉得高兴，高兴今晚终于没有白来。

　　晨光看着她，突然说："这是你对付我的新办法？故意让我等？"

　　小多不知道该怎么解释，转头找阿慧、阿芳还有晨光的那两个朋友。晨光拉着她坐到角落里，拿起一杯酒喝下："他们已经回去了。"

　　好不容易才从家里跑出来的，小多有些失望："那怎么办？不玩了啊？"

　　晨光懒懒地说："你想玩吗？我陪你。一个人实在不好玩。"

　　小多没了兴致："人多才好玩嘛！算了，另找时间吧。"说完就要走。

　　晨光拦住她："陪我喝两杯吧。老规矩，石头剪刀布。"

　　小多不屑地瞧着他："你不是对手，不和你玩这个。"

　　"那要是我赢了呢？"

　　"你赢了我喝呗！"

　　范小多的好胜心又被晨光挑了起来。就算会输，她也绝对是赢多输少。

　　两人拉开架式玩了起来。范小多没想到晨光已经慢慢摸索出了门道，俩人划了十局，居然打了个平手。范小多嘟起嘴说："早说这个不好玩了。"

　　"输了就不好玩，只有赢才好玩？"晨光戏谑地问她。

　　她有些被看穿心意的恼怒："两个人不好玩！以后你最好还是绕道走，别让我想出什么招来，倒霉的是你。"

　　晨光望着她，看着她翘得老高的嘴，酒劲儿上头，他没有多想，捧住小多的脸吻了下去。

　　范小多长到二十二岁，接触最多的男性是她的哥哥们，最亲密的动作是牵着、挽着哥哥，感情大起大落时抱抱哥哥。跟晨光这个吻，是她的初吻，她甚至没有闭眼睛的反应，眼睁睁地看着他的脸挨了过来，淡淡的酒气扑在她脸上，嘴唇触到了她柔软的唇。她的脑子里嗡的一声响，就傻在了原地。

他只亲了一口就放了手，愉快地笑着说："不会是初吻吧？还是被突然袭击吓傻了？"

范小多回过神，羞愤交加："姓晨的！你给我记住，你最好见了我别绕道走，省得我费时间找你报仇！"说完转身就往门外跑。

身后传来一阵愉快的大笑："我不姓晨，我叫宇文晨光！记住了没有？我等你来报仇！"

范小多后悔自己半夜跑出来，还白白被人揩了油。她终于明白为什么哥哥姐姐都不让她晚上去娱乐场所了。坐上出租车，她委屈得直流泪。

到了家，她悄悄进了屋，没有惊动范哲乐。

锁上卧室房门后，范小多这才扑在床上，咬着被角痛痛快快地哭起来。在她心里，她一直梦想着有个甜蜜美好、温柔浪漫的初吻，结果就这样被人不告而取了。范小多难受得跟被人浇了瓢滚油一样。

而这件事，却只能埋在心底，对谁都不能说。

范小多发泄完了，直后悔自己为什么不像电影、电视里那些被强吻的女人，反应迅速地大耳刮子扇过去。她怎么能就傻站着呢？

她埋怨自己反应太慢，只不痒不痛说了几句威胁话，太便宜他了！对，下次再见着宇文晨光，她一定大耳刮子抽他。

范小多在脑子里臆想着各种在宇文晨光面前逞威风的情景，不知不觉睡着了。

宇文晨光回到家已经深夜三点了。

他也奇怪自己的举动。先是在前几天就找着张言他们划了几次石头剪刀布，明白了其中的小窍门，然后就期待着周六的来临。想着能看到范小多输了的表情，他的心情竟有些激动。

今晚范小多没和阿慧和阿芳一起来，他很失望，竖着耳朵听两个女孩给范小多打电话，知道她会晚一点儿到，他就开始等。

等到晚上十一点，范小多还没来。阿慧、阿芳都喝得半醉了，提出要回家，张言和小马很自觉地去送她们了。他也不知道为什么，仍然留在了酒吧。

他一个人喝着酒，在喧嚣的音乐声里突然觉得有些落寞。他想，她不会来了。

那丫头多半是故意放鸽子来报复他。

可是他还是舍不得走，总想着万一她来了呢。

他在等待与失望中慢慢醉了。

就在他决定离开酒吧的时候，他看到范小多在人群里穿梭，四下张望，他的目光就再没离开过她。他本来不想让她知道自己还在等她，但瞧着她停住脚步，打算离开的模样，忍不住走过去拉住了她。

他发誓绝不是有意要轻薄她，他只是觉得她翘着的嘴唇无比诱人，可能是酒喝多了吧，他根本没多想别的，就亲了下去。

小多青涩的反应，恼羞成怒的威胁，都让他很吃惊。

他这是怎么了呢？小三十的人了，和个毛丫头斗气，还苦心研究了好几天幼稚拳，还冲动地吻了她。

宇文晨光摸了摸嘴，上面似乎还留着她的柔软。

他记得第一次在树林子里见到范小多时，她哭得那么伤心，瘦瘦的身子蜷着，仿佛受了天大的委屈。

他忍不住出声询问，没想到脸上还挂着眼泪的女子把自己当成了色狼，尖叫着跑掉了。

第二次，听到车子警报声跑出去时，他认出了她。他现在都记得范小多骄傲地甩包离开的模样，气得他直乐。

第三次，他看着她在台上蹦跶，露出雪白的一截儿肚皮，四周看热闹的男人露出色迷迷的目光，吹着口哨起哄，她还高兴得直笑，他禁不住发出了讥笑。

　　接下来赌酒，他原以为她极好收拾，谁知道她硬要玩什么石头剪刀布，害得他回家吐得天翻地覆。

　　宇文晨光对自己说，他怕是有点儿喜欢那丫头了。

　　他突然笑了起来。他巴不得范小多明天就来找自己报仇。

5. 对手出现

李欢抬头看看天，碧蓝的天空点缀着白色云朵，蓝配白清清爽爽。看得久了，会发现有风在吹着云缓缓飘动，像是幅活动的画。

阳光明媚，街道上有洒水车在给绿地浇水，喷洒出的水露在阳光的照射下颗颗晶莹剔透。人行道从来没这么干净整洁过，来来往往的行人衣着光鲜，每个人脸上都带着满意的笑容。

李欢俯身捡起一张废纸，扔进路边的垃圾筒，听到有个老人赞他："这样有公德心的年轻人真是少见。"

李欢看到街角处有个乞讨的人，他放下一张十元钞票，听到乞讨者感激地唱："只要人人都献上一点爱……"

李欢走进美容美发店洗头，洗发妹对他说："先生发质真好，而且一点儿头皮屑都没有，就跟才洗过的一样。"

李欢这才想起早上起床洗过头。他笑着说："我早上才洗过，就给我按摩下吧，当休息了。"

洗发妹听了，就给他做起头部按摩来。

李欢舒服得想睡，迷迷糊糊地想，今天真是个反常的日子。

李欢这一系列的反常都是范小多一个电话带来的。

在李欢送花送得手软，吃饭吃得疲倦，说话说得口干，应付范家哥姐应付得脸快笑烂的时候，范小多第一次主动打电话给他，并主动约了他。

李欢能不心情愉悦，看世界处处都放光彩吗？

男追女，隔座山。追范小多，李欢先爬了六座高山，终于到了范小多这座山山脚，却找不着上山的路。正一筹莫展、望山兴叹之时，范小多玉手一按，李欢手机响起了《隐形的翅膀》，他终于可以飞往山巅了。

李欢心里这番感叹啊！他觉得自己开公司挖第一桶金时都没这么困难。

头部按摩做完，李欢已从迷糊中清醒过来了。

范小多平时对自己很冷淡，而且从来没有主动做过什么，一直晾着他，冷眼瞧着他讨好她哥哥姐姐，摆出一副你要讨好他们，那你找他们谈恋爱去的架势，随他折腾，就是不来气儿。

她今天怎么了？

情况不对劲啊！李欢走出美容美发店，得出了结论：今天范小多肯定另有所图。

他走在街上，想了半天还是没想出范小多为什么会主动约自己。

李欢心里没了底，拿起电话挨个儿给范家哥姐打去。

"大哥，今天小多主动打电话约我，她是不是有什么事儿啊？"

范哲天乐了："小多怕是想明白了，想和你接触，好好了解你。"

"二姐，小多第一次主动打电话约我。"

范哲琴大笑："小多想清楚了，这是好事情啊！"

"哲地，小多主动约我，我有点儿奇怪。"

范哲地惊叹："好好把握，机不可失，时不再来。她第一次约你，你小子可不能放过这机会。"

"四哥，小多从来没主动约我，今天第一次。这事儿你怎么看？"

范哲人不满道："难不成你不想小多约你？有了第一次就会有第二

次，习惯就好了。"

"五哥，小多第一次约我呢！"

范哲和很窝火："小多已经很久没约我吃饭了，你小子可以啊！"

"六哥，今天我接到小多电话，她约我吃饭。"

范哲乐相当冷静："兵来将挡，水来土掩，还需要我替你出席？"

李欢挂掉电话，总结了下范家人的意思：珍惜机会，沉着应对。

中午一点半，李欢睡了个午觉，起床闹钟设在三点。

下午三点，起床，洗了个澡。

三点半，拉开衣柜选衣服。

四点，上下焕然一新，衣服笔挺，皮鞋锃亮，对镜一照，还算翩翩佳公子一枚。

四点十五，开车到洗车场洗车。

四点五十，出现在花店，选了束香水百合，让店员包好。

五点，准时候在了电视台大门口。

李欢现在处于最佳战斗状态。

看到走出电视台门口的范小多，李欢愣了愣。

范小多明显没睡好，素着脸，也没化妆掩饰掩饰。她穿了件大号T恤，下身一看就是自己剪的牛仔短裤，裤腿上还挂着剪断的线，头发简单地束成了马尾。

她往李欢身边一站，李欢觉得自己白费心思拾掇了。

如果范小多也打扮一下，哪怕不是精心打扮，只要能看出她用了心思，李欢都好受一点儿。自己那么在意这次约会，花了一整天工夫，把精气神养到最佳状态，范小多就这样随随便便地应付？

这，也太不公平了。

李欢今天的形象适合去西餐厅，范小多这身打扮吃路边摊最方便。

犹豫片刻，李欢仍然决定珍惜这次被约会，让范小多选吃饭地点。

范小多根本就没注意到李欢今天的形象，只是觉得他比平时要干净整洁一些，但她连一丝赞美李欢形象气质佳的意思都没有。

李欢让她选地方，她想了想说，吃火锅。

吃火锅可以慢慢涮，她才有时间向李欢请教一些问题。

今天上班，阿慧、阿芳根本就没有埋怨她昨天没去，两人高高兴兴地讨论着小马和张言，不知道范小多最后仍是去了酒吧，更不知道范小多现在恨不得把宇文晨光大卸八块。两人还和范小多开玩笑，说她没去，晨光放了单，瞧着特可怜。

范小多记恨着昨晚宇文晨光那可恶的笑，记恨着他突然夺去她的初吻。她只要一想起来就脸红心跳。

他为什么会吻自己？范小多头都想大了，还是不明白。

知己知彼才能百战百胜。男人最了解男人，可是她不能找哥哥们咨询。

范小多认识的成熟男子，可以悄悄打听这事的，还真没有。可是她太想了解那一刻男人的心态了，想了半天，觉得可以向李欢打听。所以，上午她主动打电话约了李欢。

火锅的锅底慢慢沸腾起来。李欢脱了西装，解了领带，挽起衬衫袖子，吃得满头大汗。

他后悔穿了衬衫、西装，后悔让范小多定吃饭的地点，他怀疑范小多在故意整他。可他看过去，范小多也吃得满头大汗。从锅里捞出的菜太烫，她鼓着腮帮子吹，眼睛一眯一眯的，脸上的表情极为生动。

李欢觉得看范小多吃东西真的是种享受。他自然而然地帮小多涮她喜欢的菜，给她添冰镇西瓜汁。

以前他为女孩子做这些事，是觉得这些该由男人做，现在他为范小多服务，是想让她吃得更舒服。李欢突然觉得自己真的有点儿喜欢范小多了。

　　肚子半饱，范小多已列好了问题。她问李欢："你以前有过女朋友吗？"

　　李欢给她问得一愣，范小多难道是想了解自己的过去？

　　从他了解到的情况看，范小多从来没谈过恋爱，如果自己说有过，范小多会不会认为他的感情不够纯洁？

　　纯洁？李欢想笑。自己怎么想到了这个词？是因为范小多的感情是张白纸？

　　李欢觉得还是说实话比较好，他不打算抹杀过去。过去的恋情与他现在追求范小多没关系。李欢说："谈过，大学时谈过两次恋爱。"

　　他说完，见范小多半天没吭声，不知道她在想什么，就又补充了一句："那都是过去的事了。"

　　意思是，你放心吧，我不会还牵挂前两任女友。

　　范小多想的不是他的感情经历，她迟迟不开口是她不好意思问。范小多现在特别想知道男人会在什么样的情况下吻一个女孩子，而且是没经过她同意就亲吻她。

　　范小多从早晨一清醒就在想这个问题。在她看来，两个不是恋爱关系的人不可能会接吻。她想不明白宇文晨光为什么会突然吻自己。

　　她终于鼓足了勇气问李欢："那你肯定吻过她们了？"

　　范小多没敢抬头，假装低头吃菜。

　　李欢给问蒙了。

　　他盯着范小多看，她的脸红扑扑的，不知道是热的还被辣红的。他实在搞不懂范小多怎么会问出这样的问题，她究竟是什么意思？李欢一时半会儿也不知道怎么回答。

　　就在他迟疑的这会儿，范小多羞得想都钻进地缝里去了。她抬起头，眼皮一翻："不想说就是有了？"

　　李欢禁不住呵呵笑起来，他觉得小多偶尔露出来点娇憨，很可爱。李欢告诉小多："当然接过吻。你还想知道什么？"

他觉得小多表现得跟吃醋了一样，一时间心情大好。

范小多见李欢回答了，就紧跟着问："你喜欢她才会吻她是吗？"

这问题让李欢想起了自己的第一个女朋友。

同学约着一起去爬山，走在李欢前面的女生突然脚踩滑了往后摔，李欢伸手去接。女孩摔进他怀里时，搂住了他的脖子，嘴唇触到了他的唇。后来她成了他第一个女朋友，开玩笑时还说，那一次是两人第一次接吻。

想到这里，李欢脸上泛起了温柔的笑容："不一定，当时还没喜欢上就吻了。"

范小多突然难过起来。

原来不喜欢一个人也能接吻啊！他，他怎么能这样！怒气和委屈在范小多心里打着旋儿。她的初吻啊，丢得这么没价值！

李欢看范小多突然沉默了下来，脸色非常不好看，赶紧哄她："接吻嘛，其实也并不是多大的事。"

可是，那是她的初吻啊！范小多听了，更是难受，放下筷子说："吃饱了，回家。"

李欢小心翼翼地问小多："你很在意我从前的事？"

范小多白了他一眼："又不关我的事，我为什么要在意？"

李欢吃不准范小多究竟是在意还是不在意，他回到家，躺在床上辗转反侧，又给哲地打电话："小多今天问我以前谈过恋爱没有，还问我接过吻没有。我说有，她好像突然有点儿不高兴，又说自己不在意。你说，你妹妹究竟在想些什么？"

范哲地无比惊喜："小多问你这些事了？女孩子肯定在意，没说的！再说了，我家小多从来没有谈过恋爱嘛！"

李欢觉得范哲地说的有一定道理，但他心里还是七上八下的，不踏实。

他狠狠地捋了捋头发，觉得自己跟没谈过恋爱似的，范小多几句话就整得他神神叨叨的了。

李欢急切地盼着天明。他决定明天去见小多，问个清楚明白。

阿慧和阿芳在办公室又笑又闹，今天小马和张言分别给她俩送了花。没想到一次酒吧巧遇，缘分还能继续，两个人乐得不行。

阿慧告诉范小多："今天晚上他们约吃饭，说晨光会来，让把你一块儿叫上。"

范小多心里百味杂陈，提起宇文晨光她就一肚子气。她想，如果自己怒气冲冲去吃饭，肯定会坏了阿慧和阿芳的心情。

她也不想让别人知道宇文晨光和她之间的那件事。范小多正想找借口推掉，主任走进办公室告诉她们："今晚从内蒙古来了几个客户，酒量很大，不好对付，你们几个一起去。"

阿慧、阿芳面带难色，范小多赶紧接话说："我一个人就行。"

肖主任走后，阿慧、阿芳对小多表示感激。

范小多也松了口气，笑着说："记住呵，下次我需要你俩帮忙，可不能含糊。"

两人齐声答应。

等到李欢打电话来时，范小多理直气壮地告诉他自己今晚要招待客户，和同事一起去吃饭。李欢听出来她不是在敷衍自己，高兴地挂了电话。

从内蒙古来了四个人，两男两女，据说他们会走路的时候，就会喝酒了。

广告部不敢含糊，去了八个人接待，心想二对一，应该能稳操胜券。

肖主任把重点放在了两个男客户身上，五个男同事和自己招待他们，范小多和另一个女同事江姐去陪那两个女的。

两个女客户看上去并不像内蒙古那边的人，模样甜美、身材娇小，一个是外语学院毕业的，一个是音乐学院毕业的，不知道为什么都没干本行，做起了保暖衣的经销商。

男客户果然酒量极好，以二敌六也战成了平手。

肖主任看大局已定，心里很高兴，平手也好啊，广告部没丢脸就成。一高兴就忘形，肖主任主动端着杯子找到两个女客户，说什么也要敬她们两杯。

两名女客户往桌上扫了眼，发现广告部的六个男人都已半醉，很爽快地应了招："哪能让主任敬我们俩，我俩敬一敬各位朋友吧。"

外语学院毕业的女士娇柔地站起来，晃晃酒瓶子，挨个儿给广告部六个男人满上，说："我先敬大家一杯。"说完就干了。

她一个人喝一杯，六个人各喝一杯，都没事。

这杯完了，酒也没了。

音乐学院毕业的女客户用甜美的声音说道："怎么着也要敬诸位三杯才行，咱们再来半斤如何？"

广告部的男人有美女敬酒，再来半斤算什么？于是又让开了半斤酒。

谁知道，半斤之后又一个半斤，两个女客户叫到第四个半斤的时候，广告部的男人们脸都白了。

范小多在旁边感慨不已。这两个女客户太狡猾了，深藏不露，等俩男客户"损人一千，自伤八百"后，才显山露水。

肖主任苦笑着对着小多和江姐使眼色，意思是说，大老爷们儿扛不住了，两位女将快救人于水火之中吧。

江姐很胖，是个异常豪爽的女人，广告部做业务的就她一个女的，能和众男人抢业务且不输于男人，是个厉害角色。

江姐站起来，拿了几个啤酒杯，把酒倒得满满的，说："喝小杯懒得倒酒，这样喝。"说完，眼睛直盯着那两个女客户。

"好！就冲着姐姐这份豪爽，咱们这生意谈定了！"两位女客户也不含糊，仰头就把一啤酒杯白酒喝了。

范小多震惊了，心想广告部的人真的不容易，难怪初来时就听他们说，如果不会喝酒，在广告部待不长，无酒不成席，客户来了不喝酒没气氛。她有点儿明白在觥筹交错的背后包含着怎样的人际关系学了。

一杯四两多，两个女人喝完半点儿异样也没有。这番实力震惊了广告部所有人。

此时草原儿女的本色尽显，两个女人掉头找上了小多，说广告部没有不会喝酒的，妹子陪了一晚上了，怎么着也要表示表示。

广告部众人只好眼巴巴望着范小多。她要不接这话，就是变相认戾了。

同事殷切的目光让范小多热血沸腾。这一刻，一致对外的团结让她感觉到集体荣誉感的存在，说什么也不能让广告部栽在这两个女客户手里。

以八敌四，还被喝趴下，传出去，小多能想象刘台长肯定会孩子气地跑到广告部来抱怨。

可能血脉里还流着老爸北方汉子的豪爽，小多也很喜欢喝酒不含糊的人。她给自己倒了一杯酒，斯斯文文地端着酒杯和俩女客户碰了碰就要喝。没想到女客户提意见了，要一人单敬她一杯，说着又倒了一杯酒放她面前——加一起八两酒，一口气喝下去与慢慢喝完全是两回事。

范小多没得选择，看意思，这两杯下去，今天也就差不多了。她咬咬牙仰脖子把酒喝了。

没多久，酒席就散了。小多跟着同事走出酒楼，看到宇文晨光一个人站在街对面。那个可恶的男人！还露出那种讨厌的笑！小多此时酒精上了脑，挥别同事，大踏步走了过去。

"不是叫你绕道走吗？你居然敢站在我面前！"范小多气势汹汹。

"好像你后来说叫我最好别绕道走，省得找我报仇麻烦。"宇文晨光慢腾腾地重复小多那天走之前说的话。

范小多很生气，骂道："你没品，下流！"说完，气恼地把包往他车上砸。车子没响？范小多愣了愣，又踢了一脚。

宇文晨光好笑地看着小多泄愤："车又没锁，怎么会响？"

范小多突然想起，那天应该打他一巴掌，现在补上应该可以吧？

她从来没打过人，眼睛一闭，牙一咬，巴掌就挥了过去。

人没打着，宇文晨光又把她拉进了怀里。范小多大惊，扭头就往街那边看，生怕被同事瞧见了。

宇文晨光看着她红着脸、闭着眼睛轻飘飘挥来一巴掌，可爱的样子让他直乐，他忍不住就抱住了她："你很生气？生气我吻你？"

范小多在他怀里动弹不得，同事倒是走完了，可这是在大街上，她怕熟人瞧见，忙低声吼着："你放手！"

宇文晨光动也不动："你先回答我。"

范小多急了："我恨你，你放手。"

"我为什么要听你的？"宇文晨光一副痞子样，逗着她。范小多越是惊慌，他越想逗她。

范小多会看人脸色，懂得在大哥巴掌拍屁股前认错，这是从小养成的好习惯。她不想在大街上喊救命，听宇文晨光这么一说，仰起因为酒气上涌变得红通通的脸问："那你要怎样？"

宇文晨光松开环着她的手："陪我吃饭。"

今天听说小多晚上来不了，陪客户去吃饭了，宇文晨光饭也没吃就跑过来等她。他想见她，但一等就是两个小时，他饿坏了。

范小多这会儿哪还吃得下东西，但从小都是别人顺着她，面对宇文晨光不陪他吃饭就不放手的赖皮样，她不知道该怎么办，万一他又在大街上吻她……范小多想都不敢再往下想，听话地坐上了宇文晨光的车。

原来这刁蛮丫头面浅，害怕在大街上丢脸。没想到这么快就找到她的命门了。

宇文晨光很高兴，瞧着范小多不情愿却只能就范的模样，他打心眼儿里满意。

去吃什么好呢？宇文晨光现在觉得吃什么都好，什么都好吃，他想起了一个牙膏广告：牙齿倍儿好，吃嘛嘛香！

车刚开一会儿，范小多就不舒服了，刚才酒喝得急，这会儿酒气上涌，她想吐。她忍着没吭声，直到看车开离了刚才热闹繁华的大街，她才压着胸口泛起的恶心感对宇文晨光说："你停车！"

宇文晨光看了小多一眼："想反悔啊？上了我的车就我说了算。告诉你，上了贼船啦，下不去喽！"

范小多胃里翻江倒海，她深呼吸几口，吐出几个字："你不停车，叫你后悔也来不及！"

宇文晨光心想，我还怕你？说着又狠踩了一脚油门提了速，嘴里还得意地说着："不停又怎么样？"

车加速带来的抖动让范小多再也忍不住，她哇的一下吐了。

本来范小多可以把头伸出车窗吐，但宇文晨光的可恶让她直接吐在了车里。顿时，车子里弥漫着酒气、酸气。

宇文晨光赶紧踩了一脚刹车。他转头望着还在吐的范小多，牙齿咬得嘎巴作响。她居然喝酒喝到这种程度！宇文晨光不知道自己是气范小多喝太多酒还是气她把车里弄得一塌糊涂。

见她吐得难受，他来不及考虑自己的情绪，一边手忙脚乱地抽纸巾，一边用力拍着范小多的背。

范小多打开他拍背的手："你要把背给我拍断啊？"说着推开车门下了车。

外面空气清新，范小多觉得舒服了很多。

宇文晨光也跟着下了车，递过一瓶矿泉水："怎么喝成这样？你们广告部怎么叫个小姑娘去喝酒？肖成飞他脑子坏掉了？"

范小多用矿泉水漱了漱口。刚才是八两多的酒一口气灌下去，喝急了，现在吐完漱完口就没事了。她看着宇文晨光的车，感觉有点儿开心："不关你的事，我喝成什么样也不关你的事！"

宇文晨光没想到范小多这么快就恢复了精力，还能和他斗嘴，刚才吐得难受的可怜样儿转眼就消失了。他往四周看看，突然笑了："你刚才跟我上车是怕街上人多闹起来没面子。现在街上清静，又猖狂起来了是吧？"

范小多看也没看他就往前走，边走边说："你说对了，我凭什么要在大街上表演啊？而且跟个祸害在一起，我怕丢人！顺便告诉你，我就是故意吐在车上的，你慢慢忍着味道开去洗吧！"

宇文晨光看着范小多昂着头往前走，脑袋微晃着，马尾一甩一甩的，神气得很，再回头看看被她吐得脏兮兮的车，气得额头青筋直冒。他猛地加快脚步，一下子把范小多扛了起来。

范小多想象着宇文晨光伴着一车呕吐物，无可奈何去洗车的样子，正得意，突然就被宇文晨光甩上了背。她回过神来，又打又踢，惊恐万分而且不知道宇文晨光要做什么，刚喊了两声"救命"，就被他扔到了后排座位上。

宇文晨光瞧着她说："吐完就想跑？门儿都没有！"他锁好车门，从前面上了车，又回过头对范小多说："你最好乖乖坐那儿陪我去洗车，你要乱动我就吻你！"

范小多坐在后排，风吹着阵阵难闻的气味往鼻子钻，她气得直骂："宇文晨光，你这是耍流氓，强抢民女，非法拘禁！"骂归骂，她却一点儿也不敢动。

骂了会儿，范小多又觉得委屈，眼泪在眼眶里打起转来，她偏过头，不肯让宇文晨光瞧见。

宇文晨光暗下决心一定要治治这丫头片子。从后视镜里看到小多含着眼泪倔强的样子，他想笑，但连忙绷住脸不理她，把车开到了洗车场。

小多跳下车就跑，被宇文晨光一把拉住了。不等小多闹起来，他便在她耳边说："你敢跑的话，我不介意当他们面亲你。"

范小多从来没遇到过这么无耻的人，忍不住蹲在地上哭了起来。

听到哭声，洗车场小工好奇地往这边看。宇文晨光慌了神，忙对范小多说："你别哭啊，我洗完车就送你回家，我说着玩的，你别哭成吗？"

范小多也不想在这么多人面前哭，听他这么一说，才止住哭声抬起头："真的？"

宇文晨光看着她挂着眼泪的小脸，小嘴翘着，不禁心神一荡，又冲动得想吻上那张红唇。他放柔声音："真的，洗完车就送你回家。"

洗完车，宇文晨光老老实实送范小多回家。

到了家门口，范小多跳下车就走，却听到宇文晨光在背后轻声说："小多，这个周末我在星空等你。"

她回过头，见宇文晨光站在车旁边，唇边挂着温和的笑容，一张脸俊逸不凡。她听到了自己的心脏跳动的声音，不由自主地点了点头。

宇文晨光的眼睛亮了起来，他大笑："周末见！"

范小多看着他的车开远，突然回过神，她怎么了？怎么就答应他了？思索了一会儿，范小多告诉自己，答应他是为了报仇！对，这个周末她一定要报仇！

想出这个答案后，她蹦着回了家。

范哲乐闻到小多身上的酒气，忍不住皱眉："小多，今天喝酒啦？"

范小多应了一声："广告部招待客户。"

哲乐很不满："我觉得你还是不要待在广告部了，女孩子喝什么酒！"

小多拿着衣服往卫生间走："一般都是不喝的，今天来了四个内蒙古的客户，肖主任怕喝不过，就多带了几个同事去。"

哲乐更加不满:"以后不要去和那些客户喝酒。你是后期编辑,广告客户关你什么事?现在外面的人复杂得很,特别是那种老混酒桌的人。"

范小多随口答应下来。她刚工作不久,顶头上司喊她,她不好拒绝。哥哥的担心她也知道,可她不想都工作了还让家里人帮她捋顺单位的事。

洗完澡,她挨着范哲乐坐,问他:"六哥,你怎么还没找女朋友啊?"

范哲乐笑道:"六哥是男人,又不怕嫁不出去,着什么急。"

小多说:"那为什么你们要急着给我介绍男朋友啊?"

"因为我们想有个男人能像哥哥们一样照顾你。"

"那我有你们不就行了吗?"

"小多,哥哥迟早会娶嫂子。你想和大哥、大嫂、小天一起住一辈子?"

"那不行,小天怕我抢他的东西。"

哲乐看着小多慢慢闭上了眼睛,便搂紧了她说:"所以啊,要找个不怕你抢东西,而且有了好东西全给你的男人来照顾你。"

小多困了,喃喃地说:"他都不让着我。"

哲乐一怔,李欢不让着小多?这臭小子!

范哲乐小心地把睡着了的小多抱上床,看着她熟睡的脸,心疼地想,小多居然没告诉过他们李欢不让着她,小多肯定是怕他们担心。想到这里,范哲乐握紧了拳头。

李欢在家里突然打了个寒战,听天气预报说今晚降温,明天要下雨。

他决定明天去接小多下班。

6. 范家哥哥都恋妹

范小多才到办公室就看到主任冲她笑，她也回了一个笑脸。

肖主任走过来对她说："小多，你昨天真行啊，给咱广告部长脸了。没想到啊，小姑娘气势很足啊！"

范小多抿着嘴笑："主任，以后见着年轻漂亮女孩子还敢端酒去敬吗？"

在广告部待了段时间，范小多已经习惯了部门轻松的氛围，也敢和主任开玩笑了。

肖主任叹了口气："漂亮女孩子倒还好，最怕长得'难过'，还非得要陪着吃喝的，那就让人恼火了。"

范小多呵呵地笑起来："有这样的吗？"

肖主任愁眉苦脸："怎么没有，今天就来了一个，南方一家广告公司的客户代表。"说完很热心地邀请她："中午一起去吧？"

范小多坚决地摇摇头："帅哥还可以考虑。这个嘛，您自己对付吧！"说完笑着往办公室走。身后，肖主任很不甘心地说："怎么每个人都不愿意去。"

范小多进了机房就把这事讲给阿慧、阿芳听，惹得她俩大笑。

李欢打电话来的时候，听到电话那头一阵银铃般的笑声，禁不住好奇："什么好事高兴成这样？"

范小多这时心情很好，就把刚才主任头疼和貌丑女客户吃饭的事又重复了一遍，李欢也跟着笑了起来。

李欢很高兴，气氛空前绝后地好，他趁机告诉范小多："晚上我接你下班。"

范小多止住了笑："不用了，李欢，我下班自己回家！"

李欢郁闷了，换了个说法："我有个朋友开了家酒楼，据说菜很有特色，我一直想去捧场，但我一个人去吃也不舒服，你陪我去吧！"

范小多想了半天说："今天阿慧、阿芳也约我吃饭呢。"边说边给两个女生使眼色。

李欢听到电话那头传来了阿慧、阿芳的声音："小多啊，说了好久了，你别又放我们鸽子啦。"

李欢没辙："那你和她俩吃饭把我带上行不？她俩请客我买单，就去我朋友开的酒楼？"

话说到这份儿上，范小多只好答应。

没想到和阿慧、阿芳一说，她俩得寸进尺，要把小马和张言叫上。阿慧嘿嘿笑着说："你不能让我们俩去当灯泡吧？"

范小多为李欢争权利："人家买单，一下子去这么多人，不太好吧？"

阿芳笑着拉小多坐下："他肯定高兴还来不及呢。你想，他一个男人，我们三个女的，他想和你说悄悄话都不方便。如果我们各带一个人，他肯定高兴！"

范小多还是觉得不妥。

阿慧激她："小多，你是不是怕小马和张言说给宇文晨光听？怕他知道你有男朋友啊？"

小多不高兴了："我干吗要怕他知道？再说，李欢也不是我男朋友。他一厢情愿要追我，我有什么办法？得，今晚吃他去，什么贵吃什么，看他下次还敢来约我。"

李欢过来接范小多，想到小多的两个同事也在，心里有些不舒服。等到三个女孩上了车，听到她们约了男友，他马上就高兴起来，这不是准三对吗？

阿慧和阿芳瞧在眼里，得意地撞了撞小多，让她看李欢表情。两人的眼神就一个意思，看到没？她俩要不带人去，李欢才会不舒服。

范小多有点儿同情李欢了。

下车的时候，她悄悄拉住阿慧和阿芳："今晚别点太贵的菜，你俩欠我的人情还没还呢！"

阿慧、阿芳笑着让她放心。

新开的这家酒楼装修得还不错，楼下是大堂，楼上是雅间，至少有两千平方米。四个人找了个角落坐下，没过多久，小马和张言就到了。阿慧、阿芳将两人介绍给李欢。

李欢是生意人，能说会道，才一会儿工夫就和张言、小马聊得眉飞色舞了。

范小多觉得，和李欢做朋友一定很不错。他那张嘴不会闲着，有他在，就一定会热热闹闹、开开心心的。

菜上来后，大家吃着都觉得味道不错，一个劲儿夸厨子手艺好。

李欢也颇有面子。

开酒楼的朋友四下转悠着招呼朋友，到了这边一看，正巧是三男三女，他敬酒的时候就笑着说："酒楼新开张，谢谢捧场。讨个吉利，这酒一定要敬成双成对，一次敬两人，喝双杯。"

老板说话喜庆，阿慧与小马、阿芳和张言听了高兴，都双双站起来回应。敬完那四人，老板拍着李欢的肩笑嘻嘻地说："李欢，你不介绍你旁边这位？"——眉眼里全是暧昧。

范小多很为难，她希望李欢不要说她是他女朋友，也不想和他一起去接这个成双成对。

　　但李欢只顾着高兴。阿慧和阿芳带了男朋友，三男三女正好三对，看着阿慧和阿芳与小马、张言的亲热劲儿，李欢觉得他和范小多也应该这样。于是，他根本没注意范小多的神情，一把将她拉起来："这是范小多。小多，你叫徐哥就是了。徐哥，祝你生意兴隆！"

　　说完就把杯中酒干了。

　　范小多愣了，回过神见那个徐哥笑着对她举杯，她只好把酒喝了。

　　坐下后，李欢还握着她的手，范小多使劲想挣开，李欢面不改色，手里却加了劲，不放开她。范小多一股气直冲脑门儿，但她又不想被阿慧、阿芳瞧笑话，只好耐着性子吃饭。两人交握的手就一直放在桌下。

　　范小多气愤地想，喝酒是给你面子，免得你在朋友面前下不来台，你倒得寸进尺了。她当即决定，吃完这顿饭，再也不搭理李欢，任家里人再怎么劝她也不要理他。

　　李欢此时心里却在想，再由着小多，还不知道猴年马月才能牵她的手呢，现在能牵着就不能放。

　　这时，小马突然对范小多说："上次我们一直等你，你没来，结果晨……"

　　范小多一惊，生怕小马说出酒吧的事——李欢知道等于全家都知道。她心里着急，一脚就踢了过去。

　　小马"哎哟"一声，痛得龇牙咧嘴，看到三个女孩子都在对他挤眉弄眼，赶紧改口："后来听阿慧说你去陪台里的客户吃饭了，才没有继续等。"

　　三个女孩同时松了口气。

　　李欢瞧在眼里，心里起了疑。他没有追着问，反正自己身后有范家六兄妹撑腰，他有信心抓住小多的心。

　　吃过饭，走出酒楼，李欢还握着范小多的手。

　　范小多笑着和阿慧、阿芳她们告别，看她们走远了，才扯着李欢走向清静的地方。

李欢由她扯着，觉得这感觉真好。

范小多停下脚步，似笑非笑地看着他："牵了我的手一晚上了，还没够？"

李欢笑着说："不够，我就想这样握着你的手送你回家。"

范小多看李欢嬉皮笑脸的样子，火从心头起，怒向胆边生，一脚就踩了下去。

她个子矮，穿鞋的时候都尽量会穿有跟的，今天正巧穿了双七厘米的高跟鞋。她这一脚踩得特狠，疼得李欢松开手跳着脚直吸气。

手终于自由了，范小多拍拍手，十分得意，突然耳边传来一声怒吼："小多，你踩李欢干什么？！"

范小多吓得一抖，就见大哥带着三哥、四哥急匆匆地走了过来。

李欢一边吸气一边笑着说："小多和我开玩笑呢！"

范哲天板着脸，挥手打断他："我早瞧见了，吃饭的时候就看她在桌下动脚踹人，没踹着你倒踹着别人了。"

范小多开口要解释，范哲天狠狠地瞪了她一眼："跟你们台广告部那些人成天在外吃喝玩乐，真是学坏了！你什么时候学会踹人，还用高跟鞋踩人的？别给我说你不习惯李欢牵你的手你才这样！男朋友牵女朋友的手，天经地义，犯得着又踢又踩？"

范小多气得脸发白，从小最宠她的哥哥现在为着一个外人在大街上训她？她几时受过这种气，忍不住回嘴："他什么时候是我男朋友了？我什么时候答应了？"

范哲天被问得哑口无言。

他看李欢各方面条件都不错，在自家人面前表现也不错，平时又是送花又是接小多上下班，体贴入微，在他眼里，李欢已经是准妹婿。

他比小多大十八岁，又当哥又当爹的，眼见小多倔强地看着他，心里一酸。

他当了这么多年范家老大，在工作中也说一不二，从生活上到工作上，和他顶嘴的人都不多，没想到今天被最疼爱的小妹出言顶撞了。他简直有点儿不相信自己的眼睛和耳朵，面前这个态度刁蛮，在大庭广众之下对李欢又踹又踩的人是小多？

范哲天避开了范小多的问题："你踹人踩人还有理了？！"

范小多梗着脖子："你什么都不知道，你怎么知道我没理？"

李欢看着兄妹俩要吵起来，赶紧说话圆场："大哥，小多真是和我开玩笑的，你别生气。"

老三、老四也上来劝。

不劝还好，一劝，范哲天火气更大。他觉得这个李欢太懂事了，自家妹妹太不懂事了。他上前拉住小多："你跟我回家，回家再说。"

范哲地、范哲人对望了一眼，范哲地对李欢说："要不你先回去？"

李欢有些担忧地看着铁青着脸的范哲天。

范哲天回过头对李欢说："你也跟着来。"说完拉着小多上了车。

范小多紧闭着嘴，心想，我又没做错事，我怕什么？

回到家，大嫂见兄妹几人都沉着脸，李欢也在，忙上前问："怎么啦？"

范小多听了，更委屈，紧抿着嘴唇一声不吭。

范哲天进了屋，对老婆说："你把小天带里屋去，别出来！"

他在家里也是老大，老婆担心地看了小多一眼，拉着儿子进了屋，又赶紧给其他弟弟妹妹打电话。

范哲天对小多说："你现在给李欢道歉！"

小多不说话。

李欢忙说："不用了，真的是开玩笑的。大哥，你别骂小多了。"

李欢越懂事，范哲天越生气："要是李欢敢踹你踩你，我就剁了他的脚！"

李欢一听，汗毛倒竖，不由自主瞧了瞧自己牵过小多的那只手。

范哲天又说："听老六说李欢不让着你，他真敢不让着你，我撺也要撺到他让。"

李欢听了，心里又是一凉，努力回想自己哪次没有让着范小多。

范哲天又说："要是李欢敢骂你，我们兄弟几个溅出的唾沫都能把他淹死！"

李欢打了个寒战，开始想象和范小多在一起只能"打不还手，骂不还口"的悲惨生活。

范哲天继续说道："但是，李欢没有犯错，没有踹你、没有踩你、没有骂你，更没有不让着你。小多，你必须道歉。"

李欢感动地望着范哲天，觉得范老大明察秋毫，处事公平。

小多还是不说话。

范哲天当着李欢的面下不来台，不禁爆发出一声怒吼："打小就你一个人没挨过打没挨过罚，都把你宠坏了！你今天要么道歉，要么就去阳台上跪着！"

范哲地和范哲人听到这句话就着急了，一个劲儿给小多使眼色：老大这是下不来台啊，你从小就会看他脸色，说声对不起不就结了？

李欢也急了，用得着这么严重吗？这都什么年代了，还有家法啊？他正要再劝，给范哲天一个眼神瞪了回去。

范小多从小看多了哥哥们被罚跪被打手板心，只是看，从来没人动她一根手指头，现在，大哥居然要罚她跪阳台？！范小多也犯了倔，一声不吭地走到阳台，扑通一声就跪那儿了。

屋子里的几个人全傻了眼。

李欢不由得佩服起范小多来。他就喜欢小多骨子里透出的这股子刁蛮劲儿，觉得小多倔得可爱，范家人宠她再自然不过。可这么一跪，他就跟着心疼起来，想劝范哲天吧，看看范家老大那气势，他估计自己这会儿一劝，就是火上浇油。

范哲天气呼呼地坐在客厅里。他没想到打小没跪过的小多居然跑到阳台上说跪就跪。听到她膝盖触地的扑通声，他的心都跟着哆嗦了一下。可话才说出口，还当着李欢的面说的，怎么好意思收回来啊？

范哲地和范哲人也呆住了。去劝吧，老大正在气头上；不劝吧，心疼啊。两人恨不得去阳台罚跪的是自己。

看看大哥，再望望小妹，正在两人不知如何是好时，门铃急切地响了。

哲地、哲人、李欢都跳起来去开门。门外冲进来三个人，正是哲琴、哲和、哲乐。大嫂一直在里间给他们通报现场情况，三个人听说老大罚小多跪阳台，急得火烧眉毛，都匆匆赶了过来。

一进门，范哲琴就说："小多不道歉是她不对，她嘴里没说，心里肯定早认错了。"

话音一落，范哲天噌的一下从沙发上跳起来，跑到阳台上对小多说："你起来吧。你二姐说情，这次就算了，下次不准踹人了呵！"

李欢也赶紧跟过去："小多，是我不好，你快起来。"

范小多动也不动，直挺挺跪在那儿就是不起来。

范哲天只好觍着脸再劝："小多啊，跪着很疼的。你起来，嗯？"那个"嗯"字，已带着几分恳求。

哲地、哲人、哲和以及哲乐也跑到阳台上挤着："小多，乖，起来，有什么委屈跟哥说。"

范小多还是不动。

哲乐伸手去牵她，她啪的一声把哲乐的手打掉。

这下范家兄妹全急了。他们几时见过小多这样发脾气？

什么时候小妹会打人发脾气了？范哲乐受了池鱼之灾，心头的火嗖嗖往上蹿，转过头瞪李欢："小多绝对不会无缘无故地踹你踩你，你怎么她啦？"

大概是当律师的人眼神太锐利，李欢半张着嘴，支支吾吾了半天才底气不足地坦白交代："我，我就牵了下她的手。"

这下众人找到理由了。范哲人说："小多除了牵我们的手，从没牵过别的男人的手，她不习惯很正常嘛！"

范哲和说："小多不喜欢当然会不高兴，不高兴忍不住轻轻踩了你一下，也不是什么大事嘛！"

李欢不由得苦笑："是，都是我不对。小多，你起来吧。你起来，我再让你踩十脚都成。"

哲地、哲琴赶紧说："小多啊，你看李欢都认错了。你别倔了啊，起来吧！"

李欢心里这个气啊。他心想，范小多，你真狠，你再不起来你们全家就要我下跪给你认错了。可是他看着范小多跪在那儿就是不动，脸上一片倔强，眼睛里一滴泪都没有，嘴闭得比蚌壳还严实，一副委屈得不行的可怜样，心里又涌出一股怜惜，还感到一阵阵的心疼。

李欢暗暗叹息，我怎么也跟着心疼了，我真是跟着范家人走火入魔了。但他又想，只要范小多起来，只要她笑，不，哪怕她哭出来，就是给他定更大的罪，他都认了。

李欢叹了口气说："我不勉强你做我女朋友行了吗？我们做朋友行吗？以后我再不这样硬要牵你的手了，行吗？"

此话一出，众人又是一呆，随即感动得不行，觉得李欢对小多一片真心，都低声下气成这样了，小多还有什么不满意呢？

众人好话说尽，李欢一个劲儿认错，范小多还是不动。

大家只好齐刷刷地把目光投向了罪魁祸首——范哲天。

范哲天脸涨得通红，看小多都跪了快大半个小时了，就蹲在小多面前低声哄："大哥错了，冤枉你了。咱们小多最乖了。你说句话啊，你要心里还委屈，你打大哥好不好？"

范小多疼得厉害，腿都没了知觉。她早就想起来了，范哲天一认错，她哇的一声就大哭起来。

众人齐齐松了一口气。

李欢腿一软差点儿也跪了下去。他在心里不停地叹气，自己怎么会喜欢上这么个宝贝？他有点儿可怜自己，怎么就一头栽进这个万年大坑了呢？

几兄弟抱婴儿一样把范小多抱起来送到了沙发上。

范哲乐卷起她的裤子一看，膝盖处已经红了。

李欢站在旁边，心里一疼，硬忍着伸手去揉的冲动，手揣在裤袋里紧紧捏成了拳头。他一再告诫自己，不能伸手啊，万一范小多不愿意被自己触碰，这几兄弟为了讨好她砍了自己的手怎么办？

"哎哟，都伤成这样了！"

范哲地夸张的惊呼让李欢硬生生地转过背，把拳头塞进了嘴里。他毫不怀疑，范小多要是流了一滴血，范家兄妹肯定已经把她送进ICU病房了。

范哲天拿着红花油帮小多揉，边揉边吹气："小多不痛啊！大哥不好，爸妈交代了要好好照顾你的。"

说着眼睛就红了。

几兄妹也都跟着红了眼圈。

范小多双手搂住大哥的脖子抽泣："你好凶！你们逼着我相亲，硬要给我找男朋友……我知道，你们都不要我了！"

最后这句话真正地触到了范小多的泪点。她趴在范哲天肩上放声痛哭，哭得一屋子人心都泛了酸。众人齐声哄着她："怎么会不要你，哥哥姐姐最爱你了。"

望着挤成一团凑到范小多面前的范家兄妹，李欢真的很羡慕。他叹了口气，慢慢往门口走。范小多不喜欢他也没办法，虽然他很想小多能抱着他这样撒娇、这样哭。

他的手才碰到门把手，就听到范小多喊他："李欢，对不起。"

李欢抖了抖耳朵，怀疑自己听错了。他回过头，见小多脸上还挂着眼泪，眼神却很清澈："对不起啊，李欢，是我不对。我不该踩你。"

李欢觉得一股狂喜涌上心头。他没听错吧？范小多在道歉？他转身走到小多面前结结巴巴地说："小多，今天是我不好。我不该明知道你不喜欢还一直强拉着你的手不放，这才惹你发脾气。"

小两口儿互相认错，道歉了。

全家人又嘘出了一口气。

范哲天感慨，自己谈恋爱怎么没这么麻烦呢！

范哲琴抹眼泪，觉得李欢人实在是不错。

范哲地后怕，还好李欢对小多好，不然哥儿几个会打死他。

范哲人叹气，牵个手就闹成这样，以后有事忙了。

范哲和心酸，真的要把妹妹交给另一个男人了。

范哲乐难过，要是小多失恋了，怎么办？

终于风平浪静。李欢答应小多绝不勉强她，先做朋友不做男朋友，做男朋友得等小多自己愿意。

经此一役，李欢的心思已经完全变了。

他觉得和小多做朋友，不会有这么大的压力，说不定两人真正相互了解后，范小多还有做他女朋友的可能。

继续做之前那样的男朋友，李欢有心无胆了。

晚上范哲乐背小多回家。哲乐对小多说："哥哥不给你介绍男朋友了。可是小多，你终究会找一个男朋友的。"

范小多抱着哲乐的脖子："哥，我知道。"

哲乐又说："说实话，等有一天，如果你真的带一个男人回家说要嫁给他，哥哥也不知道会是什么心情。"

范小多把头靠在哲乐背上："他得有哥哥这么高大，可以背着我；

他要有哥哥这么宠我，让我撒娇；他要长得特帅，要比哥哥还帅。不然，我爱哥哥，不爱他。"说着，小多脑海里出现了宇文晨光的样子，她甜甜地笑了。

"那咱家的排名呢？你今天怎么排的？"

范小多从小学起就开始给家里人排名。有时大哥占第一，有时二姐占第一。上了初中，排名第一的变成了哲乐；上了大学，冒充她男友斥退纠缠小多的男生的范哲和一直屈居末位。每年吃团圆饭小多都要公布排名榜。现在哲乐问她，范小多又笑了："今天排名第一的是李欢！只是今天哦！"

一天也让长期稳居排名榜第一的范哲乐不满："为什么？"

范小多说："因为他今天最委屈，而且他不做我男朋友，只做我朋友，我开心。"说完咯咯地笑了起来，又说："六哥今天排第二啦！"

能打败其他人，范哲乐还是很开心的："为什么？"

"因为六哥还背得动我啊！"

两兄妹都笑了起来，一起回忆小时候的甜蜜。

电视台被评为文明单位，广告部又提前完成全年任务，因此单位给员工发了奖金。

范小多一下子从财务那里领到了四千多块钱奖金，这是她工作挣钱以后拿到的最多一笔钱。她不想存银行，想全花光。

她把钱堆在床上开始分。

给四个侄子侄女抽出了八张红票票，剩下的抛开零头按人头分成了七等份，五个哥哥、一个姐姐还有李欢一人五张红票票。

范小多分好钱，开始犯愁。

买礼物吧，要买就得买好的，可五百块她又不知道买什么。

吃饭呢，就更没意思。

范小多干脆每个人都封了个红包。可是封到李欢，她又犹豫了。她给李欢算了一份是因为李欢送她花、请她吃饭、接送她回家，最后还答应和她做朋友。但是封红包给李欢好像不大合适。小多想，就用这五百块请李欢吃顿饭，她还从来没请过李欢呢。既然是朋友，就应该礼尚往来。

决定之后，范小多把红包挨个给了哥哥姐姐和侄子侄女。

接到小多递来的红包，听她声明这是工作后第一次拿到的奖金，哥哥姐姐感动得一塌糊涂。

范哲天对助理说："二十二年含辛茹苦，今天才知道为人长兄是这么幸福。"

助理也很开心——这一整天范哲天都特别好说话。

范哲琴对老公说："看看，现在知道谁教育有方了吧？我宠小多，小多知道谁对她好。你宠儿子呢？好吃的让他喂一口给自己，他都要想半天！"

范哲地对老婆说："平时嫌我对小多好，看看，这就是原因！"

范哲人对老婆说："吃醋了吧？你小弟工作几年了还管你要零花钱呢！"

范哲和在讲台上开了堂特别的课："人之初，性本善。性相近，习相远。今天讨论习惯性格与后天培养和环境影响的关系。"

范哲乐把五百元弄了个框裱起来，打算放到律师事务所的办公桌上。

范小多不明白六哥为什么要这样做。

范哲乐说："我得提醒自己要多挣钱，攒着给你置办嫁妆。"

李欢第二次接到了范小多主动打来的电话，范小多第二次主动约他共进晚餐。

天空有些阴郁，暗灰色的云沉沉地铺满天际。绿地被不遵守公德的人踩出了狗啃似的疤瘌，几条宠物狗正抬起后腿在绿地上撒尿，草窝里偶尔还能见着几坨狗屎。

大街上原来黄绿相间的垃圾箱早已变了色，污浊不堪。人们的果皮纸屑因为垃圾箱上面挂着的一两口痰，并没扔进去，而是散落在垃圾箱四周。

那个乞丐还在老地盘跪着，面前纸上写着："今天来 A 市，钱包被偷，好心人帮帮忙，给点儿路费好回家。"

李欢摸摸裤兜，只有两枚一角的硬币，他全扔进了盒子里。

乞丐眼睛亮了一下，又灰暗了。

李欢走进美容美发店，接待他的还是上次那个洗发妹，依旧热情，给他洗头时嘴里嘟囔着什么，手上很用力，李欢觉得头皮有些痛。

按摩时她的指甲划到了李欢的脖子，李欢被疼清醒了。

今天看天空都是灰的，是因为范小多的约会电话？

李欢决定决不再犯第二回傻，就穿这身三天没换的衣服去赴约。

他在电视台门口看到范小多出来时，又呆住了。

范小多今天诚心诚意要请李欢吃饭。她发现每次见李欢，他着装都很讲究，所以今天特意打扮了，换了身裙子，化了淡妆，头发直直地披在肩上，文静秀丽。

见着李欢，范小多高兴地说："今天我请客，我带你去吃饭。"

她把李欢带到了一家不错的西餐厅。这家餐厅才在他们台里做过广告，装修风格不错，新开业有优惠。范小多盘算着，两个人五百块应该能吃得很好了。

走进餐厅，李欢觉得自己又傻了一回。

服务员穿得都比他干净。他甚至可以闻到自己衣服上的汗味。这顿饭吃得他浑身不自在。

范小多笑意盈盈："你请我吃了那么多次，我特意请回来，是朋友的话，老叫对方请就不好了。"

李欢答得有气无力："下次吃饭能不能提前告之你的目的？"

"为什么？"

"每次我都踩错了调子。"李欢展颜一笑，"你小时候也这样整你的哥哥姐姐？"

范小多瞧着他皱巴巴的衣裳咯咯地笑了起来："你要是跟着我哥哥姐姐的调子走，你会觉得你更傻。他们六个脑袋，六种思想，你应付不过来。"说完，她又严肃地对李欢说："所以你现在是我的朋友，要站在我这一边。"

李欢跟着小多笑，心里暗想，自己真的是个好人，像范小多这样成了朋友就不设防的女孩子太容易上当受骗了。说是朋友就真成朋友了？她怎么就没防备着自己是换了种手法，多了个对付她的心眼儿？如果遇着个心机深沉的，把她卖了没准儿她还帮别人数钱呢。一种想保护小多的欲望在心里升起，这一刻李欢觉得自己真的有点儿伟大。只要小多能一直这样开朗地笑，他宁可做小多的朋友，不越过这条线。

可能是放下了心里的包袱，李欢天南地北地和范小多聊了起来。

从认得她到现在，他俩第一次话这么多，饭桌上欢声笑语不断。

吃过饭送小多回家，范小多笑着对李欢说："我一直觉得要是和你成了朋友肯定会非常好。"

李欢笑着说："因为我话多风趣？"

范小多没有否认："对，李欢，你是个很风趣的人，你总能把人逗乐。"

李欢又问："你就没想过，我只是换了种方式来追你？不让你听了'男朋友'这三个字就反感而已。"

范小多一呆："你是三哥的朋友啊！他说你做生意很讲诚信的。"

李欢无语，笑着挥挥手和小多再见。

回到家，李欢开了瓶酒一个人慢慢喝。他想，范小多这样的女孩子还是没丢掉单纯，实在是太好骗了。他想起了很多年前读书时看到的一首诗：

> 如何让你遇见我
> 在我最美丽的时刻
> 为这
> 我已在佛前求了五百年
> 求佛让我们结一段尘缘
> 佛于是把我化作一棵树
> 长在你必经的路旁

他要不要做那棵只为看着心上人走过的身影就满足的树呢？绽开满树的花，等心上人走过，求风将花瓣吹落在她的肩上，只为着她看花时露出的一个微笑。

他想起了《乱世佳人》里的白瑞德，由着斯嘉丽嫁了又嫁，始终守在她的身边，等她回头。在范小多放下了戒备习惯了他的存在后，也许有一天她会突然发现心里已有了他李欢。

李欢又想起小多露出单纯的笑容说请他的钱和给哥哥们的红包一样，想起她把自己纳入了朋友的范围，一时之间，郁闷得不知该如何是好。

范小多回到家也在想这事。很多人都对她说男女之间没有纯洁的友谊，多少会变味。小多不肯信，她始终觉得待人以诚，也必能换来真心。

她相信人性终是善良美好的。

她可以从此不再和李欢接触，但她不喜欢成不了恋人就成仇人或是陌生人。她希望身边每个人都能得到幸福。李欢是她除哥哥外第一个接触这么久走得这么近的异性，如果李欢不愿意和她做朋友，她没办法，但是李欢愿意，她就乐意。

单纯的范小多对男女关系实在了解得太少太少。

7. 心跳的夜晚

范小多今天明显心不在焉。有个客户来导资料，她转到机器后面接线，也不知道想什么去了，竟然忘记这台机器的接口带有微电。她把线头往机器上一插，手一麻，尖叫一声就把那根线对着客户甩了过去，吓得客户双手抱头往下一弯腰才躲了过去。

阿慧、阿芳听到声音跑进来。

范小多尴尬地说："忘记线有点儿漏电。"

她赔着笑脸和客户说对不起，客户让她多注意点儿。

等范小多送走客户后，阿慧和阿芳就问范小多："你怎么回事？想什么去啦？"

范小多扯出一个笑脸："没什么，一时着急就忘了。"

今天是周六。平时周末事情都少，今天也不知道怎么了，一会儿有人来录资料，一会儿广告有改动。都快五点了，肖主任又亲自跑来说有条广告费用没有到账，今天必须下播出线。

不下线，多播一次的钱谁出？

肖主任一走，机房里怨声四起。

阿慧无奈地耸耸肩："做吧。再晚第一组广告都来不及送播出部了。"

等到全部做完，阿芳来不及换鞋，穿着拖鞋抱起磁带就往播出部跑。范小多和阿慧瘫在椅子上动都不想动。

范小多心很烦。

宇文晨光约她今晚去酒吧，她拿不准该不该叫上阿慧和阿芳。叫上吧，万一那边只有他一个人，他们一看就知道他单独约了自己。不叫吧，万一宇文晨光还约了张言和小马呢？阿慧、阿芳来了，看着小多在，肯定会笑话她。

范小多想了一整天，眼看着时间一分分过去，她还是没想好该不该给两人说。偏偏今天事多，那两人也没时间说起小马和张言，也没提到今晚会不会去酒吧。

不知道为什么，阿慧和小马、阿芳和张言都有点儿恋爱的迹象了，却从来没有对范小多说起过宇文晨光是做什么的。

范小多又不好意思直接问，生怕她俩开她玩笑。她只好从侧面问小马和张言、阿慧和阿芳，但他们好像也不是特别了解宇文晨光。她遇到宇文晨光的时候，小马和张言两人跟宇文晨光也是第二次见面。

范小多着实不知道今晚怎么处理。这时，她突然想到了大学的室友吴筱。叫上吴筱，就不是她一个人了，不管今晚是否碰见阿慧和阿芳，都好解释。

正好毕业后有段时间没有见到吴筱了，范小多也想她了。她拿定主意，给吴筱打电话："筱筱，今晚你有空吗？肯定有空是吧？"

吴筱惊喜道："范小多，你终于想我了！"

"现在就想你了，你晚上得来见我。"

"就知道你有急事需要用我，什么叫肯定有空？我还没回答就硬生生地把答案定了，我能说没空吗？"

范小多板着脸说："当然不能！"

说完，两个女孩都开心地笑了。

约好吴筱，范小多放了心。

吴筱今晚责任重大。

　　有她在场，宇文晨光会收敛点儿。要是敢张狂，嘿嘿，范小多会联合吴筱为民除害。

　　阿慧、阿芳知道了，来见着了，她范小多也不过是约大学同学见面，与宇文晨光无关。

　　六哥如果问她晚上去哪儿，见吴筱就是最好的理由和借口。

　　三大作用！范小多突然想起了"一鸡三吃"这道菜，闷笑不已。心想筱筱，你要是知道你这么有用，会不会谢我挖掘出了你的潜力？

　　一天的烦恼都没有了，范小多高高兴兴回家打扮去了。

　　果然，范哲乐看见小多换好衣服拿包出门就盘问她："晚上要去哪儿啊？"

　　"约了吴筱呢，上班后好长时间都没和她玩了。"小多回答得理直气壮。

　　"约哪儿玩呢？"范哲乐很自然地问了一句。

　　"星……嗯，星巴克，聊聊天儿。"小多差点儿说漏嘴，吐了吐舌头。

　　范哲乐没有再问，只是看了小多几眼说："穿这么漂亮，还以为你和谁约会呢！"

　　范小多撒娇道："哥，人家都上班了嘛，让她瞧瞧我工作之后的样子嘛！"

　　范哲乐笑着说："好啦，早去早回。"

　　"知道啦！"

　　吴筱站在酒吧门口等范小多。

　　她比小多高半个头，穿着浅色长裤，显得腿越发修长。她的皮肤是最漂亮的小麦色，不像范小多，皮肤很白，却是带着点儿不健康的苍白。

吴筱有一双大眼睛，发梢烫了，很妩媚。小多住进宿舍后就黏着她，吴筱曾问小多为什么宿舍里这么多人，小多独独要黏她，范小多很可耻地回答："因为你最漂亮，和你走在一起回头率翻倍。"

吴筱当时很高兴，后来了解多了，她对范小多说："我发现你喜欢美女，别的女孩喜欢帅哥，你是两者都喜欢。"

范小多说："走在大街上，看到一个帅哥，是女的都会多看上两眼，而男的不见得会看。但是街上出现一个美女，无论男女都会多看上两眼。我的爱好很正常。"

两人从读大一起在学校就形影不离。有男同学来找吴筱，挡驾的都是范小多。

大四要毕业了，有个男生拉着吴筱要她答应毕业后嫁给他，和他一起去西藏像三毛与荷西一样生活，吴筱果断拒绝。该男生就天天在宿舍楼下蹲点。小多瞧他可怜，就问吴筱为什么连出去吃个饭都不答应。

吴筱说，她就这个脾气，不喜欢的绝不接触。

那个男生终于找到一次机会为吴筱和小多拍照。拍到最后，他把相机拿给小多，往吴筱身边一站说："范小多，你帮我和吴筱拍一张吧。"

原本拍张照片不是多大的事，可是，吴筱不乐意和他合影。她给小多使眼色，范小多看明白了，虽然分外同情那个男生，却也无奈地说："我不会拍呵，拍坏了不要怪我呵！"

那个男生很急："只要把两个人框在画面里就行！"

于是，范小多瞧着取景框，手往左移了移，再移了移，把吴筱的头与半个身子无情地移出了镜头，心里说着对不起，心一横就拍了。

那个男同学走的时候看也不看范小多。

她就对吴筱说："你看，就因为你，他指不定恨我一辈子哪！"

吴筱笑答："大学四年你独占系花，这点儿牺牲算什么？"

吴筱毕业后进了家企业的市场部，和范小多虽在同一座城市，见面机会却少，所以范小多打电话来，吴筱也很开心。

范小多和吴筱都是守时的人。吴筱站了不到五分钟，范小多就到了。

两个人见了面，又笑又闹。

范小多啧啧地夸吴筱："越来越漂亮了。说实话，现在追你的人有多少？"

吴筱骄傲地仰起头："追我的，我一个也不喜欢，等于零！"

两人挤眉弄眼又互相损了对方一通后，吴筱问范小多："说吧，什么事急着要我帮忙？"

范小多笑嘻嘻地说："没事，就是想你了，顺便找你帮我报仇、挡驾。"

吴筱不信："你鬼点子这么多，还需要我帮你报仇、挡驾？谁这么不知死活？"

范小多叹了口气："筱筱，这次反正你先帮我。说来话长，回头我慢慢给你说。"

吴筱不肯进去，非要先弄明白了。范小多没办法，只好简单告诉她："我好几次巧遇到一个很讨厌的人，长了张祸害脸，以为自己帅就嘚瑟得不行。上次我在这里赢了拳，他就记恨在心，没事就找我麻烦。今天约在这里，我要报仇！"

吴筱呵呵笑了起来："看来不是一般的祸害，能让我们小多如此记恨。好，我今晚肯定帮你报仇。"

说话间，两人走了进去。

范小多眼尖，进去就瞧见宇文晨光一个人坐在离吧台不远的角落里，连忙拉着吴筱就往那边走。突然，小多听到有人叫她，一回头，就见阿慧挽着小马，张言带着阿芳走了进来。

范小多心里长长地松了一口气，还好自己聪明，叫上了吴筱，不然还真不好给她们解释。她拖着吴筱过去打了招呼。那边宇文晨光也看到了他们，挥手示意，一行人就走了过去。

范小多刚想给吴筱介绍宇文晨光，宇文晨光已笑着和吴筱打招呼："吴小姐，你好，又见面了。"

他们认识？范小多抬头看吴筱。此时吴筱脸色不太好看，笑容僵硬，对宇文晨光点了点头就坐下了。

范小多没问吴筱怎么认识宇文晨光。以她对吴筱的了解，吴筱的表现很不正常。

吴筱当然不正常，她做梦也没有想到会在这里见到宇文晨光。

她所在公司的老板三十出头，空闲时喜欢约下属一起玩，有一回唱歌，老板带了宇文晨光。

老板的朋友等同于老板，何况宇文晨光长得帅，风度翩翩，公司里的漂亮女孩子蜂拥而上，敬酒唱歌，很快就和他混熟了。

吴筱有副好嗓子，是出了名的麦霸。宇文晨光也是。两个人男女对唱，配合默契，唱情歌相互没有情也唱得情深意长。

两三次后，公司里就传出了流言。

流言源自老总。他半开玩笑地对宇文晨光说："我们公司的吴筱还不错吧？唱歌唱出感情来没有？"

宇文晨光笑着回答："就那天那个漂亮女孩啊？人漂亮，歌唱得好，就是太精明，我怕吃不消啊！"

这番对话不知道怎么传了出来，就有人说吴筱热脸贴上冷屁股，别人看不上她。嫉妒吴筱美貌的人也借机笑话她，害得吴筱回家大哭一场，觉得长相帅气的男人实在不是东西。

吴筱漂亮、骄傲，追她的男人很多，但吴筱一直洁身自好，对不动心、不满意的人，她从不给面子。宇文晨光帅是帅，可要让吴筱玩儿命追，他还差着十万八千里，因为吴筱心里有人，这人绝对不是宇文晨光。

此后公司再有聚会，听到有宇文晨光在，吴筱就找借口不参加。

传言又变了，变成了吴筱伤心欲绝。于是人人同情她。同情？吴筱听到这个词就恨宇文晨光恨得牙痒。她巴不得一辈子都不要和宇文晨光再有交集。

事情过了两个月，今天又遇到了宇文晨光。吴筱心想，原来他就是小多嘴里的祸害。她觉得小多说得真对，不和小多站在同一战线上灭了宇文晨光，她简直对不起自己。

一群人扔骰子玩四七九。轮到吴筱倒酒，她一律倒满杯，希望每杯都被宇文晨光喝了。偏偏他今晚运气特别好，吴筱倒的满杯酒一大半都灌进了自己嘴里。

她醉眼蒙眬地看着座位上的几人。

范小多兴高采烈地扔骰子，赢了就开心地拍掌叫好，输了就满不在意地喝酒。范小多一直活在一个简单的世界里，简单的小事就能让她快乐，吴筱不禁有些羡慕。

再看宇文晨光，吴筱意外发现他看向范小多的眼睛里露出一抹温柔之色。

想起范小多说要报仇，吴筱想笑。那丫头怎么就没看出来宇文晨光对她有意思呢？

小多的鬼主意在校园里偶尔恶作剧整整人还行，放在宇文晨光面前，吴筱禁不住摇头。她担心范小多惹着宇文晨光会受到伤害。

想到这里，吴筱觉得自己有必要提醒提醒宇文晨光。她端着杯子敬他："小多拉我来帮她报仇呢。我家小多向来单纯，没什么事惹着您对她出手吧？"

宇文晨光听出了吴筱话里的意思，微笑着对吴筱说："吴小姐很聪明，小多有你这样的朋友也不会太笨！你用不着这么紧张她。"

范小多大学四年和吴筱一边倒习惯了，笑着说："你知道筱筱聪明我也不笨就好，我们今天就是以二敌一。"

宇文晨光和吴筱对视一眼，都想说，范小多你真是个猪脑袋！两人一碰杯把酒干了，看着对方眼睛，做无声的交流。

晨光说：少插手我和小多之间的事！

吴筱说：你最好少惹她！

晨光眼睛一冷：不关你的事！

吴筱看了眼范小多，转过头对他轻蔑一笑，明确告诉他：范小多会听我的话。

宇文晨光哼了声，不再和她用眼神交锋。

吴筱靠在范小多身上，直接示威："小多，我喝高了，你送我。"

范小多摸着吴筱滚烫的脸颊，不由自责："我都差点儿忘了你酒量差。我送你回去。"

两人打了招呼，起身离开。

范小多走的时候只顾着扶吴筱，看都没看宇文晨光。倒是吴筱，回头对晨光嫣然一笑，得意地靠在范小多肩头离开了。

出了酒吧，范小多问吴筱："筱筱，你认识宇文晨光对吗？你和他有过节？"

吴筱恨恨地说："他是我们老板的朋友，有几次聚会老板带了他来，我和他唱了几首歌，公司上下就传出我追他的风言风语，而且还说他看不上我！"

范小多震惊道："他居然敢看不上你？！"

吴筱更正："问题是我没追他！"

范小多还是震惊："他居然连你都看不上！"

吴筱明白范小多的言下之意，笑道："就是，别说我没追他，就算追了他，他凭什么看不上我！"

范小多连连点头："本来想一笑泯恩仇，现在仇深似海。筱筱，我一定帮你报仇！"

吴筱哈哈大笑："小多，我看他动机不纯、居心叵测。你一定要踩扁他！"

范小多看着吴筱，心疼道："筱筱，我还没见你对哪个男的动过心呢。你放心，我一定灭了他！"

她送吴筱上了出租车，问她："你自己回家行不行？"

吴筱正色说道："放心吧！"

"到家给我打电话哦。师傅，我记下了你的车牌号，一定送她平安到家！筱筱，明天听我汇报战果！"

范小多再回到酒吧时，浑身杀气腾腾的。她不知道自己气什么，唯一清楚的是宇文晨光欺负吴筱了，新仇旧恨，她要找宇文晨光一并算账。

宇文晨光看到范小多回来，眼睛一亮，心想那个该死的吴筱总算做了件好事，没把小多拐回家。但眼前还有四个不识趣的！他等了这么多天，到现在还没和范小多单独说上几句话。

正好范小多走到他面前对他说："宇文晨光，我有话给你说。"

他笑着站起来："这里太吵，找个清静地方。"

说完就往楼上走。范小多气鼓鼓地跟了上去。阿慧、阿芳、小马、张言四人正玩得高兴，也没管他们。

二楼是 KTV 包间。宇文晨光推开一间没人的，回头对小多说："这里清静。"

范小多看着他问："宇文晨光，你为什么瞧不上筱筱，让她难过？"

"晨光，叫我晨光。"

范小多一愣："你回答我啊！"

"你叫我晨光。"

"好吧，晨光，你为什么要让筱筱难过？"范小多只好顺着他的意思叫他，又觉得这样也不错，连名带姓四个字叫着累。

宇文晨光离小多很近，他慢慢说："我没有瞧不上吴筱。"

"没有？可是筱筱不会骗我！你撒谎！"

"我真的没有瞧不上她，我压根儿就没喜欢过她。"

范小多不明白了："你不喜欢她就是瞧不上她，这么好的女孩子你居然不要？"

晨光觉得小多这会儿笨得没法讲理："我是说，我喜欢的不是那种类型的女孩子，没有瞧不上她，明白了？"

范小多有些难过："可是筱筱很难得遇上一个她喜欢的，你却不喜欢她。"

"范小多，你搞清楚。吴筱不喜欢我，她看我的眼神跟小刀子似的！"宇文晨光捺着性子给小多解释。

范小多叹气："怪不得筱筱叫我一定要踩扁你！"她越发肯定吴筱喜欢宇文晨光——吴筱很完美，人漂亮，性格也好，对自己也好，她好不容易对宇文晨光有好感，这个人还不搭理她，她当然有理由用眼神朝宇文晨光甩飞刀。

晨光想，现在就叫你踩扁我，以后还不知道给你出些什么馊点子呢。他看着范小多，心想还是速战速决搞定她再说。

"小多，我最讨厌女人自以为是，最不喜欢有人一个劲儿问我为什么不喜欢别的女孩子。"晨光说完，一把拉过小多，吻住他想了很久的红唇。

第二次没有准备地被宇文晨光吻住，范小多又一次瞪大了眼，看晨光贴得这么近的脸，她心里气得很，惹了吴筱又来惹她？范小多这次脑子没有变空白，抬手就想一巴掌扇过去。

宇文晨光下定决心今天要让范小多明白自己的心，哪能给她这个机会，伸手捉住了她的巴掌。

范小多给吻得呼吸不畅，脑子里又一片空白，不知何时已闭上了眼睛。

晨光很满意地看到小多从一只小狮子变成了小白兔，缩在他怀里。

他低声在小多耳边说："我喜欢你，小多。吴筱从来没喜欢过我，我也没喜欢过她，你明白吗？"

范小多只觉耳朵奇痒，然后就被他的话震晕了。她看见他的眼睛在暗沉灯光下闪烁着耀人的光芒，心扑腾着急跳，头也有些迷糊。突然，一种害怕的感觉升腾而起，范小多直起身推开宇文晨光，转身就跑。

宇文晨光没有追出去，他觉得范小多需要时间静一静，想清楚。

8. 小多的调查表

范小多迷迷糊糊回到家。

范哲乐还没睡，看到她脸色潮红，眼睛水汪汪的，忍不住问她："小多，你和吴筱喝酒去了？"

范小多"嗯"了一声说："哥，我累了，先睡啦！"

也不等哲乐说话，她回屋把门锁上了。

哲乐觉得小妹今晚有点儿反常，拿出手机找到吴筱的电话打过去："吴筱，我是小多六哥范哲乐，还记得我吗？"

吴筱心想，今天是什么日子，不喜欢、喜欢的人都遇一块儿了。对，她喜欢小多的六哥，范哲乐。读大学时见着和小多一起的范哲乐，吴筱就心动了。

哲乐对小多的疼爱、理智冷静的头脑、高大英俊的外表都打动了吴筱的心。吴筱漂亮、聪明，也早熟，她压根儿不喜欢身边那些稚气未退、和她相同年纪、没有社会经验的男同学，她喜欢成熟的男人。

哲乐对她和对小多一样好，拿她当妹妹似的照顾。但是吴筱不想做他的妹妹，她想让范哲乐像她喜欢他一样，喜欢上自己。但是吴筱骄傲的心不允许她向哲乐表白，她只能借着和范小多在一起的机会接近哲乐。

哲乐在电话里问她还记得他吗，吴筱想，我记得，我怎么会不记得你，嘴里却答："六哥怕是忘了我吧？怎么会这么生分？有什么事吗？"

哲乐笑了："哪能呢，我们家小多没几个好朋友，我怎么会忘记小多最漂亮也是最好的朋友呢？我听说你和小多今晚约着见面了？聊得还开心？"

吴筱心里狂呼，他夸她漂亮！于是喜滋滋地说："开心啊，我都好久没见着小多了。"心里又补了一句，也好久没见到你了。

哲乐想了想说："那是我多心了吧，我看小多回来有些反常。"

吴筱一下子着急了："小多她没事吧？"她有些后悔先走一步，不知道小多后来和宇文晨光聊了些什么。

哲乐听了吴筱的话，有几分疑虑："你和小多去哪儿喝酒了？你没喝多吧？"范哲乐知道妹妹的酒量，有些担心是吴筱喝多了给小多说了些什么让小多反常的。

吴筱听了，却觉得哲乐是在担心她，更加高兴："我们在酒吧喝的，我酒量不好，所以先走了。"

范哲乐一听就觉得不对劲儿，吴筱先走了，小多一个人继续在酒吧里喝酒？他马上追问："还有别人？"

吴筱现在一点儿防备都没有，满嘴大实话："还有小多单位的同事和她们的男朋友，还有一个特别可恨的人。"

"特别可恨的人？"哲乐心里很不是滋味，吴筱说起"可恨"这个字眼儿，气呼呼的，却带着一丝暧昧。他急切地想知道那人是谁。

"长了张祸害脸，一双眼睛特不老实。"吴筱说起宇文晨光就带着恨意。

听到范哲乐耳朵里，却变成了那个人眼睛特不老实地盯着吴筱转。小多一直对亲近的人有种强烈的保护欲，范哲乐为范小多的反常找到了答案，他觉得妹妹可能是讨厌那个看吴筱的眼神。

他找到了妹妹行为态度反常的答案，心里却还有一点点不舒服。他也说不出是为什么，只好匆匆叮嘱吴筱好好休息，挂了电话。

范小多躺在床上，一闭上眼，就会想起宇文晨光在她耳边的低语："我喜欢你，小多。"

这句话反反复复在她耳边响起，仿佛宇文晨光就在身边。范小多睁开眼，提醒自己那是幻觉。

她跳下床坐在梳妆台前，却见镜子里的自己脸上布满了红晕，一双眼睛流光转动。

她突然想起宇文晨光温暖柔软的嘴唇，想起了他吻自己的感觉，禁不住露出一个笑容，镜子里映出一个娇柔甜美的女孩。

范小多被镜子里的自己吓住了。

她瞪着镜子，摆出一副生气的样子。可镜子里的自己鼓了鼓嘴，怎么看都像在笑。

范小多觉得镜子里那个一脸羞涩、亮着水汪汪眼睛的人不是自己。她看了会儿，对镜子里的人说："你不要相信，那是假的。"

然后一头倒在床上，扯过被子要睡。

她对自己说，不要相信，不要相信宇文晨光。他连那么漂亮的吴筱都瞧不上呢，他会喜欢自己吗？

从大学起，范小多就是吴筱追求者的眼中钉、肉中刺。有次她帮吴筱挡驾，那个男生讽刺小多："你是同性恋还是吴筱她妈？"

追吴筱的人一抓一大把，追范小多的人除了李欢，就没有别人了。大学四年，不知道范哲和使了什么招，范小多只收到过一次表白信，还是上课时在桌子上无意发现的。她随手递给身边的吴筱，吴筱看了看又还给她："你的！"

范小多很吃惊，拿过来看，上面写着："范小多，我很喜欢你。晚上九点我在四教后面的报栏等你。"

信上没有落名字。范小多不知道如何是好，想了一整天，最终还是没去。到现在她都不知道写信约自己的人是谁。

红花需要绿叶衬，范小多就是吴筱这朵花的绿叶，而且是发育不良的那片。在她看来，追吴筱天经地义，喜欢她而对吴筱不感兴趣，那叫不正常。她有理由，而且有充分理由不相信宇文晨光。

可是，范小多清楚地想起宇文晨光看她的眼神，真挚、诚恳、没有半点儿虚假。她幽幽地叹了口气，她想不明白，也搞不清楚了。那就睡觉吧，睡一觉，明天再问吴筱。

第二天中午，范小多刚到单位就被阿慧、阿芳缠住了。

"范小多，昨天你和宇文晨光去哪儿了？我们回过头人就不见了。"

"没去哪儿，说了会儿话就走了。"

"说什么了？老实交代！"

"说——说我同学的事儿。"范小多抬出了吴筱。

阿慧、阿芳失望地放过了她。

阿芳说："你想把你同学介绍给宇文晨光啊？你同学可真漂亮！"

阿慧也说："宇文晨光动心了没有？他们俩男的帅气女的漂亮，还真的般配呢！"

范小多心里有点儿难过，旁人都觉得晨光与吴筱更般配，发生在自己身上的事——她越发相信，那一切都只是梦，说不定宇文晨光是在捉弄自己。

下午，吴筱找到小多台里来了，她想知道小多后来怎样了，她更想见到范哲乐。哲乐的电话让她觉得自己不能再拖下去看了，她要主动出击。

范小多无精打采地和吴筱去吃饭。

吴筱看似无意地对小多说："很久没见到你六哥了，把他叫出来一起吃吧，反正今天周末，他也是一个人。"

范小多就给哲乐打了电话。坐在馆子里等哲乐的时候，小多忍不住问她："筱筱，你真的喜欢宇文晨光吗？"

吴筱觉得好笑："小多，我不喜欢他，真的不喜欢！"

范小多盯着吴筱看了好一会儿才问："你真的不喜欢？"

身后传来了哲乐的话："吴筱不喜欢谁？"

小多想也没想就接嘴道："她说她不喜欢宇文晨光。"

"宇文晨光是谁？"

范小多惊着了，回头一看，叫了一声："六哥！"

吴筱也站起来招呼哲乐。

范哲乐坐在两个女孩对面，又问了一次："宇文晨光是谁？是那个长着一张祸害脸，眼睛特不老实的那个？"话是对着吴筱说的。

吴筱麻溜儿地回答："对，就是他。"

范小多低头喝茶，心里发虚，吴筱回答得这么老实，还好没对她说更多。

吴筱勇敢地看着范哲乐，大眼睛扑闪扑闪。见着哲乐，她更加确定自己喜欢他。

范哲乐一脸严肃，不知道自己怎么有点儿不舒服，他直觉地讨厌那个叫宇文晨光的家伙。

三个人各怀心思吃完了这顿饭。走出餐馆，哲乐对小多说："你回家，我有事问吴筱。"

范小多不知道六哥要问吴筱什么，便给吴筱做了个小动作，让她不该说的话别说。吴筱看明白了，有点儿想笑，但她也很想知道范哲乐想问什么。

范哲乐见小多走了，对吴筱说："找个地方聊？"

吴筱求之不得，立刻同意，两人便找了个茶坊坐着。范哲乐觉得吴筱就像一夜之间长大了似的，看他的眼光不是小多看哥哥那样的。他心里暗暗称奇，这小女子只比小多大一岁，小多还像个孩子，吴筱成熟得可以用"女人"这字眼儿来形容了。

范哲乐在吴筱的注视下有点儿不自在，茶刚送上来，他就伸手去端着喝，好给自己的手找点儿事做。但刚冲泡的茶温度没有八十摄氏度也有七十摄氏度，范哲乐喝了一口，烫得舌头发麻，强忍着没吐出来，但再说话就有点儿含糊不清了："吴筱，那个宇文晨光看你哪儿不老实了？"

话一出口哲乐就感到狼狈，他本想问吴筱那个宇文晨光是怎么认识小多的。

吴筱想笑，把脸转到了一边："他是看你家小多不老实，不关我的事！"

范哲乐一下子找到了想问的："他在哪儿上班？他对小多怎么了？"

吴筱调皮地一笑："要是他对我不老实，你会怎样？"

范哲乐手一抖，差点儿把杯子摔了。吴筱的话大胆而直接，他吓了一跳，尴尬地对吴筱说："我这不是担心我家小多嘛！"

"那你不担心我？"吴筱半带着撒娇说。

她的话句句直白，杀得范哲乐无还手之力，半天才挤出一句话："你和小多好，我也当你是妹妹一样，我也会担心。"

吴筱最不喜欢听到这句话，她站起身对范哲乐说："我要做你女朋友，不做你妹妹。顺便告诉你，最好提防着那个宇文晨光，我怕小多不是他对手。"

范哲乐愣着听吴筱说完，然后看着她妩媚一笑，走了。

回到家，范哲乐神情恍惚。范小多问他："哥，你和吴筱说什么了？"

哲乐闷声闷气地回答："小多，你不是交了个好朋友，是交了匹狼。"

什么？范小多从沙发上跳了起来："吴筱她很好啊，人漂亮却不是那种不讲理的人，她怎么了？"

范哲乐瞧着小多惊慌的样子，不由得笑了。范小多觉得六哥的笑容很怪："六哥，你说啊，怎么了？"

哲乐突然站了起来，抱起小多在屋里打转，呵呵笑着说："吴筱想把你哥吃了！"

范小多尖叫："不会的，不会的，吴筱其实很温柔的。"

哲乐放下小多，捏捏她的脸："小多啊，原来被吴筱追求能让我这么开心！"

说完洗澡去了。

范小多听着哲乐边洗边唱歌，可算明白发生什么事了，她冲到房间去给吴筱打电话："好啊，吴筱，你竟敢把主意打到我哥头上。"

吴筱委屈道："小多，你不喜欢我吗？"

范小多结结巴巴地说："我，那个，可你，你干吗不早说？！"

吴筱口气变凶了："我喜欢他，我喜欢你六哥，我喜欢什么时候告诉他就什么时候告诉他，怎么了？"

小多委屈道："我是说你为什么不先告诉我。"

吴筱态度便软化了："我，那个，不是才想明白嘛！"

范小多哼了声，凶巴巴地下命令："那你明白我家的规矩没？从现在起，你听我指挥，一定要把范哲乐吃得干干净净，连骨头渣儿都不能剩！"

两个女孩子都呵呵笑了起来。笑过了，吴筱问小多："昨天宇文晨光没对你怎么样吧？听你六哥说你回去不对劲儿。"

小多连声说"没事"。吴筱又说："小多，你最好还是不要喜欢他，我觉得他这个人很危险。"

"为什么？"

"你笨啊?！他学什么，做什么，家里上有几老，下有几小，有几房妻妾，有多少爱慕者、追求者，有几段恋爱史，是不是处男，你了解？"

范小多被问得怔住了，她只知道宇文晨光现年二十九岁，还没结婚，别的一概不知。

吴筱叹了口气："还是让你家那几个爱你爱到变态的哥哥姐姐去打听一下吧。我保证他们只要听说这个人对你有意思，你对他有好感，会把他祖宗十八代里有没有人做过小偷、他有无前科都查得清清楚楚。"

范小多被吓了一跳："筱筱，你答应我，千万别和我哥说。你要是说了，我就再不理你了。"

"小多，我是为你好呢！"

"筱筱，我自己能处理，我不喜欢我哥他们掺和进来，烦死了。"

"那好吧，我可以不说，但有情况你必须向我汇报！我再去问问我们老总，看能不能问出什么来。"

范小多满口答应。

这天晚上，范小多和范哲乐都失眠了。

范哲乐是兴奋，他一直用心读书，读完书又和同学合伙开律师事务所，没顾得上静下心来找女朋友。他甚至想，小多没有找到好归宿之前，他就不交女朋友不结婚。就算找女朋友，他也希望她能够喜欢小多。

他再一次理智地用律师的头脑去分析吴筱——精明能干、敢说敢做，他喜欢这种可以和他并肩做事业的女人。他已经有了一个妹妹去宠爱，他不希望找个女朋友也像女儿、妹妹一样。听到吴筱说要做他女朋友，他震惊之后，就发现自己有种想欢呼的兴奋。

妹妹大学读了四年，吴筱也跟着小多在他身边停留了四年。他对吴筱像妹妹一样，但其实他对吴筱的感情和对小多的感情不一样。

吴筱的话就像捅破了一层窗户纸，让他对她的印象突然由模糊变得清晰起来。

范哲乐第一次满脑子想的都是吴筱，忘记了吴筱的提醒和那个看他家小多不老实的宇文晨光。

范小多烦恼得睡不着。吴筱说得有理，她太不了解宇文晨光了。她和宇文晨光只有几次接触，宇文晨光家住哪里，在哪儿工作她不知道，她连宇文晨光的手机号码都忘了问。

范小多觉得自己怎么会笨成这样子，脑子里想的不是吴筱说的那些东西，全是宇文晨光在耳边说的话，他的眼神，他的吻。

难道自己真的喜欢他？喜欢上一个还不了解的人，这也太不现实了吧。可范小多想来想去也想不到如何去了解宇文晨光。

她从床上爬起来，坐到书桌旁，画了张表，照着吴筱的问题，列出自己所知道的宇文晨光。

姓名：宇文晨光

性别：男

年龄：二十九

身高：比吴筱高一个头，至少一米八三

爱好：会抽烟喝酒（其他空白）

学历：空白

工作：空白

家庭：空白

感情：未婚，他说喜欢小多（其他空白）

是否处男：他会接吻（其他空白）

想了想，小多又加了一条。

特长：唱歌（吴筱提供）

看了看这空白多多的表，范小多想，我还真的不了解他。我能相信他吗？

9. 喜欢上晨光啦

宇文晨光在家里也在想范小多。他和她见了几次，居然都没问她的手机号码。

他想了想，给范小多的顶头上司，广告部的主任肖成飞打了个电话："是我，晨光，我要范小多的手机号码。"

肖成飞睡眼蒙眬，"等等哈，号码是……"他突然清醒了，"范小多惹到你啦？我告诉你，她大哥、二姐都不是好惹的。这小姑娘挺可爱的，有什么过节能揭过就揭过哈！"

宇文晨光一听就来了兴趣："起床，我半小时后到你家楼下，你给我说说她的情况。"

肖成飞肖主任看了看表，两眼一翻哀号起来："我说，现在是深夜三点，明儿再说行？"

"不行，我要她的全部资料。起床，半小时后下楼。"宇文晨光挂了电话。

肖主任头很痛，看了看被惊醒的老婆，没好气地说："宇文家的混账小子！我出去一趟。"他起床穿好衣服，想不通范小多有什么事惹上了宇文晨光，半夜急着都要见自己。

肖主任一肚子气，被宇文晨光拉到夜市摊上点了两道菜，开了啤酒，没等宇文晨光开口，他就先灌下一杯，紧接着就想再灌第二杯。

宇文晨光拦住了他："我有事问你呢，别把自己灌醉哈。"

见他急切，肖主任哈哈一笑："叫我哥，态度恭敬点儿，这年头求人要放低姿态。"

什么？宇文晨光有点儿不相信自己的耳朵。他冷笑一声："让你知道第一手资料，你可以拿多少好处？不想说就拉倒，我一样可以把范小多查得清清楚楚！不就因为她在你手下做事，你以为我是真的求你？"

肖成飞听到第一手资料，眼前就飘起了红红的钞票，他每年从宇文家接的广告就够完成上级给的任务了。晨光也没说错，他家在本市人脉广，要查范小多很容易。宇文晨光一说他就明白帮了这个忙，的确好处多。但肖成飞开口却是另一种语气："你就算把范小多的户口档案查个底朝天又有什么用？抵得上我深知她的喜好和家庭关系？"

晨光气闷，这个肖成飞借机敲竹杠的时候一点儿都不顾念旧情。他换了张笑脸："你比我大，叫你声哥没关系，我不问了成不？今晚就当我请你喝酒来着。"

你不问可以，可是我想知道啊！肖成飞在心里想着，语气又变了："晨光，我也算和你家有数年交情，有什么哥哥我不帮你的？你到底想知道范小多什么事？"

肖成飞给了台阶，晨光就顺势走了下来："你说她有大哥、二姐，她老三？"

"不是老三，是老七，她家七个。知道范哲天吧？范小多是他最小的妹妹。"肖成飞知道范小多家有几口人，不过他也只知道这么多。

晨光有点儿吃惊："这么多啊？范哲天四十多了吧？范小多小他这么多？她是超生的？"

肖成飞笑着说："可不是嘛！范小多来台里时大家都不信她是范哲

天的小妹。"

晨光接口道:"怪不得一副古灵精怪的样子,多半是在家当老小,被宠出来的。"

"这你就错了,范小多相当懂事,工作很认真,性子也不怪,还挺豪爽的。上次我们接待内蒙古来的客户,她二话没说,连干了两杯,一杯四两多白酒啊!那气势!"肖成飞现在还记得当时范小多斯斯文文把酒喝了的样子,心里挺佩服这小姑娘的。

晨光眼睛一瞪:"你还说,那天她吐得我一车都是,以后不要让她和你那些客户喝酒了。再让我知道一次,我跟你没完!"

肖成飞明白了,他笑着拍拍晨光:"你看上她了?你喜欢范小多这种斯斯文文的?"

晨光想笑:"斯文?那丫头鬼点子多得很,犯起倔来一点儿不让人的。"

肖成飞很诧异:"那肯定是被惹急了吧!范小多在台里待人有礼,没半点儿因为她哥姐的关系就张扬的模样。听说范哲天也是个很讲理的人,范家家教不错。"

肖成飞说得相当肯定。晨光想,还真的是自己惹了她,小多才处处针对他的。想起第一次见小多时,她一个人在树林子里哭,十足地柔弱。又想起她缩在他怀里,娇怯怯的像只小兔子,他便觉得心情很好,不由得呵呵笑出了声。

肖成飞再次问他:"真喜欢上了?"

晨光敬他酒:"是啊,看上她了。你在台里对她好点儿。"

他觉得拿下范小多是小菜一碟。这个单纯的丫头,对付她简单得很。不过他还是叮嘱了肖成飞一句:"别抖出去啊,她还没答应我呢!"

肖成飞笑开了花,这消息,说给老爷子听会有什么效果?老爷子正成天催着宇文晨光早点儿找女朋友、早结婚,他想早抱孙子呢!

晨光喝着酒说:"范小多她家里应该不会干涉她交什么样的男

朋友吧？"

肖成飞乐了："怎么会干涉？这都什么年代了，现在的女孩子交男朋友又不是多大的事儿。当然，你要是想娶范小多，还是得在她家人面前露露脸吧。顺便告诉你，有个叫李欢的也在追范小多，这个消息是赠送你的啊。"

后来见了范家兄妹，宇文晨光不止一次想掐死肖成飞。

范小多想不出什么办法去了解宇文晨光。

吴筱现在一有时间就和她六哥范哲乐泡在一起。

哥哥姐姐知道了，只有高兴的份儿——小六交女朋友了，这是好事情，何况还是这么漂亮懂礼的女朋友。

吴筱告诉小多，她们老板只说宇文晨光才回国没多久，因为生意上的事情跟他认识而已。范小多要想填完她那张表，还得自己想办法。

她有什么办法？唯一的办法就是通过阿慧、阿芳，让小马、张言把宇文晨光约出来。可是，范小多不想把她和宇文晨光的事弄得天下皆知。

走进办公室，范小多就听到肖主任叫她。她走进了主任办公室。

肖成飞仔仔细细地打量着范小多，脸虽清秀，没什么过人之处。要把她和宇文晨光放一块儿，她就是株狗尾巴草，宇文晨光穿女装肯定比她好看。

范小多不知道肖主任找自己什么事，就开口问道："您找我有什么事啊，肖主任？"范小多的态度是下属对上司的标准态度，尊敬、有礼。

肖成飞心里直乐，晨光你对我不敬，可是你的心上人范小多把我当领导。他叫住范小多，其实根本没事，就想再仔细看看她哪点儿吸引住了宇文晨光，可看了半天也没看出宇文晨光说的古灵精怪，就是普普通通的一个女孩子。

范小多被他看得心里发毛，又问了一遍："肖主任，到底有什么事？"

肖成飞赶紧说："就问问你现在工作有没有什么问题，有问题就说。"

范小多笑道："谢谢主任关心！"

下午下了班，范小多走出单位，吃惊地发现街对面停了两辆车，车旁边站的人她都认识。范小多想转身回台里，又想起单位没有后门可以离开。她迅速往左边看了眼，宇文晨光正含笑看着她。她往右边一瞧，李欢也正笑嘻嘻地望着她。

怎么办？范小多迅速地判断：李欢现在是朋友，跟他走不会暴露她认识宇文晨光的事，哥哥姐姐们也就不会知道这事。反过来，她就得在自己还没弄清楚状况的情况下被审问。

这么一想，她加快脚步走向李欢，急急地对李欢说："正好你来了，有急事，快走！"

李欢一听有急事，动作也迅速，上车一踩油门儿就走。

范小多从倒车镜里瞟了一眼，看到宇文晨光笑容凝固在脸上，很不好看。她想，没办法了，下次见着再解释吧。

李欢着急地问小多："什么事儿这么急，往哪儿走啊？"

范小多见李欢没看出什么来，放下了心，闲闲地说："没什么事，考考你的开车技术。"

李欢气坏了："我还以为真有什么急事呢！范小多，我现在才知道你真的不像看上去那么温顺。"

范小多嘿嘿一笑："现在真有急事了。"

李欢不信："真的？"

"真的，我肚子好饿，我忘记吃午饭了，急着找家味道好的馆子吃饭。"

李欢笑了起来："这事可真的急。走吧，欢哥带你吃好吃的去。"

两人有说有笑地找了家中餐馆吃饭。范小多边努力地吃着边问李欢："怎么今天想起来接我？"

李欢的嘴还是那么油滑："我想你了嘛。你一饿我的胃就跟着不舒服，所以找你一起治胃病。"

"我说李欢，你的嘴上有蚂蚁。"范小多笑他，"蚂蚁闻到蜂蜜味儿就来了。"

想到李欢满嘴蚂蚁，小多不寒而栗。李欢也有同感，两人一起想到了那种恐怖而令人头皮发麻的场景，不禁都笑了起来。

现在范小多见着李欢，觉得亲切了许多，慢慢也能放开了同李欢聊天儿了。她对李欢说："你现在不会每次把我和你的聊天记录忠实地汇报给我哥他们了吧？"

李欢想起自己从前成天给范小多的哥哥姐姐打电话就乐："打死我也不干了，真是受不了。"

范小多教育他："现在我们是朋友对吧？那就不能出卖朋友对吧？"

李欢又一次感叹她的单纯，承诺了就不会出卖朋友是什么年代的事情？这个世界上没有永远的敌人，也没有永远的朋友。

他叹了口气说："小多，在你眼中，朋友就绝对不会欺骗背叛朋友是吗？万一你的朋友骗了你出卖了你呢？你怎么把朋友看得这么简单！"

范小多坚持道："反正我是这样的，觉得只要是朋友就不能背叛对方。"

"那要是不得已的呢？"

"跟我明说啊，我会理解的。"

"那要是你那些哥哥们非要我说和你聊了些什么内容呢？你三哥也是我朋友，我瞒他或者说谎，不是也欺骗、背叛他了吗？"李欢试图改变小多这种简单的想法。

"那你就明告诉他这不是隐瞒，是答应了我不说的。"范小多还是坚持。

"你哥把刀往我脖子上架呢？"

范小多想了半天，撇撇嘴："那你就招呗。我也会招，我从来不是特有骨气的人。"

看着小多可爱的表情，李欢忍不住想笑。

李欢想，有些东西一时半会儿范小多还是不能明白的。朋友有很多种，在范小多眼里只有两种，对她好或对她不好的，信任她或者欺骗、背叛她的。然而有许多事情是不得已的，对朋友的心没变，却不一定没有欺骗、没有背叛。而且，什么是朋友？有利益可图，也会是朋友，并不仅仅是范小多理解的，你对我好，我也对你好，才是朋友。

李欢答应小多："我不会告诉你哥哥他们你和我说了些什么。"但没说出来的话还有一句：要看在什么样的情况下。

见李欢这样说了，范小多就把重任交给了李欢："你认识一个叫宇文晨光的人吗？"

李欢惊诧道："宇文晨光？这个名字有点儿耳熟。据我所知，宇文家那个出国留学的公子就叫宇文晨光。目前我跟他们家还没有生意上的往来，所以算不上认识，也不知道你说的是不是他，你想知道什么？"

范小多咬了咬唇，小心看了看李欢："我想知道这个人的家庭、工作，他的学历、兴趣、爱好，他的恋爱史，他是不是处男。"话刚出口，她就"啊"了一声捂住了嘴。

李欢眼睛瞪得很大："处男？小多！"

范小多急得快哭了："你闭嘴！"

李欢看小多快要哭出来了似的，一张脸红得充血，禁不住又好气又好笑："小多，你为什么想要知道？"他问得很轻柔，怕吓着了她。范小多肯把这个人交给他调查，是信任他，他不想轻易失去这份信任。

范小多很久才平静下来，看李欢没有一丝嘲笑她的意思，才低声说："那个，那个不用知道。"

李欢轻轻问小多："你什么时候认识这个人的？你喜欢他？"

　　李欢的话像道闪电劈开了范小多的心。她意识到，自己太想了解宇文晨光了，想到超过了自己的想象。她模糊地想，我是喜欢上他了吗？

　　范小多一下子趴在了桌上。

　　李欢见她半天不抬头，就伸手拉她。范小多抬起头，满脸泪水地望着他："李欢，我喜欢他。我怎么办？我连他是谁都不知道。"

　　李欢的心一下子疼起来，疼得他怀疑自己胃痉挛。他伸过手小心擦去小多的眼泪，温柔地说："不怕，欢哥帮你查。"

　　宇文晨光很生气，后果很严重。

　　他叫来服务员，苦着脸骂："你们番茄不够加番茄酱也就算了，放醋干吗？"

　　服务员傻眼道："对不起，马上给您换一份。"

　　才过一会儿，他又叫来服务员："你们的菜是菜市场收摊时去捡的菜帮子？生菜这么老？"

　　服务员解释道："不会的，我们的菜绝对新鲜……"

　　"新鲜？那这水果还用罐头？不知道加了防腐剂？"

　　服务员道歉道："马上给您换。"

　　晨光"咣当"一声扔下刀叉："你们的牛排是用老得犁不动地的水牛的肉做的？"

　　服务员赔笑道："您要的全熟，是特意交代厨师做成这样的。"

　　"全熟就老成这样？"

　　"对不起，马上给您换一份。"

　　半小时后，全新菜品端上来，经理和大厨候在旁边看宇文晨光吃。

　　还是老样子，喝了口汤，皱着眉咽下，吃了一口沙拉，宇文晨光就对经理和大厨怒目而视。

　　还好，他什么都没说。但等上了咖啡和甜点，他喝了口咖啡又说了："你们不会做西餐就做中餐去，菜往锅里一倒，盐酱醋一放就能起锅，把涮锅子的水端上来就叫咖啡！"

宇文晨光对着经理和大厨唠叨了半小时，水果太烂，生菜太老，直把这家著名西餐厅贬成了码头的大锅菜供应点才住了口。

看着经理和大厨难看的脸色，他叹了口气："不关你们的事，去忙吧，别让我姐知道。"

他把车开到了海边，觉得自己今天窝囊透顶。

那个男的就是肖成飞说的追范小多的李欢？他倒是欢了，自己不高兴了！范小多就用眼角瞟了瞟自己就径直走向了李欢，车还跑得飞快！

他想，快三十岁的大男人让个二十岁出头的小丫头无情地涮了。

这个死丫头看似清纯却左右逢源，左右逢源倒也罢了，她选的居然是李欢！排排坐吃水果，你一个我一个，也要数一下吧？她就一丝犹豫都没有，当自己是根木头桩桩，在那儿立正站好当风景、当摆设的？

简直岂有此理！肖成飞也给她骗了，说她什么来着？相当懂事，工作很认真，性子也不怪，还待人有礼！工作认不认真我管不着，她哪点儿懂事了？懂事就应该乳燕投林般朝自己扑过来！前两天还像小兔子一样在自己面前羞红了脸，今天就跟不认识他似的！再不济也得和自己打声招呼不是？

范小多，你这个白眼狼！无情无义。我还把你当宝贝似的成天想着念着，还想给你惊喜！对了，给范小多的惊喜。晨光站起身拉开后备厢，抱出一堆烟花，心里想，我自己惊喜！

宇文晨光把烟花点了，边喝酒边看着乐。海滩上空烟花星星点点消散，他乐不起来了。凭什么你现在和那个李欢玩得欢欢喜喜，我要一个人这么生气？宇文晨光很为自己不平。

他拍拍衣服，开着车直奔范小多家。

等了半天，觉得四周怎么这么安静，一看时间，都深夜两点多了。

晨光对着范小多家所在的楼房说："范小多，明天我保证你走出电视台大门，只能上我的车，你没得选！"

想起李欢开着车不能停在电视台门口，只能悠着一圈圈打转的情景，宇文晨光就忍不住乐。

他对自己说，决不让这丫头片子踩扁我！

范小多回到家就给吴筱打电话："筱筱，我想我喜欢宇文晨光。"

吴筱尖叫道："你确定？你确定你喜欢那个祸害？"

小多想了半天说："我想了解他、想接近他的欲望超过了我的想象。我今天还请李欢帮我查他了。"

吴筱很严肃地说："小多，你要想清楚，那个宇文晨光真的是个祸害。你要喜欢他，意味着要随时随地担心有勇敢的女人跳出来和你抢，随时随地担心他不要你。"

小多不是很明白："为什么要有这样的担心？"

"现在爱帅哥的花痴太多。"

"可是筱筱，我不是漂亮女孩子，是他先说喜欢我的。他要找美女，首先会找你对不对？"小多忍不住为晨光说话。

"那是他每天照镜子，看自己的美貌看腻了，换清粥小菜吃。"

"我是小菜？"

"哦，我换个说法。你简单、单纯，他对别人动心机动得累了，不费心思就能拿下你，明白？"

"我很笨？"

"哦，不是。我是想说，范小多，你就不是他对手，你找上他会自讨苦吃！"

"他对我，其实挺好的。"

"你完了，现在就开始帮他说话了！"

吴筱很生气："明天下班在电视台门口等着，我慢慢和你说。"

10. 未来嫂子与晨光的对决

第二天，电视台的人都奇怪地看着街对面，下午临下班的时候，那里突然冒出了个禁停标志，但禁停标志旁边却还停了辆车。

吴筱急匆匆往电视台走，她决定好好和小多谈一谈，分析分析那个祸害能不能喜欢的问题。

刚走到电视台门口，她就看到宇文晨光靠着车站在那儿。吴筱改变了主意，掉头走了过去。

"我说宇文晨光，等我家小多啊？"吴筱问。

"对，等我家小多。"晨光不紧不慢地回答。

"我家小多什么时候成你家的了？"

"听说小多姐姐比她大十来岁，您保养有方啊！"

"你错了，不过等我成了小多的六嫂，你就算进门也得尊称我一声'嫂子'。"吴筱一脸胜利地冲晨光扬扬手，就往电视台的门口走，走了两步又倒回来："对了，我今天就是来和小多说，她不能喜欢你。"

宇文晨光有点儿晕。这个吴筱还没进范小多家门就这么猖狂！难道自己找了小多就得被她踩在脚底？晨光灿烂一笑："我会摆平范小多，然后劝小多告诉她六哥，娶妻当娶贤，娶了你会噩梦连连！"

吴筱气结："宇文晨光，我们走着瞧！"

两人正吵着的时候，范小多下班走了出来。两人同时向小多招手："这里！"

范小多一愣，怎么宇文晨光也来了？她定定地看着街那边的两人，真好看！小多觉得他俩应该去做广告模特。这样想着，她走了过去。

她和吴筱打一声招呼，又问晨光："你怎么来了？"说完就低下了头看脚尖。

看到范小多，宇文晨光不知为何不生气了。他只想打发掉吴筱，他觉得她像只苍蝇，每次都坏他好事。他对范小多说："小多，我接你下班，带你吃饭去。"

"可是，我和筱筱有约在先。"范小多很为难。她不是不想和宇文晨光走，她很想直接问晨光她想问的问题，但是她事先答应了吴筱，她不能食言。

吴筱得意地冲宇文晨光笑："不好意思，白等了，我和我家小多要走了。"

宇文晨光的火气又冒了出来，他也冲吴筱笑："不好意思，你白来了，我和我家小多要吃饭去了。"说完，没等吴筱和小多反应过来，他一把拉着小多塞进车里，锁了门。上了车，他对气急败坏的吴筱笑笑，开车走了。

吴筱瞪着在拍窗子的小多，心想，范小多，你喜欢他，就等着吃亏吧！

范小多坐在车上闷着不说话，宇文晨光的不讲理让她觉得不自在。小多瞅着吴筱恨铁不成钢地瞪着她，心里别提有多内疚了。

她和吴筱在大学里一屋住了四年，走哪儿都黏着，有时候她帮吴筱出出点子，但更多的时候是吴筱在教她如何适应新环境。

范小多怕黑，从小习惯了亮着灯睡。进了学校宿舍，晚上十一点就熄灯了，范小多第一个晚上就睡不着，过一会儿就睁开眼睛看看漆黑的四周。吴筱的床挨着小多，听她翻来覆去在床上折腾，小声地问小多怎么了，范小多带着哭腔说熄了灯她害怕。吴筱听了，就跑到小多床上和她挤在一起睡，小多是和吴筱聊天儿聊睡着的。吴筱挤她的床挤了三天，从此小多就黏上吴筱了。

她觉得吴筱人漂亮却不是那种冰山美人，对她又这么好，所以范小多成了吴筱的御前挡驾大将军。有人恨她多事，小多跟没听到似的。在她心里，吴筱比别人的讽刺更重要。吴筱是范小多第一个女性好朋友，她相当重视这份友情。

而今天是她第一次被迫爽约，被迫放吴筱鸽子，范小多很难受，见色忘友的事不是她范小多做得出的。

范小多看着一脸高兴地开着车的宇文晨光，感觉很气愤，就是他让自己对不起吴筱的。吴筱和他斗嘴还不是为了自己，结果被这个祸害耍了赖。

小多掏出手机给范哲乐打电话，她想吴筱现在应该很需要六哥的安慰："六哥，你没事就去陪筱筱好不好？"

范哲乐以为小多想要给他制造机会，爽快地答应了，而且他也想见吴筱："我正想打电话约她吃饭呢！"

"筱筱要是今天有什么，你千万让着她啊。"

"吴筱怎么了？"听着小多的话，哲乐有点儿担心了。

"也没什么，我怕她心情不好。"

"为了什么事心情不好？"

范小多觉得自己笨，这不暴露宇文晨光了吗？她还不想惊动家里人呢。再说，就宇文晨光今天的表现，小多也不满意。想了想，小多说："你都不主动找她，她怎么会心情好？真的要让筱筱来追你啊？"

哲乐想想也对，答应下来才挂掉了电话。

范小多赶紧又给吴筱打电话，刚一打通，就听到了吴筱的怒吼："范小多，你敢不帮我报仇，还和那个祸害有说有笑吃得高高兴兴的，我就不理你！"

小多赶忙答应："绝对不会。我是没办法啊！我肯定帮你报仇，决不给他好脸色看！"

宇文晨光听到这句话，情不自禁来了个深呼吸。他长长呼了口气，继续面无表情地开车。

范小多又求吴筱："你千万别说今天的事啊，我六哥问你，你就说他不主动找你，你生气了，筱筱，我求你了啊！"

吴筱冷冷地说："我和那个宇文晨光势不两立！你看着办我就不泄密！"

小多答应得干干脆脆，只差没指天发誓了。

挂掉电话，范小多突然想起刚才对吴筱说要收拾宇文晨光的话全给要"被收拾"的本人听到了。她侧着脸观察晨光的表情，没有异样，嘴角还挂着笑容，握方向盘的手背一丝青筋暴出的迹象都没有。小多慢慢放了心，由着晨光东拐西拐拐进了一条小街。

下了车，晨光笑容可掬："小多，里面有家朋友开的馆子，味道很不错，是家常菜，去试试。"

范小多"嗯"了一声就跟着他往楼道里走。晨光心里想，这个范小多立场太不坚定了，一个同学就能影响她。看情形，她对自己还没到言听计从的程度，要改造她的思想，任重而道远。

晨光不着急，他向来喜欢挑战。要是范小多同其他女人一样对他言听计从，没准儿他也不会产生兴趣。想想把范小多收编了以后，能看到吴筱的臭脸，他很乐意拿下这个有难度的任务。

上楼的时候，晨光牵住了小多的手。范小多不让他牵，她想起了才对吴筱做的保证："不要你牵我的手！"

晨光回头看小多，她嘟着嘴瞪他。晨光站到小多面前，小多穿了高跟鞋，脑袋才与他的肩齐平。范小多感觉晨光的身高对她而言就是一种威胁，但她还是又说了一遍，让晨光放手。

晨光笑了："不放，我喜欢牵着你。"

小多想起了上次李欢牵她手的情景，她对晨光一笑，狠狠一脚就踩了下去。

宇文晨光脚上一痛，他咬着牙说："范小多，你可真狠！"

小多拍了拍手，觉得大哥范哲天教育她不能踩人根本就是错误的。她扬了扬下巴，觉得很解气，很舒坦，回去正好向吴筱邀功——宇文晨光就该被踩上一脚受点儿教训。想到这里，小多笑了。

晨光居高临下看她笑："不喜欢我牵是吧？一牵你的手就踩是吧？踩得很痛快是吧？"

范小多嘴硬："又不是我想和你来吃饭的，是你逼着我来的，踩你一脚是你自找的！"

晨光点点头，"是我自找的，我活该！但是，"他顿了顿，"踩完就完了？"

小多看着他帅气的脸上露出不怀好意的笑，心里忐忑不安，不由地往后退了两步，脚下不知道踩了什么东西，身子一歪，鞋子掉了一只。晨光赶忙上前扶住小多，俯身确认小多的脚没事。然后捡起鞋子，顺势把小多抱了起来："不喜欢我牵，我抱你上楼吃饭！这高跟鞋嘛，就不用穿了！"

范小多尖叫："不要！不要你抱！"

晨光手上一用劲，把小多箍在怀里："怕别人看笑话？看就看呗，我还没嫌丢脸呢！"说着不再理会小多，抱着她就往楼上走。

范小多绝望了，她给晨光抱着，使不上半分力。她认错、讨饶、投降，宇文晨光跟没听见似的直接把她抱上了五楼，用脚踢开房门。房门一开，范小多马上闭嘴，把脸埋在晨光胸口不敢抬头了。

宇文晨光抱着小多大大方方对朋友说："几个家常菜，你安排就是了。"看朋友眼光落到小多没穿鞋子的那只脚上，他说："她脚崴了。"又低声对小多说："叫你穿高跟鞋走路小心点儿，别往石头上踩，崴了脚走路不方便了吧？"

范小多又羞又恼，心里暗骂自己怎么会对他有好感，还会喜欢他。她决定不再喜欢宇文晨光了。

抱着她进了房间，宇文晨光低头对脑袋还蜷在自己怀里的范小多说："屋里现在没人，你不用害羞了。"

范小多这才抬起涨红了的脸，打量四周。

房间里放了很多画和小饰品，跟家里似的，布置得很有文化气息。除了中间的桌子，看不出是馆子。

宇文晨光笑着对她说："还行吧？这里一共只有三个房间，三张桌子，都是熟客来吃。"

范小多点点头，突然发现自己还给晨光抱着，脸又是一红："你放我下来！"

晨光把她放在椅子上。小多瞧着自己的那只光脚，生气得说不出话来。

晨光懒懒地说："还踩我不？踩我一次我抱你一次。"

听他一说，小多犯倔了，光着只脚就往外走。晨光也没追她，只慢慢说："地上有痰、垃圾、玻璃渣子，所有人都会盯着你的光脚看笑话。你敢走，我明天再来一次，不过，下次就是在大街上抱你，而不是在没人的楼道里了。"

范小多气极了，她飞快地冲到他面前："你无赖，你太不要脸了！"

晨光不动气："你乖乖坐下吃饭，答应不再踩我，我就把鞋还你。"

小多气得一屁股坐在椅子上，大喊："吃饭！"

菜很香，但范小多吃得憋屈，在桌子底下把那只光着的脚丫子磨来磨去。她告诉自己不能哭，不能在宇文晨光面前示弱。现在宇文晨光占尽天时、地利，她要扭转局面，很难。但君子报仇，十年不晚，惹了她范小多，不用十年，她很快就会让他"求生不得，求死不能"。她要回去和吴筱制订全盘作战计划。想到这里，范小多冷静下来，慢慢享受可口的菜肴。

晨光瞧着小多脸上变幻万千，时忧时喜，从眼睛里带着水光到冷静地吃东西，整个过程他一丁点儿都没放过。他觉得自己挑了个宝，这宝贝太有趣了，怎么看都看不够，清秀的脸灵活生动起来竟美丽异常。他边吃边想，随便你怎么动脑筋，都跳不出我的掌心，他对自己太有信心了。范小多说得没错，他是无赖，你只要怕我无赖，无赖又何妨？你说我不要脸，你要脸，我当然只好不要脸。

小多瞪着他发怔。祸害就是祸害！要是喜欢上祸害，自己就要变坏了。

吃饱喝足，宇文晨光把鞋还给了范小多。他蹲下身给她穿鞋，心想，她的脚真小，一只手就能握住。

他不想放开，但范小多羞愤不已，再也忍不住了："你晚饭没吃饱，以为我的脚是猪蹄啊？！"

宇文晨光扑哧笑出了声。

范小多红着脸让他帮自己穿好鞋。

一直到宇文晨光把她送到了家门口，范小多的脸仍是红红的。

范小多回到家，吴筱和范哲乐也在。看到小多回来，吴筱马上拉着她回房间关了门说话去了。

这次范小多没有隐瞒，红着脸详详细细把整个经过做了汇报。

吴筱听得脸一阵红一阵白，直到听到小多狠踩了宇文晨光一脚，她才露出笑容，但随即，她又满脸凝重："范小多，我看你遇到的不仅是厚脸皮的无赖，这个人简直就不知道'害臊'两字是怎么写的。"

范小多可怜兮兮地望着吴筱："那怎么办啊？你总得给我想个法子出气才行，他太可恶了！"

吴筱冷笑道："帮我挡了那么多次驾，跟了我四年，你全忘啦？"

范小多一省："对啊，那时候追你的人那么多，你全部咔嚓一个没留。"

吴筱笑道："想起来了？"

范小多点头开始想象宇文晨光如同吴筱众多前仆后继光荣牺牲的追求者一样死得难看的样子了。

吴筱说："不能和宇文晨光硬碰硬，看他样子是遇强则强型的。咱们用软刀子杀他，嘿嘿。"

范小多觉得吴筱这样子要是给六哥瞧见，没准儿会把六哥吓跑。她有点儿同情六哥，忍不住说："吴筱，你不会这样对我六哥吧？你好恐怖！"

吴筱敲了下她的头："对同志我是如春天般温暖，对待敌人才会像冬天一样冷酷无情！"

两人趴在桌上开始订计划，不一会儿吴筱就写满了一张纸，和毕业论文的大纲似的条理分明，下面还一一注明案例出自哪位追求者。

范小多拿过来一看，上面第一条写着，目的：挫宇文晨光锐气，让他铩羽而归。

招数一：冷若冰霜，不为所动。

吴筱解释道："随便他怎么讨好你，你板着张冰块脸，谁有那么好的耐心成天对着个冰块啊？随便他怎么激你，你稳如泰山、不急不躁，说什么你都态度好好的，让他没脾气发，说白了就是让他牛吃南瓜——找不着下口的地方。你这人，一害羞就脸红，怕丢人现眼，他捏着这个就能威胁你。你看，你不是不好意思在人前被抱吗？他一威胁你就怕了？"

范小多连连点头称是。

招数二：他山之石，可以攻玉。

吴筱解释说："借用外力弥补自己力量的不足。"

范小多忙说："我哥他们肯定不行，我不要他们掺和。"

吴筱笑道："你哥他们当然不行，我说的这个人是李欢！他就是我要借的石头！"

　　吴筱继续说:"李欢能帮着你瞒着你哥去查宇文晨光,他就肯定是站在你这边的。而且他要是查到了宇文晨光什么,我们就会对宇文晨光有一定的了解,这样胜算更大。"

　　范小多看着吴筱,有点儿不相信:"你不会想让我和李欢扮情侣吧?这样是不是损了点儿?也太对不起李欢了。"

　　吴筱恶狠狠地说:"做大事不拘小节,反正宇文晨光只知道李欢在追你,不知道李欢只是你朋友。你要想让宇文晨光吃瘪,李欢是最佳人选。"

　　范小多还是犹豫:"这样对李欢太残忍了吧!"

　　吴筱叹了口气:"那先用第一招,实在不行了再用第二招。现在我就给你培训一下。"

　　小多愣了愣:"培训什么啊?"

　　吴筱大眼睛里满是笑意:"泰山崩于前而色不变的气势啊!"

　　于是范小多乖乖坐好等吴筱老师教育。

　　"如果宇文晨光温温柔柔对你说,小多,我们一起吃饭好不好?你怎么回答?"

　　"不好,我要回家。"

　　"错,你要回答,好,然后要求去吃最贵的大餐,吃得他心疼!吃完大餐就去买鸡翅膀!"

　　"买鸡翅膀干吗?"

　　"你边走边吃,让他一手拎鸡翅膀,另一只手拎装鸡骨头的垃圾袋!"

　　想起晨光一个大男人拎着口袋跟在后面,路人为之侧目,自己得意地啃鸡翅膀的场景,范小多捂着嘴咯咯笑了起来。

　　"听好了,要是他强要牵你的手、要抱你,你会怎么办?"

　　"乖乖让他牵、让他抱。"

　　"错,你让他牵、让他抱可以,反正他要牵要抱你也没法。但是,不能乖乖地。"

"那要怎样？"

"牵你的手，你先顺着，口袋里随时准备着口香糖，这时拿出来嚼着，趁他不注意粘在自己手上，让他牵去！"

范小多做呕吐状："这个也太恶心了吧？"

"你吃的，是他恶心才对！"

"那要是他抱我呢？还是在大街上呢？"

"你不知道喊非礼、喊救命？警察一来你就说他企图绑架你！你绝对不认识他！这点上你的长相很有说服力！"

"还有，要是他情意绵绵地说喜欢你，你就不吭声，不管他问你什么你都不吭声！微笑着听他说完，然后回家，让他自个儿拿不定你的心思，胡乱猜去！"

范小多表示明白了，又有了信心。

"总之要不温不火，不给明确意思，一副温柔斯文样，耗死他！"吴筱做了总结。

临走时，她又叮嘱了小多一句："记着哈，千万别和他闹，对他发脾气，那不管用！"

范小多这晚睡得很香。睡着之前，她迷迷糊糊地想，原来吴筱的话还有安神宁气的作用。

第二天上班，范小多神清气爽，中午的盒饭吃得格外香，阿慧、阿芳连声问她是不是有什么好事。这时宇文晨光发来短信，说等她下班还要和她一起吃饭。范小多赶紧回了一条过去，说要吃大餐，并点名要吃城里最贵的菜。宇文晨光回了一个"好"字。她嘿嘿笑了起来，似乎吴筱说的那些已经一一实现。

下了班，宇文晨光果然带她去了家装修豪华的馆子吃最贵菜。菜油而不腻、清而不淡，肉炖得很好，就是量少。范小多不怕，多点几道菜就是。照吴筱的说法，一定要吃得宇文晨光肉疼。

晚饭她吃得赞不绝口，小肚子微微鼓胀。

宇文晨光面带笑容，他看小多吃东西比他自己吃着还香。他觉得小多是道开胃菜。吃过饭，他对小多说："我们走会儿怎么样？"

这话正合心意，范小多高兴极了。走了没两步，范小多说："我要吃鸡翅膀！"

晨光觉得今天她的胃口真是好，二话没说就买了半斤鸡翅膀。

范小多没有接，她按吴筱教的说："你帮我拎着嘛，我要啃，两手不空！"

范小多说这话的时候自己没意识到话里带着撒娇的语气。

晨光听了，就把鸡翅膀拎在手里。

范小多晃着马尾边走边吃，啃完一个，她对晨光说："骨头怎么办啊？不能随便吐大街上是吧？你帮我拎着。"说着从包里翻出了个塑料口袋。

瞧着小多美滋滋的样子，晨光心里高兴，又接过了装骨头的袋子。

啃了几个翅膀，小多有点儿吃不下了。她悄悄打量宇文晨光，左手鸡翅膀，右手垃圾袋，身板挺直，照样器宇轩昂。她暗暗叹息，吴筱啊吴筱，我估计他左手拿只鸡，右手捏只鸭子，照常跟在 T 台走秀似的。

经过麦当劳，宇文晨光手里多了袋薯条，小多在吃圣代。走过烧烤摊，晨光手里又多了袋烧烤，小多在吃肉串。小多口渴，他手里又多了两瓶水，因为范小多拿不定喝绿茶还是可乐，他一种买了一瓶。等走完一整条街，范小多已经撑得看到吃的就想吐了。宇文晨光嘴角含笑，问她："还想吃什么？"

小多摇摇头："不吃了。"

话刚出口，晨光就把手上的东西全塞进了垃圾箱，拿出餐巾纸递给小多擦嘴，完了对小多说："把手也擦了。"

范小多照办。

他满意地笑了，牵住小多的手继续饭后散步。

范小多想，吴筱你真是神机妙算，忙扔了两片口香糖在嘴里嚼。她边嚼边想，怎么才能把嘴里的口香糖粘到手上，这得是让宇文晨光先放开她那只手。

走着走着，小多看到街角有个画糖画的，灵机一动："小时候才吃糖人，长大了都没吃过。"

她眼里有着想要糖人的渴望。晨光想，今天范小多乖得不像话，买一个糖人奖励她。

趁他不注意，范小多把口香糖吐在了左掌心。一切做完，她说："不要了，看看过过瘾就好。"

晨光笑着依了她，又伸手过来牵她。

本来宇文晨光是站在范小多的左手边的，可没想到看转糖人的时候他掉了个方向，走到小多的右手边了，顺势就牵住了范小多的右手。

范小多非常生气，她左手粘着口香糖，可是宇文晨光却牵了她的右手，她怎么这么倒霉！她边走边试图甩掉手心里的口香糖，一路走一路甩，甩了一条街才甩掉。

晚上回到家，小多拉肚子了。

范哲乐气急败坏地数落了她一通。

范小多有气无力地给吴筱打电话："筱筱，第一招彻底失败。我再不要和宇文晨光去吃大餐了。"

宇文晨光今天很纳闷儿，范小多不同寻常的温顺，让他不敢轻易相信。他慢慢回想今天和小多在一起的每一个场景。

小多大吃潮州菜，小多啃鸡翅膀，小多吃圣代，小多吃烧烤……她怎么这么能吃？突然，晨光恍然大悟，就为了让自己拎一大堆东西在大街上出丑？晨光笑出了声，范小多啊范小多，这种幼稚把戏对付还在读书的学生都不见得有效，你怎么想的呢？怎么能想到这么笨的法子？

晨光恨不得小多现在就站在面前。他想念她的小嘴，想狠狠亲她一口。

晨光拿起电话给小多打过去，他想听听小多的声音。

"小多，睡了吗？"

"嗯。"

"你的声音怎么像猫叫？"

范小多气不打一处来——回到家因为拉肚子都跑了几趟卫生间了，她哪来的力气和精神？她没好气地说："你试试热的冷的乱七八糟吃一肚子，再跑卫生间拉几次肚子，你的声音会像耗子叫。"

宇文晨光乐了："拉肚子了？好事啊，拉完了明天胃口比今天还好！"

范小多想，没办法了，要用第二招了。李欢，你就为朋友牺牲吧。她笑了起来："是啊，我家欢哥也是这样说的，明天他带我去吃点儿养胃的。今天体虚，不适合长时间听唠叨，挂啦！"

听小多挂掉电话，宇文晨光眉毛拧了起来，欢哥？还真是左右逢源哈。自己这里没讨到好就投奔另一个找平衡！他开始努力回想那天来接范小多的那个男人长什么样。

好像个子比自己矮，长相没自己帅，板寸头，看上去挺精明。范小多会喜欢他什么呢？

宇文晨光百思不得其解。照理说，自己这条件，不差啊！

他决定明天去接范小多下班，顺便会会那个欢哥！

范小多夸下海口才后悔，怎么和李欢说呢！

她第三次主动打了李欢的电话。

"李欢，明天我们一起吃饭，你有空吗？"

"有啊，我来接你下班。"李欢笑着说。

11. 就是让你吃吃小醋

第二天李欢来接范小多下班。他今天没开车，车做保养去了。

宇文晨光远远看到李欢步行前来，再看看自己车旁边那个禁停标志，感觉白费劲儿了。他把标志往后备厢里一塞——这是他自己花钱买的，要是真有交警问，他只能装作不知道。

小多走出台门口，和李欢有说有笑往前走。这回，她连瞟都没瞟晨光一眼。晨光看了看车，决定步行跟着小多和李欢。

刚拐过电视台门口的大街，李欢拦下一辆出租车，和小多两个人上车走了。宇文晨光心里暗骂，这盯梢的活儿真累。他赶紧跑回停车处开着车往出租车走的方向追。

就这会儿工夫，范小多和李欢坐的出租车已融入了城市的车流之中。宇文晨光气得一路直按喇叭超车去追，车没找到，身后却传来了警笛声，一个交警骑着摩托跟上来，对晨光打手势，要他靠边停车。

"驾照！"

宇文晨光无奈至极。

路上接连出现了好几起违章事故，交警忙得热火朝天，宇文晨光等了快一个小时，才拿到罚单。他心想，今天怎么都找不到范小多了。

这个时候，范小多和李欢刚坐下点菜。

李欢感叹："你每次主动打电话约我吃饭都没好事。说吧，今天又有什么事？"

范小多嗔道："欢哥，没事就不能约你吃饭啊？"

一声"欢哥"叫得李欢浑身舒坦。他瞧着小多，心事明明白白写在她脸上，李欢叹了口气："说吧，欢哥肯定帮你。"

范小多却觉得不好启齿了，她实在说不出让李欢假装她男朋友这种话，就笑着说："真没事，就是好些天没见着你，想和你吃顿饭而已。"

晨光想着小多爱吃的东西，沿着街找馆子。腿都要走断的时候，他看到了一扇落地窗后面的范小多和李欢。

他看着两人笑着边吃边聊，范小多笑起来竟有些妩媚。两人看上去真像情侣。

情侣？！想到这个词，宇文晨光就生气。他推开门走了进去，直直走到范小多面前站住了。

李欢看着这个身材高大、眉目俊朗的帅哥站在小多面前盯着她看，范小多神色慌张，他一下子明白过来，这个人就是小多说喜欢的那个宇文晨光。

李欢马上站起来要招呼他坐，没想到范小多起得更快，并且张嘴就说："宇文晨光，我给你介绍，这是李欢，我男朋友。我和你没关系，现在我和欢哥吃饭，不欢迎你！"

范小多条件反射地抢先说出了本想对李欢说的话，主动实施了吴筱老师教的第二招。

李欢反应很快："这位先生，小多是我女朋友，你有什么事可以和我说。"

宇文晨光听到小多说李欢是她男朋友，而且说她和自己没关系，心里泛起一股说不清道不明的难受。他回头瞪着李欢："范小多说是你就是了？问过我没？"

李欢心想，这个宇文晨光怎么这么横？不给他点儿颜色看，小多喜欢他，肯定会吃尽苦头，于是就对宇文晨光说："咱们坐下来说，站这儿不好看。小多，你坐过来。"

范小多见李欢瞬间就明白了自己的意思，很开心，抬脚就要坐到李欢那边。宇文晨光把她往里座一挤，一屁股就坐了下来。

李欢暗自觉得好笑，脸上却露出很不高兴的样子："小多，他是谁？"

范小多嘴一翘："多管闲事的，只知道他叫宇文晨光，别的不知道。"

宇文晨光坐下来仔细打量李欢，见他满面笑容，心想，哪有看到自己女朋友被个陌生男人挤在座位里还这么镇定的？换成自己，早把那人拎出去了。他露出了笑容："你就是李欢吧？听说你也在追小多，咱俩平等，别演戏了。"

李欢这个佩服啊，这个宇文晨光眼睛很毒呢！他明白范小多今天约着自己吃饭是什么事了，于是也笑着说："是啊，本来是追得挺苦的，可是小多今天约我说决定选我了。咱俩不平等了。"

范小多真是开心，李欢太上道了。

晨光心里一室，不动声色闲闲地问："是吗？"他转头又问小多："你决定选李欢做你男朋友？"

小多坚定地点点头。

晨光接着对李欢说："小多选了你也没用，你又不是明天就娶她，她结婚之前，我们都一样。"

李欢笑得合不拢嘴："要是小多愿意，明天我们就可以去民政局登记。"

晨光笑不出来了。这个李欢果然有他的过人之处，一点儿不生气、一点儿不慌乱，他甚至立刻温柔地问小多："明天咱俩就扯证去？"

范小多也笑得很甜："好啊，扯完证就休婚假，去丽江看我老爹老妈，顺便度蜜月。"

李欢高兴得似要蹦起来："小多，咱们这就回家，我得告诉我爸妈去。"说完像才发现小多旁边还坐着宇文晨光似的："宇文先生，麻烦你起身让让，我和小多要回家了。"

两人目中无他地演着双簧，宇文晨光明知道他俩不可能，心里还是堵得慌，站起身就往外走。

看着宇文晨光走远，范小多和李欢相互看了一眼，呵呵笑起来。

李欢笑着对小多说："这个人真的挺喜欢你的，这下气惨了。"

范小多骄傲地说："你不知道他有多可恶，把吴筱气得直说要和他不共戴天，找你还是吴筱出的主意呢，说'他山之石，可以攻玉'，你就是那块石头。他嚣张得很，我们实在气不过。"

笑过之后，李欢叹了口气："可是小多，你也喜欢他不是吗？"

范小多怔住了，半晌才说："有时候挺想他的，可是在一起的时候他老是惹我生气。"

李欢看着小多，想了想说："那就让我扮些日子，给他点儿苦头吃。"

范小多甜甜地笑："还是欢哥好。"

李欢摇头。他是真心希望看到她开心。

范小多欢天喜地地把今天的战况汇报给吴筱听："筱筱啊，李欢这块石头太有灵性了，比贾宝玉那块通灵宝玉还值钱。今天，宇文晨光第一次落荒而逃呢！"

范小多边说边笑，她和宇文晨光交手这么多回合，除了那次灌了晨光一肚子伏特加，就没扬眉吐气过。她想起晨光第一次吻她，完了还调侃她；她想起被晨光扔在车上，伴着一车呕吐物去洗车；她想起晨光把她抱起来，还威胁她。可恶的宇文晨光！小多拉过枕头边的玩具狗，两只脚对准狗屁股轮流猛踢。

哲乐从小多房门口经过，看到小多躺在床上一手拿着电话，两只脚动得跟风车似的，脚丫雨点般落在玩具狗的屁股上，不由失笑："小多，什么事这么高兴？"

小多抬起头："哥，我和筱筱说话，高兴着呢，你别偷听！"

范哲乐摇着头笑着走开了。

那边，吴筱却没有小多想象中的高兴："小多啊，李欢答应扮你男朋友？他有没有不高兴啊？"

"没有啊，我觉得欢哥人很好的，他也说要让宇文晨光吃吃苦头，省得那么嚣张！"

吴筱叹了口气："出主意是一回事，可是这样毕竟不好嘛！刚开始你不是还不同意嘛！觉得这样对李欢挺不公平的。"

听吴筱这样说，范小多总算冷静下来不傻乐了："当时不是宇文晨光突然出现，李欢正好在嘛。我看欢哥没有那么小心眼儿的。"

吴筱说："李欢想得通，肯帮忙最好，我就怕弄巧成拙，变成三角恋，那才麻烦呢！到时朋友都没得做。"

原来吴筱担心这个，范小多心里一宽："不会的，李欢说了和我做朋友，不做我男朋友的，做朋友帮我这个忙没什么的。"

谁知吴筱又担心起来："小多，我看你是真的有点儿喜欢那个宇文晨光了。你这样拉着李欢去气他，以后怎么收场啊？"

范小多一呆，以后？谁知道啊？她现在不过是想让李欢帮着她气气宇文晨光。以后？小多不知道，她还没想那么长远，也想不出以后是什么样。小多实话实说："我不知道，以后的事以后再说吧！"

李欢回想起今天的事就想笑。他越发觉得做范小多的朋友比做男朋友好上不知多少倍。要是他和宇文晨光换个角色，范小多拉着宇文晨光唱双簧给他看，李欢想，他肯定不会有宇文晨光脸皮这么厚，肯定早就变脸色了。

这个宇文晨光是那个宇文晨光吗？李欢觉得有可能。单从他的气质看着就像。

李欢就明白了。宇文老爷子早年下海经商，攒了大笔财富，如今年过六十，精神矍铄，已退出商场，公司一直由大女儿宇文晨曦在打理。以宇文晨光家的条件，范小多是高攀了。

李欢并不怀疑宇文晨光喜欢范小多。他自己就跟宇文晨光一样，没接触范小多时，会觉得她普通得很，一接触就会忍不住被她吸引。小多这样单纯可爱的女孩子还真是很少见。也是她六个哥哥姐姐把她护得太好，几乎就没给她接触社会阴暗面的机会。李欢想，范家人对小多的保护也不知道是好事还是坏事。

李欢忠实地扮演了一个男朋友的角色，有时间就去接小多下班，一起吃饭、聊天儿、玩。和小多在一起，李欢越来越轻松，也越来越愉快。范小多在他面前并不隐藏活泼的本性，偶尔露出的天真想法会逗得李欢哈哈大笑。

宇文晨光也奇怪，一连数天，人影子都没出现。这天李欢和小多逛街，小多就有点儿郁闷："欢哥，怎么不见宇文晨光出现呢？我还等着气他呢！"

李欢忍不住逗小多："你是想他呢，还是想气他？"

范小多不高兴地说："当然是想气他，我干吗要想他？"说完就闷着不说话了。

李欢想叹气，这丫头真的还小，藏不住心事。见小多闷着，李欢对她说："小多，你想会不会是宇文晨光故意不出现的？他知道你想气他，说不定正躲哪儿偷看呢！"

李欢这么一说，范小多又笑了起来："是啊，他那么狡猾的。"

李欢想，宇文晨光不会就这样放弃小多了吧？他可不想看到小多失恋伤心的样子。李欢打起精神对小多说："小多，欢哥陪你买衣服去！把我们小多打扮得漂漂亮亮的，气死宇文晨光。"

说着就要带小多进路边一家精品店。范小多正想说这家店衣服太贵，就看到宇文晨光正在店里，她马上住了口，捅了捅李欢。

李欢笑了，牵着小多的手走了进去。

宇文晨光正陪姐姐晨曦买衣服。他这些天没找范小多是想晾她几天，由着她和李欢蹦跶。他知道李欢和小多这些天形影不离，他不想看两人说说笑笑的，没想到这两个人还手牵手地出现在他面前了。

晨光看到小多牵着李欢的手就生气。自己牵她就被踩，李欢牵她她就这么顺从？心里不舒服，宇文晨光就跟自己的东西被人抢了似的。他暗暗告诫自己，被二十出头的丫头惹得控制不住脾气，太丢脸。他忍住气，面带笑容跟两人打招呼："好久不见，带小多来买衣服？"

李欢笑着说："是啊，你呢？"

正说着，宇文晨曦从试衣间走了出来："晨光，这裙子怎么样？"

宇文晨曦已三十一岁了，可她天生丽质，看上去也就二十几岁，一米七的个子，身材一流。李欢暗想，宇文晨光真是好眼光，范小多跟这个女人站一起，就不是女人，纯粹是个小孩子，是男人都会瞧着这个女人的大腿流口水。

范小多呆了。她觉得吴筱漂亮，身材也是一等一的好，可眼前这个女人不仅不输吴筱，还多了几分成熟的韵味。

宇文晨光瞧着姐姐，眼前也是一亮。范小多你找李欢，我还可以找我姐呢。他站起身围着晨曦转了几圈，把手往晨曦腰间一扶："不错，很漂亮。"说着就吻了下晨曦的脸。

宇文晨曦莫名其妙，正想喝斥他，突然看见店里多了一男一女，男的精明，女的清纯，都瞪着眼睛看自己。又瞟了瞟晨光，他正满脸坏笑。晨曦聪明，立刻嗲声嗲气地说话："这里好几件衣服我都喜欢呢！"

宇文晨光大方地说："喜欢就买，你高兴就好。"

晨曦忍住爆笑，走过去对店里的营业员说："那条，那件，这个，还有这件，都要。"

然后低声对晨光说："回家再跟你算账！"

宇文晨光想，我掏了大把银子给你买衣服，还算什么账啊！两人在这边结账，范小多盯着晨曦美丽的容颜感叹："美女啊，终于见着一个能和吴筱媲美的美女啦！"

李欢看这场面，觉得不该带范小多进来。她看得眼都直了，还演什么戏啊？

突然，晨曦走到范小多面前："你知道你直勾勾地盯着别人看很不礼貌吗？"

范小多一呆："你好漂亮啊！"

晨曦哭笑不得，这是什么答案？她拉下脸，一把拉过宇文晨光："他是我男朋友，你看他我会不高兴！"

范小多很奇怪："我是看你啊，你真的好漂亮！"她回头对李欢说："你看，她和筱筱比哪个更漂亮？"

李欢看着宇文晨光和那个美女，心底暗下结论，范小多简直是个缺心眼儿，人家都说是宇文晨光的女朋友了，你注意的却是人家长得如何。他尴尬地对晨曦说："不好意思，我女朋友喜欢美女。"

话一出口他就觉得不对："我是说她喜欢看美女。"

还是不对："我家小多看你这么漂亮就忍不住多看几眼，你别生气。她对你男朋友没兴趣。"

说完才觉得这话对了。李欢想笑，小多多有意思啊，不仅没吃醋，而且都没看宇文晨光。李欢想，宇文晨光，你吃你女朋友的醋去吧。

他笑着拉着小多走了。

出了店门，小多还在说："哇，她真是漂亮！"

李欢纳闷儿了："她说她是宇文晨光的女朋友！"

范小多这才回过神："欢哥，我想宇文晨光找她是对了的，他俩很配呢！"

李欢说："小多，你不是喜欢宇文晨光吗？你没有不舒服？"

范小多立刻郁闷了："有啊，我心里很闷。可是，她真的很好看呢，我没有她那么漂亮！"

李欢瞧着小多，突然觉得很心疼："小多，女人不是漂亮就好的。"

小多笑了："晨光是说喜欢我。可是，换了是我，我也会更喜欢那个美女！"

李欢看小多的笑容里带着一丝悲伤，忍不住搂住了她的肩："欢哥更喜欢你，不喜欢那个美女！"

范小多促狭地看着李欢："可是欢哥，我刚才看你口水都要流出来了呢！"说完就咯咯直笑。

李欢被小多笑得难为情。

两个人都没瞧见这时宇文晨光正瞪着他们两眼冒火。

宇文晨曦在沙发里找了个舒服的位置半躺着。宇文晨光自打走出精品店脸色就不好看，晨曦看他在屋里烦躁地喝水，笑嘻嘻地说："原来你被这么个小丫头勾了魂，说吧，什么时候的事？"

宇文晨光不说话，晨曦也不恼："想让别人吃醋，没想到那女孩子居然对我的美貌垂涎三尺。"她想起小多近乎崇拜地看她，眼神还色眯眯的，觉得这女孩子太特别了。又想到小多看到了自己就不看晨光了，不禁笑得花枝乱颤。

宇文晨光没好气地看着姐姐。这个范小多也太气人了，她就没注意听晨曦说自己的身份，只顾着看美女。而且走出店门他就瞧见李欢搂着她，范小多眼睛亮晶晶的，不知道说了什么，笑得那么开心。他觉得自己真失败，这样子也没打击到她。

晨曦没说错，他是被小多勾了魂，而且还吃了醋。他都想不明白事情怎么会变成现在这个局面的。比范小多漂亮的多了，比范小多聪明伶俐的也不少，清纯女孩子也不是没有，他怎么就偏偏对范小多着了迷呢？

晨光往晨曦身边一靠："姐，我就是喜欢她了。她不理我，还成天和那个男的亲热，怎么办啊？"

晨曦很少见晨光这个样子，仿佛又回到了小时候，只有小时候晨光才这样靠着她撒过娇。大了后，晨光成熟了，做事稳重，而且眼高于顶，快三十岁了还左挑右选没有固定女朋友。老爷子就这么一个儿子，成天念着想让他稳定下来，娶妻生子，继承家业。

家业就算了，晨光不上心，还有她撑着，可晨光娶妻生子是宇文家的大事，家人一直犯愁，不知道他要玩到什么时候。现在好了，冒出个小女孩把晨光迷得神魂颠倒。要不是亲眼看见，她怎么也不会相信这么个普通的丫头会降服她心高气傲的弟弟。

宇文晨曦恢复了她女强人的面貌，坐直了认真对晨光说："你给我说详细点儿，姐帮你搞定她。我还不信她有多难缠。"

宇文晨光也来了精神。宇文晨曦可不是吃素的，在生意场上，男人都不是她对手。范小多，你的道行还浅着呢！

于是，晨光详详细细把从认识小多到后来的事一一告知他老姐。

宇文晨曦听完就乐了："晨光啊，很明显，那个范小多没什么感情经验嘛，初吻都给了你了。那个李欢和她就不是那回事儿。"

晨光说："是啊，我知道不是那回事儿，就是瞧着他们两个人，心里有气。"

晨曦笑着说："这么简单的招数你怎么就没看出来呢？"

"我是不想上当！这不晾了她好些天了嘛，结果今天就遇上了。我之前牵她的手差点儿没被她用高跟鞋踩残废了，李欢和她牵手就什么事都没有！看着就生气。"

晨曦乐坏了，恶人自有恶人磨，宇文晨光你就服范小多，有什么办法！她眼睛转了转，对晨光说："咱们来个釜底抽薪！"

晨光眼里冒出疑问，宇文晨曦坏坏地说："你老姐亲自出马，拖住那个李欢，让他没时间陪范小多。"

宇文晨光哈哈大笑起来："好办法，让李欢脱不开身，再也扮不成范小多的男朋友。嘿，我看她这次拿什么来挡。"想了下又说："要是范小多再冒个男朋友出来呢？"

晨曦叹了口气："你就对自己这么没信心？那个李欢是一表人才，看上去不差的，才有资格扮范小多的男朋友，要再找个能和你匹敌的，哪有这么快？"说罢，她狠狠地盯着晨光："要是拖住了李欢，你还没能拿下范小多，你就扯根头发上吊自尽吧！"

接下来姐弟二人又是一番计划。

12. 晨曦的小算盘

　　李欢这天很高兴，公司有笔生意上门，还是宇文家的生意。他乐呵呵地想："原来扮小多男朋友不是白扮的，还有银子赚。"

　　到了宇文家的公司，他被带进了会客室，接待小姐对他很殷勤，李欢心里这个乐啊，就想看到宇文晨光对他低声下气。

　　过了会儿，他听到清脆的高跟鞋的声音，一抬头，就见到了那天在精品店里看见的宇文晨光的女朋友！她今天穿得很干练，头发也盘了起来，短裙下露出一双修长的玉腿。李欢看得有点儿挪不开眼睛，又听到那个美女笑着说："李先生，又见面了。我是宇文晨曦，晨光的姐姐。"

　　李欢一怔。这个看上去比自己还小的美女就是传说中宇文家精明能干的大姐？那天她是故意扮晨光女友让小多不开心？

　　晨曦坐在李欢对面，温和地对李欢说："今天先谈生意。"

　　李欢又是一怔，这女人寒暄都没一句？

　　生意还是要谈的，李欢要赚钱。宇文晨曦很爽快，三言两语就和李欢谈妥了。李欢有点儿疑惑，宇文晨曦没有露出半点儿要借着这个扯上范小多的迹象，这就是一笔很正常的生意，条件也很合理，没有多给李欢利益，也没有抠门儿得吓人。

宇文晨曦很欣赏李欢做生意的态度，谈好了，她对李欢说："合同拟好我会叫人和你联系。本来这事是不用我和你谈的，但是我想你也知道原因，我是为了我弟弟，想接触一下他的情敌是什么样的人。"

晨曦说得相当直接，李欢觉得这很正常。他正经事谈完就露出油腔滑调的本性，笑着对晨曦说："你觉得我是什么样的人？"

晨曦也笑："我觉得李先生年轻有为，做事很精明，听说口碑也很好，是个讲信用的人。就是不知道你能不能实话告诉我，你和范小多是什么关系？男女朋友的话就不用再说了。"

宇文晨曦的话让李欢再也说不出他和小多是男女朋友的话来。他觉得宇文晨曦的直接是让他说实话的最好办法，而且宇文晨曦的态度非常诚恳，完全是一副为了弟弟的好姐姐形象。

李欢笑着对晨曦说："我其实也很想了解宇文晨光，怕他欺负了小多。这样吧，时间也不早了，我能请你吃顿饭吗，咱们边吃边聊？"

晨曦欣然答应。

李欢不笨，宇文晨曦找上他是想侧面了解详情呢，还是另有目的？他给小多打电话："小多，今天自己回家，欢哥有事。"

小多说声"知道了"，挂掉了电话。

这些天都是李欢陪着她。李欢是个话多的人，几句话就能活跃气氛，让她很开心，吃过饭笑过，回到家倒头就睡，没多余的时间想宇文晨光，她也不想去想。可是李欢今天不能来接她了，小多一时半会儿竟不知道该干什么来打发时间。

只要一空下来，她就会想起和晨光在一起的事，就会想起那个大美女。晨光那天亲吻大美女的脸呢，他真的不是只会吻自己。范小多心里空落落的。

无精打采地走出单位，慢慢沿着街走，她不知道现在回家能干什么。家里现在是吴筱和六哥的天下，早回去会打搅他们不说，吴筱还会拖着她问情况。范小多不想谈宇文晨光，更不想去想晨光身边的大美女。

走着走着，范小多看见地上有一个空可乐罐子，她抬脚一踢，可乐罐子飞了出去。小多想起第二次遇到晨光时，就把一个可乐罐子踢到了晨光车上，引得警报器一阵呜呜乱叫。正想呢，可乐罐子叮叮咚咚又滚了回来。

她埋着头，也没想怎么踢出去的罐子又回到脚边了，抬脚又是一踢，随后听到一阵惨叫声。范小多吓了一跳，踢到人身上了！抬头一看，宇文晨光正捂着脸站在前面大叫："哇，我的眼睛！"

小多一慌，忙跑过去："伤到眼睛啦？对不起啊，我不知道你站在这里，严重不？"

范小多小时候见过男同学玩弹弓，打中一个同学的眼睛，差点儿让人失明。她很担心宇文晨光，所以着急得很。

晨光听到小多这么一问，叫得更大声了："痛死我了。"

范小多急了，伸手去拉晨光的手，想看他伤成什么样了。晨光看小多这个样子，心里这个爽啊，放下手就哈哈大笑。

范小多见他又逗自己玩儿，让自己白担心一场，哼了一声就走。

宇文晨光见小多生气了，就跟在后面道歉："我逗逗你嘛，就开了个小玩笑。小多哪会这么小气呢，谁知道你这么担心我啊。"

范小多撇嘴："谁担心你了？换成任何一个人我都会着急的。"

晨光心里高兴："但是你刚才就只着急我一个人。"

"我是怕闯了祸，眼睛多值钱啊，我怕我付不起医药费！"

"没关系，伤着我，我也不叫你付医药费，我才不会对你生气呢！"

"你说的？"

"当然。"

范小多猛的一脚踢上晨光小腿："你生气就是食言，食言而肥你知道不？你要食言你就会长成个大胖子！"说完就笑了。

晨光揉着腿看小多笑了，心想，这一脚真挨得值了！

他温柔地看着小多："现在解气了？不和我赌气了？不拿那个李欢来气我了？"

范小多听到这句话，突然想起那个大美女，怒气又冒了出来："李欢是我找来气你的，可是这和我不理你没关系。像你这种四处拈花惹草的花心祸害，我才不想理会！"

宇文晨光想，坏了，小多肯定误会他和他姐了。小多吃醋他高兴，可是小多一误会他就不理他，这玩笑可开大了。他立刻想开口对小多做解释。

范小多根本不给他时间，闷了几天的火气终于爆发出来，她转身就跑过了街。

宇文晨光一看街上人来人往的，自己要在大街上追小多，以小多现在的心情，没准儿会大喊一声"非礼"，到时候不知道会有多少人跳出来收拾自己。

宇文晨光苦笑着看小多跑远，心想女人吃起醋来实在无理可讲，要解决这个问题，还是让姐姐出马为好。他心里暗自庆幸，还好是亲姐姐，要是随便拉了个女人，那跳进黄河都洗不清了。

宇文晨光不知道这会儿他亲爱的姐姐和李欢正谈得愉快，而且达成了协议，要把他推向火坑，要利用范小多把他收拾得服服帖帖。

李欢请宇文晨曦吃饭，单刀直入地说："你那个弟弟条件太好，我其实很担心小多会受伤害。"

晨曦笑着说："所以帮着范小多给晨光苦头吃？"

李欢并不否认："对啊，男人的心思男人最清楚。小多刚毕业出来工作，对社会险恶根本不了解，宇文晨光是她第一个动心的男人。这么一头钻进去，要是宇文晨光感情不坚定，范小多还不抹脖子跳河啊？"

晨曦直觉地维护弟弟："范小多可是让晨光第一次这么投入的女孩子。晨光条件是好，对他献殷勤的女人也多，可这不代表他就花心。"

李欢看着晨曦想，这个女人在生意场上是强者，在感情上怎么这么简单？他耐心地对晨曦解释："我不是说他花心，我是担心宇文晨光吃好东西吃多了，被女人捧坏了，突然见到清纯的小多，觉得新鲜。等新鲜劲儿过了，他就会发现自己并不是那么喜欢她。他真的能确定他对小多的感情？"

宇文晨曦想，李欢说的有几分道理。范小多看上去很普通，晨光又是这么优秀的一个男人，他会不会真像李欢说的那样只是图新鲜呢？晨曦就问李欢："那你以前喜欢范小多什么啊？"

李欢呵呵笑了，想起自己追小多那会儿的狼狈。他坦然地说："刚开始很好奇啊！我听她哥哥说起范小多，跟个仙女似的，我却觉得范小多不是看上去那么斯文，可一接触，又发现她真的很可爱。这和很多女人是不同的。"

"那么晨光也极有可能是这样啊。"

"我这样不见得宇文晨光也是这样！话又说回来，男人都是得不到的就想要。要是他一追小多，小多就投怀送抱，就算他喜欢小多，以他这么横的性格，以后还不对小多呼来喝去，想怎么办就怎么办？"李欢更多的是担心以后。

看李欢这么维护范小多，宇文晨曦竟有点儿羡慕了。范小多真是幸福，一个追她失败的男人还能这样对她！晨曦想，有男人这样维护自己多好，女人会做生意是一回事，终究还是要找个男人来疼自己的。晨曦摇摇脑袋，对李欢说："可是我是晨光的姐姐，我总不能坐视不管！晨光既然喜欢范小多，我就得帮他。你的顾虑我知道，那咱们谈个交易？"

宇文晨曦不知不觉又露出了商人的本性。李欢看她眼中不时闪出精明的光芒，脸上却时不时现出女人的娇媚，心想，宇文家的这两姐弟真是一双尤物，男的俊，女的风情万种。听到晨曦说交易，他来了兴趣。

"晨光回国都快一年了，就是不肯接手公司的事务，我一个人撑着也累。范小多喜欢晨光，咱们帮她搞定晨光，消除你的顾虑，大家都高兴。可是我有个条件，就是得让范小多治服晨光，让他乖乖地回公司帮忙。你看怎样？"宇文晨曦直言不讳。

李欢觉得可行，让有情人在一起没什么不好，只要能看清楚宇文晨光对小多的感情，让他不能随便欺负小多，这是好事情。而范小多能治服宇文晨光，叫他回公司帮忙就是他喜欢小多的明证。而且，李欢看着对面的宇文晨曦，有点儿心疼，这世界让女人累就不叫事儿。

李欢欣然同意。两人又细细商量了半天，一顿饭吃得融洽痛快，心里都对对方有了好感。

这天李欢又去接小多下班，开着车带她出了城。范小多有些好奇："欢哥，我们去哪儿啊？"

李欢笑着说："带你去看风景。"

车开到了郊区一个度假山庄。山庄很精致，后面有一片树林和一片草地，几幢别墅掩映在树丛中。

范小多下了车，发现草地上竟有小鹿在吃草，还有几只孔雀。她高兴地想去逗。她悄悄走近小鹿，发现那小东西一点儿不害怕。范小多小心地把手放在它身上，小鹿没有跑，站在那儿眨着大眼睛看着小多。感觉到掌心下小鹿身上的温暖，她开心极了。

夕阳照在范小多身上，李欢觉得她和小鹿一样可爱。他暗暗对自己说，一定要让小多幸福，让小多一直这么快乐。他觉得范家人做得对，社会复杂，为什么一定要让小多知道呢？能让她单纯并保留这份单纯又有什么不好？宇文晨光有这么好的条件，他只要是真心的，他就能保护小多。不过，前提嘛，是让他变成温驯听话的小鹿。

等范小多玩够了，李欢带她去吃饭。

餐厅里人很少，范小多走进去就看到了那天在精品店遇见的大美女，她正冲着自己和李欢微笑。本以为是巧遇，没想到李欢带着自己就走到了大美女面前。

大美女露出一个让范小多惊艳的笑容："我们又见面了。小多，我是宇文晨光的姐姐宇文晨曦。"

是他的姐姐呀，范小多脱口说道："原来宇文晨光那天故意骗我，他又逗我。"

晨曦伸手拉着小多坐下："是啊，你不也和李欢一起骗了他？"

小多不说话了。

晨曦说："其实晨光很喜欢你呢！"

小多脸开始红。

"你不也喜欢我家晨光？"

小多脸更红。

"可是你心里不平衡，每次都觉得晨光是在欺负你，对吧？"

小多点头。

"姐姐帮你报仇，让他以后不敢欺负你。"晨曦温柔地对小多说。

范小多心情太好了。大美女不是晨光的女朋友，大美女说晨光喜欢她，大美女还要帮她报仇。天时、地利、人和，这回老天爷真的是站在自己这一边了。

想起晨光四面楚歌的惨状，范小多脸上露出了笑容。

范小多吃过晚饭才回家，远远就看到宇文晨光站在花台前。

路灯照在他身上，拉出了长长的影子。宇文晨光瞧着她，眼神很亮。

范小多想起和大美女、李欢的商量，咬着唇尽量不让自己笑出声来。

他快步走向她："怎么这么晚才回来？又和李欢跑哪儿玩去了？"

他的语气里带着质问，这可不是她喜欢的语气。范小多看着他：

"你再用这样的语气和我说话，我就不理你了！"

翅膀硬了还是脾气见长了？宇文晨光忍不住瞪她。

范小多又说："你瞪人的时候这么凶！你再瞪我，我也不理你！"

宇文晨光倒吸一口凉气，范小多怎么突然变得这么厉害了？他想起晨曦给他分析的，多半是他不让着范小多，小多才和他作对。他慢慢放柔目光、放轻语气："我等你很久了。"

范小多心里一甜，牢牢记住大美女的话，翘起嘴："你不去拈花惹草给你的美女朋友买衣服，跑来等我干吗？"

晨光想，果然是因为这事吃醋了，他赶紧解释："那是我姐呢。我当时不是被你和李欢给气坏了嘛！"

范小多继续臭着一张脸："今天是你姐，明天又是谁？谁知道真的假的？你让开，我要回家。"

晨光哪肯让她，现在不解释清楚，这丫头以后怕是更不会听他说了。他伸手将她拉进了怀里，低声说："你信我好不好。那天的事，我道歉！"

范小多在他怀里，觉得晨光的怀抱很温暖，靠着很舒服，她低声说："我一点儿都不了解你，我连你是干什么的都不知道呢！"

晨光一听，对啊，范小多对他真的是一无所知，凭什么这么相信他呢！晨光捧起小多的脸轻声说："那你想了解什么呢？"

范小多想笑，想大笑，她拼命忍住了："我就是觉得你没诚意。欢哥说了，这社会复杂得很，你把我卖了，我都不知道。"

晨光暗骂李欢好的不教小多，把自己说得跟人贩子似的。小多又说："我那天在家做了张关于你的调查表，结果好多空白，我什么都不知道。"

晨光笑了，觉得小多真是小孩子心性，就大方地说："明天你把表给我，我帮你填空。"

小多很开心："实事求是？"

"决不弄虚作假！"

"那明天见！"范小多想回到家，往表上多加点儿问题。

可是晨光却不放手，小多仰起脸看他："每次这样看你，脖子都酸了。你个子太高，不符合我的要求，身高就过不了关！"

宇文晨光想，我身高一米八三，不算太高吧？是你太矮！他好笑地看着小多，把她抱到花台上站着："这下满意了？你和我差不多高了。"

范小多点点头："这还差不多，不过，我现在要回家了。"

晨光扶着她的腰，看小多的脸在路灯下越发柔和，显出一种美来。他轻轻地摸着小多的脸："小多，你真好看，比吴筱还漂亮。"

在他心里，自己会比吴筱还漂亮？范小多怔怔地看着他。

晨光温柔地靠近，唇轻轻落在她的脸上，慢慢移到她的唇上。

范小多终于得到了她想象中的那种浪漫、温馨、深情的吻。

她又一次迷迷糊糊飘回家。

范哲乐眼前的妹妹脸上带着红晕，一双眼睛里全是温柔的笑意，就像是吴筱被自己吻过之后的模样。

范哲乐被自己这想法吓了一跳。

他小心地问小多："小多，今天和谁吃的晚饭？"

"欢哥。"

"李欢？你叫他什么？"哲乐很吃惊。

"欢哥啊！"范小多已经叫习惯了。

哲乐想，什么时候李欢和小多关系这么近了？小多已经用这么亲热的称呼了？难道李欢真要成自己的妹夫了？哲乐想到妹夫，就想到小多以后就要搬离自己家住到李欢家去了。他看看屋子，他的小多住了二十二年的家啊，他心里万般不舍得小多离开。

小多洗完澡上床睡觉，走过他身边时，脸上还是那副快乐的表情，哲乐决定明天找李欢谈谈，他这个哥哥有权知道小妹的恋爱进展到什么程度了。

范哲乐没给李欢打电话，直接去了李欢的公司。

他还从来没去过李欢的公司。哲乐想看看，这个未来妹夫的地盘是什么样的。

事情就是这么巧。宇文晨曦开车送李欢到公司，临下车时，李欢还亲昵地凑在宇文晨曦耳边对她说话，看在哲乐眼里，整个一幅红杏出墙图。

车里的女人比小多漂亮了不知多少倍。李欢下车后，望着远去的宇文晨曦的车，脸上还带着偷香成功的窃笑。

范哲乐想也没想，走过去一拳就打掉了李欢脸上让自己气得要吐血的笑。

这一拳真重，李欢被打得倒在了地上，觉得半边脸没了，脑袋也嗡嗡直响，不知道是不是打出了脑震荡。隔了半响，他才看到范哲乐气青了的脸，耳边响起范哲乐的怒骂声："你就是这样待小多的？早就看出你不是个东西！油腔滑调，生意人简直就靠不住！"

李欢拍拍脸，终于找回了自己的舌头。他看范哲乐的手又捏得嘎巴作响，心想，小多，这次不是刀架脖子上，也差不多了，再来一拳我真的会挂了。他赶紧交代："刚才那个是小多男朋友的姐姐！"

范哲乐晃了晃脑袋："你姐姐？"

李欢拍拍衣服上的灰，没好气地又说了一遍："小多男朋友的姐姐！"

"你姐姐？"范哲乐想再确认一下。心想坏了，李欢和他姐姐亲昵地说话，自己怎么就误会了呢？他看到李欢半边脸都肿了起来，忙说："要不要去医院？"

李欢摇摇头，领着范哲乐进公司，边走边说："我不是小多男朋友了。"

哲乐说："是我误会了，你别抛弃小多。我可告诉你，你要让小多伤心，我还打！"

　　李欢想，还好我不是了，不然一朝背上范小多男朋友的牌子，想分手都不行。他捂着脸进了办公室，让助理去找点儿冰块来。

　　哲乐心里很是内疚："真对不住呵，李欢，你怎么早没说你有个姐姐呢？还那么漂亮！跟你就不像一个妈生的。"

　　李欢用冰敷着脸，总算觉得舒服一点儿了。他这才慢慢对哲乐说："小多喜欢的人不是我，她的男朋友也不是我，是宇文晨光。刚才那个是宇文晨光的姐姐宇文晨曦。"

　　李欢的话跟颗炸弹似的轰得范哲乐从沙发上跳了起来。

　　他觉得陷入了一个情况相当复杂，且当事人隐瞒了主要事实的案情中，而他这个律师做出了偏离主线的辩护。

　　范哲乐看着当事人之一的李欢，恨不得再打上一拳。

　　李欢瞧着被他一句话震晕的范哲乐，赶紧把范小多的好友、范哲乐的女朋友吴筱拖了下水："吴筱知道得比我还早、还详细。"

　　范哲乐彻底晕了，掏出电话打给吴筱："吴筱！你现在下班没？没有就请假。马上，现在给我到李欢公司来！给我老实说清楚，小多和那个姓宇文的是什么关系！"

　　说罢，他把电话递给李欢："给她说地址！"

　　李欢说完，挂掉电话，心想，还好多了一个知情人。大家有难同当，我一个人可顶不住范哲乐的拳头。

　　完了，李欢肯定招了。吴筱心惊胆战。她从来不知道范哲乐发起火来这么可怕！她想给范小多打电话，想了想，还是决定见了哲乐再说。

　　吴筱赶到的时候，李欢已经把情况大致给范哲乐说了一遍。

　　范哲乐瞧着吴筱，眼神里有深深的痛："你就是这样骗我、瞒着我，让小多随随便便交了个莫名其妙的男朋友的？你就是这样教唆小多，让她做出拿李欢来顶缸的事儿的？你们俩在家里、在电话里叽叽咕咕有着说不完的贴己话，就是在瞒着我说这些？！"

吴筱给吼得一愣一愣的，她吓得脸色苍白，不知道怎么回答哲乐这些问题。

李欢苦笑着拉开哲乐："是小多叮嘱我们不要告诉你们的。"

"她说不要就不要？！吴筱！老公重要还是朋友重要！"范哲乐口不择言，已经把怒火全对准了吴筱，上升到吴筱对他的忠诚问题上去了，完全忘了这句话听起来是他在吃小多的醋。

吴筱哭笑不得："哲乐，小多是你最疼的妹妹！"

范哲乐瘫倒在沙发上："小多让你们知道都不让我知道！"

哲乐伤心得不行。

吴筱和李欢赶紧安抚他。

等到范哲乐终于平静下来，他恢复了律师的精明和严谨："把案情详详细细给我说一遍。"

李欢和吴筱于是争先恐后添油加醋竹筒倒豆子似的把范小多出卖得干干净净。

范哲乐听明白了，小多因为意外，不知不觉地喜欢上一个范家人都不熟悉的陌生男人了。

李欢为表明心迹，又邀功似的多了一句嘴："我和宇文晨光的姐姐晨曦商量好了，要让范小多治服宇文晨光，绝对不让他欺负小多。"

范哲乐瞟了他一眼说："小多不愿意让家里人知道，是她还不肯定自己的感情。现在，李欢，给你个机会戴罪立功，你拿下宇文晨曦，进他们家做卧底！以后宇文家有什么风吹草动，你就是我们的内应！"

李欢差点儿一个趔趄倒地，范家人对小多的宠爱已到了令人发指的地步，可以无情地把他推进火坑，虽然跳这个火坑他心甘情愿。

哲乐又对吴筱下命令："你现在的任务是盯紧小多，随时汇报她和那个宇文晨光的消息。我要提前做好准备，我倒要看看是什么样的小子敢对小多下手！"

吴筱觉得范哲乐现在不像律师，像行刑的刽子手，他已磨刀霍霍准备一刀砍了宇文晨光的头。

范哲乐看着瑟瑟发抖的两人，勉强笑了笑："现在就不告诉我哥我姐他们了，我先考察考察那个宇文晨光！"

二人这才呼出了胸腔里的一口气，觉得终于可以对范小多有个交代了。

范哲乐如同飓风横扫李欢办公室的时候，范小多正喜滋滋地拿出表格交给宇文晨光。表格上写满了需要他老实填写的事项和他必须遵守的规则。

宇文晨光接过表格，看到"是否处男"一项时，哈哈大笑起来，指着那项问小多："你真想知道？"

这项是吴筱提议问的，范小多忘记画掉了。她涨红了脸，嘴里却不退缩："当然！要是以后有几个小孩跑来叫你爸爸，我也好分清是真是假，连亲子鉴定费都可以省下！"

宇文晨光大笑，拿起笔直接开填。

"工作"一栏填写的是"待业"。范小多"十分惊讶"："原来你是无业游民啊？看来以后我得养你了。"

晨光乐了："真的？"

小多想起晨曦的拜托，叹了口气："我当然希望我的男朋友事业有成。无业游民嘛，我家人肯定不会同意。"

晨光笑着去抱小多："那好吧，为了养你，我下周就回公司上班去。"

小多高兴地跳了起来："好啊，晨曦姐姐肯定很高兴！"

"你见过我姐了？"晨光问小多。

说漏了嘴，范小多不吭声了。

宇文晨光想，好啊范小多，你藏得深啊！勾结我姐算计我！这样想着，他就把那张表格扔开不再看了。

小多急了："这些你必须看！"

晨光说："你瞒着我，害得我以为你吃醋生气，还来算计我。你那些规则，我不遵守！"

范小多嘴一翘："谈判破裂！现在起不理你！"

"谈判？没得谈！你不理我，我理你就是了！"晨光不吃这套。

小多幽幽地说："欢哥、你姐、筱筱她们都说弄不好你对我是图新鲜，不是真心的。筱筱说你是吃多了大餐换我这道小菜开胃，你以后肯定会欺负我。不用等以后了，现在你就欺负我了。我不要和你这样不讲理的人在一起。"说着眼泪就冒出来了。

范小多觉得自己真是拿宇文晨光没办法了，只有让他欺负自己的份儿。如果哪天他不喜欢自己了，她也没办法。她越想越委曲，眼泪滴滴答答往下掉。

在她眼里，自己竟是这么让她没有安全感，宇文晨光内疚了，搂着小多轻声哄她："我不会欺负你，永远不会。你不用写那些规则，你说什么我都顺着你。"

"真的？"

"嗯。"

有过美好恋情的人都会明白范小多现在的感觉，一切都是美好的，只要一想起他，她就会情不自禁地笑。

晚风带着暖意扑面而来，雨丝轻柔地在路灯下飘飘扬扬，范小多抬起头让雨轻落在脸上，她快乐得想要大叫。

13. 毒辣的范六哥

范哲乐坐在家里等小多，他要升堂夜审。

范哲乐现在心理极不平衡。小多把宇文晨光的事视作顶级秘密，拉拢李欢，胁迫吴筱，瞒着从小疼她的亲哥哥。哲乐想，什么时候起小多的秘密他不是第一个分享的了呢？

这一切，一切的一切都是那个叫作宇文晨光的人造成的，他在不知不觉中偷走了范家宝贝中的宝贝。

偷走？范哲乐冷笑，不经过他同意，别说偷，抢都不行！

正想着，范小多高高兴兴地回家了。没等范哲乐开口，范小多已经扑了上去，抱着哲乐，对他说："六哥，原来喜欢一个人，同时也被那个人喜欢，让我这么开心！"

范哲乐石化了，他有点儿不忍心打断小多。可是一想到那个人到现在为止他连面都没见过，小多也从来没对他说过他就恨。

他黑着脸推开小多："李欢啊？早知道你喜欢他，他也喜欢你，上次他牵你的手你还踩他干吗？不白踩了嘛！"

范小多傻了，六哥明显在生气，是吃李欢的醋？她嘿嘿笑了起来，以为范哲乐还被蒙在鼓里。她说："那我不喜欢李欢，六哥你就不生气了？"

范哲乐一声大吼："李欢、吴筱早招供了。小多，你真让我痛心，你居然还不说实话！"

范小多一听这话，如五雷轰顶，眼神闪烁着不敢看哲乐，心里直叫苦，怎么办啊？她想，李欢，有你好果子吃！你背信弃义！吴筱，你等着我收拾你，你背叛我！

范哲乐一拍沙发："过来坐好！"

范小多马上猫一样蜷在了沙发上。

"自己说，老实说，那个宇文晨光哪点儿好？"哲乐开始审小多。

"他挺帅的。"

"看人不能看外表。"

"他对我挺好的。"

"李欢对你不好？"

"他，老和我作对。"

"你犯病啊？和你作对就该灭了他，喜欢个屁！"哲乐无法理解小多，在他的思想里，欺负小多的一律该死。

"我想赢他！"

"哥帮你收拾他！"

"我要亲自动手！"

"那哥先废了他的武功，你再亲自动手收拾他！"

"是不是狠了点儿，六哥？"

"肯让你亲自动手就算对他不错了。我告诉你，谈不拢拉倒！我让大哥和你谈！"

"好嘛，我把他交给你收拾。"

范小多妥协了，麻溜地把宇文晨光卖了。她在心里对宇文晨光说，与其被其他哥哥姐姐凌迟，还不如死在六哥手里痛快。我是为了你好。

范哲乐搂着小多的肩，语重心长地劝她："小多，你都不知道喜欢他什么，干吗非要和他在一起？"

"我不知道，我就是喜欢他，喜欢他帅帅的，喜欢看他笑，喜欢看他被我整了的表情，也喜欢他看我的样子，喜欢他说喜欢我。"范小多老老实实地交代。

哲乐鼻子发酸，小多真的恋爱了，盲目而深情。

她没有考虑过那个人适不适合结婚过日子，没有考虑过那个人的自身条件和家庭条件，她就这么单纯地投入了感情。

哲乐感到很害怕。他从来没在小多眼神里看到这么重、这么浓的感情，没有看到过小多对别的男人这么上心、这么眷恋。说到宇文晨光时，她声音轻轻柔柔的，像在说一个梦。

范哲乐抱紧小多说："小多，哥知道你喜欢他了。但是哥怎么做，你不准插手，哥不管怎么对他，你都不准哭闹，哥要试试他，也不准你说出去，说出去我就不准你和他在一起，要不然我就通报全家。你答应我。"

范小多抬起头看着六哥："哥，你不要吓跑他了。"

哲乐想哭："小多，要是六哥一吓他就跑，他值得你喜欢吗？"

她想了想说："哥，他脾气不是很好呢！他惹了你，你别生他气！"

哲乐恨宇文晨光，小多居然让自己忍他的臭脾气！

范哲乐也发狠了："小多，记着我说的话了吗？你要是我妹妹，就看着哥试他，不吭声。你要是提醒他，小多，以后就不要叫我哥了。"

范哲乐说这话时相当严肃，范小多吓得哆嗦了一下："六哥，你不要我啦？"

哲乐想，我真是没辙了，他抱着小多哄她："哥哥是为你好，你难道不想知道那个宇文晨光究竟有多喜欢你吗？"

范小多终于点了点头，然后按照范哲乐的指示通知宇文晨光六哥要见他的时间和地点，她忍不住提醒了他一句："晨光，那是最疼我的六哥。"

宇文晨光听到小多六哥范哲乐想要见他，心里只有高兴。见过家人，他和范小多谈恋爱就算是"合法"了，这是好事啊！听到小多小心地提醒他，笑着说："知道，疼你的六哥嘛，我会对他好的。"

范小多放下了心。

范哲乐定的地方是海边的渔船上。

在海边到了夜晚，码头上就异常热闹，很多小渔船亮起汽灯杀鲜鱼做菜。客人就在船上吃，吃新鲜、吃感觉。要是月亮正好，这是个相当有情调的地方。

宇文晨光也挺喜欢这样的地方。这天晚上，正好有月亮，照得水面上波光粼粼。浪很轻，水微微荡起涟漪。他的心情很好，特意拎了瓶二十年的花雕，打算和小多的六哥把酒言欢。

他准时走进了订好的渔船。

平时这样的船，小的可以放三张小桌，大的可以放十来张桌子。范哲乐包了条小渔船，打算安静地对付宇文晨光。

范小多乖乖地坐在六哥旁边，不知道他打算怎么对待晨光，心里七上八下的。

范哲乐等宇文晨光上了船，看看时间，给船老板打了个手势。小船慢慢向浅海划去。

宇文晨光走进船舱的瞬间，范哲乐有点儿闪神。这个男人的确帅，风神俊朗，气质一流，他不由得称赞小多好眼光。

晨光看到哲乐也是一怔。范小多娇小秀气，没想到她的六哥却浓眉大眼，器宇轩昂，坐在那儿如山一般稳重。

两个男人相互欣赏完了，哲乐淡淡地说："坐吧！"

船老板端上了烤鱼和煮虾。

范哲乐夹了一块鱼肚子上的肉放进小多碗里，开始剥虾。

范小多见两人坐下后不说话，就抢着找话说："鱼很嫩，好吃！"

"吃鱼时不要说话。"哲乐不准她再开口说话，又把剥好的虾往小多碗里放，看也不看宇文晨光。

晨光想，原来是考我来着啊！他也给小多夹鱼、剥虾，还特别细心地把鱼刺剔了。不一会儿，范小多就只顾着消灭碗里的菜，没工夫说话了。

范哲乐这才慢吞吞地开口："听小多说，你总是和她作对？"

晨光想，一来就兴师问罪啊，他赶紧端正态度解释："闹着玩的，我哪会真的和小多作对呢！"

哲乐又问："你真的喜欢我家小多？"

范小多埋着头，决定当鸵鸟。她边吃边想，晨光啊，你自己闯关吧。

"是，小多很好，我喜欢她。"晨光觉得没什么可隐瞒的。以他的经验，如果自己露出胆怯与不坚定的神色，范家六哥肯定不会满意。

"喜欢到什么程度？"范哲乐的语气还是淡淡的。

晨光想，要是我回答可以为她去死，这个六哥会不会满意？他望着哲乐说："至少现在我喜欢她的程度超过了我对自己的认知。"

"你的认知？"

"我想和她在一起，想保护她，想照顾她。"晨光的眼光温柔地落在小多身上。

哲乐笑了。

晨光心头不由得大喜，他听到哲乐说："你还带了酒？"

"是花雕，吃鱼正好。"晨光赶紧倒酒。

哲乐端起杯和晨光干杯："好酒。晨光，我可以这样叫你吗？"

"当然，我叫你一声六哥可以吗？"

"呵呵，可以。我比小多大十一岁，也比你大几岁，小多是我抱着长大的，现在她工作了，是该有男朋友了，将来也该由她的老公来照顾她。"

"我会对小多好。"晨光感动地保证。

哲乐拿起酒笑着对晨光说:"今晚月亮很好,去舱外看看?小多,你待在这里,六哥有话对晨光说。"

说着,范哲乐就走出了船舱。晨光对小多笑了笑,比出一个胜利的手势。

范小多咔咔地笑了起来,她是真开心。

海风吹来,小船离岸边已经有了几百米距离,站在船上,能隐约听到岸边的喧哗声。月亮很亮,晨光喝着酒想,以后单独带小多来,肯定有情调。

他听到哲乐说:"晨光,你在海里能游多远?"

晨光笑着说:"最多游过一公里,我那时皮肤白,同学还取笑我呢。我很喜欢冲浪,六哥你呢?"

哲乐也笑:"差不多吧,小多小时候,我常带着她来游,把她放浮板上推着玩,一晃小多就长这么大了。晨光,你为了小多,能面对多大的困难?"

"多大困难都不怕,我有时想着小多,就觉得做什么事都有劲儿。"

"是吗?看来我家小多的魅力还真大。"哲乐笑嘻嘻地说。

"是啊,本来从外表上看,小多不是特别漂亮的那种,可接触了就会发现她的好。"晨光感慨。

范哲乐又和他干了一杯:"这酒不错,喝了血脉都通了。"

晨光也一饮而尽。放下杯子,他看见哲乐温和地对他笑着,还没反应过来,哲乐突然抬手一掀,晨光扑通一声掉进海里了。

等他从海里冒出头来,就见范哲乐站在船头,笑着对他说:"这里离岸最多四百米,要表现你对小多的感情和决心,你就游回去吧。我会让船跟着你,你腿抽筋的话叫一声。"

宇文晨光泡在水里,西装裹在身上,狼狈不堪。他真想揍这个笑里藏刀的范哲乐,有这么整蛊的吗?

他瞪着范哲乐，范哲乐也瞪着他，一副你现在可以上船，以后就别来找我家小多的神色。宇文晨光一咬牙，在水里脱掉外套甩掉鞋子："四百米而已！"

他朝着岸边游去。

也不知道范哲乐进去说了些什么，范小多一直待在舱里没出来，倒是范哲乐拿个小马扎出来坐在船头，看着他在水里扑腾。

游到离岸还有五十米的时候，范哲乐他们的船已经靠了岸。宇文晨光眼睁睁地看着范小多被范哲乐拉着一步三回头地走了，气得大骂出声。

晨光穿着条内裤上了岸，船家把他的湿衣裳拿给他，他抱着滴水的衣裳心想，范哲乐你太狠了，连招呼都不打就把我踹进水里，好歹给我把裤子和手机留下也成啊！

他黑着脸披上湿衣裳，对周围的好奇目光视若无睹，走出码头走上大街找电话。

守公用电话的人看着他凶神恶煞，只穿条内裤的模样，偷偷报了警。于是在宇文晨曦赶来之前，晨光已坐上了110的巡逻车到了派出所。

宇文晨曦赶往派出所，刚进去，就听到晨光在咆哮："什么精神文明！我这是行为艺术！行为艺术懂不懂！见过这么美的活体人展？别碰我！我告你性骚扰！"

晨曦进去一看，晨光穿条内裤、披着湿外套，正两眼喷火，狼狈是狼狈，一身肌肉看上去还挺美。她忍住笑把包里的衣服拿给晨光："先穿上！"又转身对警察道歉。

谁知晨光正火大，他把衣服一扔："我还没表演完呢，不穿！"说着就往外走，又回头道："警官，我告人抢劫行不行？"

晨曦一听就急了："你还想和小多在一起不？"

晨光本来咬牙切齿地想把范哲乐也弄进来玩玩，听了晨曦的话，顿时跟泄了气的皮球似的垂下了头："回家！"

等他洗完澡收拾停当走出来，宇文晨曦还坐在沙发上笑："晨光啊，看来范小多的六哥不好对付啊！先哄着你表决心、表忠心，然后就要你现场证明。"

晨光擦着头发上的水，满脸愤恨："他就不怕我把范小多娶进门后虐待她？"

晨曦呵呵笑着说："你反正舍不得。如果你敢对小多动手，今天这个下马威就是你的前车之鉴。"

晨光郁闷道："乐呵呵地敬我酒，眨眼工夫就变脸踹我下海。"

"人家不是问了你能游多远嘛，你自己说的一公里。范哲乐对你还不错，担心你脚抽筋有意外，一直守着你游到岸边。"晨曦继续浇油。

"他不使阴招把我踹进海里，让我从从容容脱掉衣服游给他看，我二话没有！我在水里泡着难受，脱衣服解鞋带那会儿，他还搬了个凳子坐着看表演呢！还有范小多！居然就缩舱里不出来了！这兄妹俩蛇鼠一窝！"晨光气呼呼地说。

"那算了，别找范小多了，好女孩多的是。"晨曦今天很高兴，她难得见晨光这样受气，逗晨光简直太让人开心了。她在心底感谢范哲乐。

"凭什么啊？我看小多就是被他威胁了，否则她怎么会一直躲在舱里不敢出来？小多跟着这样的哥哥没好日子过。难怪小多怕我凶她，敢情范哲乐在家就是这样欺负她的，我要把她从家里解救出来！"

臆想小多在家的小可怜样儿，他胸口涌出万丈豪情，说得慷慨激昂。

宇文晨曦又闲闲地来了一句："如果我是范哲乐啊，才不会把妹妹交给你呢。别忘了，你现在还是无业游民，谁肯把妹妹嫁给"啃老族"啊？"

晨光当即对晨曦说："我明天就去公司上班。你得给我开高薪啊，我现在由'海带'变'海龟'了。"

晨曦心里乐开了花，但脸上还是懒散的表情："那先把卡交回来，吃家里有什么意思啊？范小多月薪才两千多块，你买件衣裳的钱都比她工资高。给你一个月五千块工资，你能和她过日子？我看你还是别找她了，范哲乐首先就瞧不起你。"

晨光气得指着晨曦骂："我一个大男人还养不起老婆？宇文晨曦，五千就五千！这是小多工资的两倍，我不信她过得下来，我还不行！"

"一言为定，你明天起来上班，下了班再去救陷入水深火热之中的心上人吧！"宇文晨曦立刻同意了。

第二天，宇文晨曦扔了一大堆事给晨光："慢慢处理，做完才能下班！"

晨光给小多打电话："小多，今天我可能得晚点儿下班，完了去找你。"

昨天看着晨光从海里游上岸，哲乐对她说，宇文晨光连四百米都游不完就别找他了，没毅力。哲乐又说，如果宇文晨光今天不来找她，也别找他了，没度量。

范小多不忍心站在舱外看晨光游回岸，躲在舱里面没出去。今天一整天，她都在等宇文晨光的电话，听晨光提都没提昨天的事，她就内疚。听晨光说他上班了，晚点儿下班来找她，她心里又高兴。

挂了晨光的电话，她就给六哥汇报："六哥，他来电话了，说今天下班有点儿迟，要晚一点儿才来找我。"

范哲乐呵呵地笑着对小多说："在家等他吧，让他下了班来家里。"

于是范小多高兴地打电话告诉了宇文晨光。

今晚会是什么阵仗？范哲乐要关门打狗？宇文晨光心里一惊，一整天都心神不宁。他紧赶慢赶把晨曦交代的事做完，给李欢打了个电话："李欢，你第一次去范小多家有什么特别的事发生没有？"

　　李欢已从晨曦处得知范哲乐下手了，高兴得不得了。听晨光这么一问，他忍住笑想了半天才说："没什么特别的事，就是范小多在家跟女王似的，你需要卑躬屈膝，谄媚一点儿。不过范家人都还不错。"

　　李欢没有把范家几个变态哥哥姐姐的情况透露出来。他凭什么要用自己的血泪经验帮宇文晨光过关？

　　晨光很疑惑，小多像女王似的？怎么可能！肯定是小多不喜欢李欢，所以才会"虐待"他。她绝对不会这样对自己。

　　宇文晨光第一次到范小多家，家里只有哲乐和小多在。看到他来，小多主动牵着他的手坐到沙发上，嘘寒问暖，生怕昨天他冻着了伤风受凉。晨光心里一下子舒服了。

　　哲乐瞧着小多一副不争气的样子，本来想放过宇文晨光，这下子又不甘心了："晨光，昨天你没生气吧？"

　　晨光笑着说："没呢，四百米小意思。"

　　哲乐心想，如果你发火生气，心事外露我还不担心了，被人无缘无故踹海里，换谁都会生气，你这么沉着，小多哪是你对手啊？哲乐冷笑道："你嘴上没说，心里多半在怨我呢，是吧？"

　　晨光想，我都不计较了，你还咄咄逼人，我心里还不能怨你啊？他早做好再被哲乐折腾的准备了，开门见山问道："说吧，你又想出什么招？"

　　范小多瞧着六哥和晨光眼睛里滋啦冒着火花，家里气氛又紧张起来，就小心地说："六哥，晨光都游了四百米了，够了嘛！"

　　范哲乐眼睛一瞪："大人说话，小孩子插什么嘴！回房间去！"

　　小多瞧瞧六哥，再看看晨光，慢慢站起来往房间走。这受气模样看得晨光心里发疼："你吼小多干吗？想要我做什么你说！"

　　范哲乐慢吞吞地说："我又不是不讲理。我先声明，小多是我家宠大的，她有很多习惯，但我怕你不习惯。"

说着，范哲乐扔过一本打印好的资料："给你一个小时，记熟了我考你。错了一条，你还是不要来找小多了，我真的怕你不适应。"

晨光翻了翻，八张 A4 纸，三百多条密密麻麻的字，要一个小时背熟，这也太难了吧？他提出要求："让小多和我一起背可以不？"

哲乐想笑，他转过头说："去吧，计时开始！"

晨光走进小多的房间，把门一关，资料一甩，抱着小多就狠狠地亲，亲完就把下巴搁在小多头顶："你六哥是不是变态啊，往死里整我！"

范小多抿着嘴笑："六哥是最好的，我和他一直住在一起，把他收编了就多个同盟军。一个小时你能记下吗？"

晨光看着散落在床上的资料，气馁道："怎么可能？"

小多亮着眼睛道："你求我，我就帮你，两分钟都不用就能记住。"

晨光不信："小学生作文也不是两分钟就能记住的。"

小多得意地一笑："不信，你就慢慢背吧。不说一个小时，你背到天亮都记不完。"

"那好，我信你一回。说吧，你又要什么条件？"

"条件很简单，帮我收拾那个背信弃义的李欢！吴筱我自己搞定。"范小多开始执行自己的复仇计划。

"一言为定，我也想收拾他，他还敢和我姐联合起来算计我。"

听到范小多悄声说的速记办法，宇文晨光扑哧笑出声来。范小多忙捂他的嘴，晨光顺势握住范小多的手一吻："小多，你帮我这次，让我以后做牛做马都行。"

范哲乐瞧着晨光不到半小时就牵着小多的手出来了，精神一振："这就记熟了？"

晨光瞧瞧小多，得意地说："你随便提问。"

哲乐很是怀疑，但看晨光一副胸有成竹的样子，就翻开资料问："第二十八条，小多最讨厌什么动物？"

"猫。"

"不对，是蛾子、蟑螂等一切带翅膀的虫！第一题就答错，你出局了。"

晨光不紧不慢地说："小多的喜好她说了算。小多，你最讨厌什么动物？"

"猫！"小多回答得很干脆。

"你什么时候起最讨厌猫了？"哲乐很吃惊。

"今天，从现在起最讨厌猫。"

哲乐气极，又问宇文晨光："小多最喜欢吃什么？"

"火锅。"

"最喜欢哪部电影？"

"《走出非洲》。"

"最喜欢哪个明星？"

"梁朝伟！"

范哲乐把资料一扔："全答错！出局！"

晨光胸有成竹地看范小多。

范小多眨巴眨巴眼睛，小声地说："晨光全答对啦，一个没错！我才换的口味！"

范小多的临阵倒戈让范哲乐无言以对。他瞪着两人，又问："那范小多最喜欢她哪个哥哥？"

晨光呵呵一笑："当然是六哥你啦！"

范哲乐想了想，也跟着笑了起来："晨光啊，我这关你过了。如果能真心对小多好，我不反对你们在一起。"

晨光长舒了一口气："六哥放心，我会对小多好。我已经上班了，以后我会自食其力。"

哲乐听了很高兴："家里有钱是家里的事，你总不能连老婆都养不起。"

得到哲乐的肯定，晨光更开心："那我接小多一起住行不？"

"不行！"范家兄妹同时反对道。

哲乐说："我家比较保守，婚前同居可不行。"

小多说："我习惯住家里。"

晨光只得妥协。但过了范哲乐这关，晨光觉得苦尽甘来了，昨晚在海里扑腾的怒气早没了。那算什么啊？

临出门时，范哲乐拍拍他的肩："晨光，我送你一句话，天将降大任于斯人也。家里我还能拖些日子，但Ａ市就这么大，没有不透风的墙，你好好准备吧！"

晨光给说得莫名其妙，但嘴里还是答应了。希望明天宇文晨曦少交些事情给自己，能早点儿下班去接小多。

14. 我还有四个哥一个姐

宇文晨光一早就到了公司上班。

范哲乐笑眯眯地说他已经过了关，晨光想，他接下来要做的就是熟悉公司的业务，然后把小多娶进门，早早地生两个孩子。

从前他的想法可不是这样的。他不喜欢上班，不喜欢有规律的生活，家里条件好，他不明白为什么还要挣钱。

有人说，工作就不是为挣钱，是找成就感，做事情来满足自己，免得生活空虚。宇文老爷子对晨光说过保尔的名言："人的一生应该这样度过，当你回首往事时，不因虚度年华而悔恨，也不因碌碌无为而羞愧……"

宇文晨光根本不以为然，嬉皮笑脸地胡扯一气："泰戈尔说'生如夏花般绚烂，死若秋叶般静美'，我活得高兴就行，帮你花你赚的钱，让你觉得赚钱有意义就行！"

宇文老爷子先是生气，气过了又觉得宝贝儿子的话也有些道理。他赚钱就是为了让儿女过得更好。没人花，他赚钱不就没了意义？于是由得儿子自在潇洒。

晨光回国一年了，他觉得祖国的大好河山他还没走遍，美食还没吃够，而且终于可以不读书了，他觉得自己还没玩够呢，于是坚决拒绝去上班。

如果没有遇着范小多，他的打算是离家出走，看看还没看过的风景，喜欢什么地方就住下来，住够了，再收拾行囊继续走。

遇到范小多之后，宇文晨光看到了一种新的生活。他觉得能够养家、养老婆、养孩子，带着他们一起去旅游、去享受，比他独自一人强太多了。他的心仿佛突然间就安定了下来，对"成家立业"四字有了新的认识。

姐姐说他是"啃老"一族。宇文晨光上班之后，忙碌的工作让他对人生有了新的认识。

从前吧，他吃家里的用家里的，"啃老"啃得理直气壮——他过得舒服，宇文老爷子就开心。

如今，他突然明白他老爸为了儿女过得好而挣钱的感觉了。想着范小多和他将来的儿女能舒服地花自己挣的钱，那感觉，宇文晨光觉得太棒了。

即将要到而立之年的宇文晨光，就这样找着了生活的目标。

可是，晨光没有想到，他定下这样的目标后，打击会一波接一波不停地袭来。

就拿李欢的事来说吧。

宇文晨光从来就没喜欢过李欢，知道了他不是范小多的男朋友，解除了误会，他还是不喜欢他。

李欢却偏要往他眼前凑。这会儿李欢就坐在宇文晨光办公室里，浑身上下收拾得干干净净，脸上挂着不怀好意的笑，丹凤眼里闪烁着令人警惕的精明。

宇文晨光客气地和他寒暄："你来……谈生意？"

李欢没有回答这个问题，笑着说："昨天你没对小多卑躬屈膝谄媚一点儿？"

"哪会？你以为我会和你的待遇一样？小多站我这一边，两分钟就破了范哲乐的局！"宇文晨光轻蔑且骄傲地说。

人比人会气死人，晨光不想隐藏自己的得意。

李欢不在意地笑笑："看你的态度，似乎对我很不满？"

宇文晨光笑了："忘记告诉你了，小多对你的评价是背信弃义。你把她卖了，还勾结我姐算计我，于公于私，我好像都没理由对你表示满意。"

李欢嘿嘿一笑："你好像比我大一两岁是吧？"

晨光一愣，心想，那又怎样？李欢手指轻敲着桌子，似乎在想一件有点儿为难的事，但最后，他还是对晨光笑笑："如果我告诉你，你得恭敬地叫我这个比你小一两岁，而且还是让你很不满意的人一声姐夫，你会不会很为难？"

天空中一道霹雳劈下来，正中宇文晨光胸口。他十分震惊，震惊到都有点儿口吃了："你说，姐……姐夫？你，让我叫你姐夫？！"

李欢对晨光的反应相当满意："现在是准姐夫。过不了多久，就该叫姐夫了。"

宇文晨光追着他大声问："你和我姐要结婚？！"

"对，宇文晨曦和我，决定结婚！"

宇文晨光看看外面，天气晴朗，看看办公室，没有异常，是哪儿不对了呢！他大喝一声："我姐比你大三岁！"

晨光的声音震得李欢伸手堵住了耳朵，但他笑得无比得意："女大三，抱金砖。再漂亮的女人等上十年八年也会蔫儿。晨曦决定不再浪费时间，迅速嫁给我！娶她有诸多好处，最令我满意的是，小多会成为我的弟妹，你会叫我一声姐夫！"

宇文晨光难以接受，他拉开门对外大吼："宇文晨曦你给我滚出来！"

李欢走过来拍拍他的肩："我的准老婆、你的姐姐决定以后相夫教子。以后，这家公司就是你的地盘了，我是特意赶来通知你一声的。"

李欢边笑边摇头，走之前还叹了口气："如果你真能顺利把小多娶回家，你想想，小多看晨曦的时候流的口水比我的还多，啧啧。"

宇文晨光心中涌起一股悲愤，他将要叫这个男人姐夫？！

他郁闷得无以复加。

他知道，三十一岁的宇文晨曦是该嫁人了。换成嫁别人，他会很开心姐姐找到了归宿。但是，李欢？姐夫？宇文晨光心里不自在，一时半会儿怎么也接受不了。

但也不容他多想，事情多得很，脑细胞都得用在公事上。

一下班，宇文晨光就朝范小多家一路飞奔。

范小多没让他失望，从开门见到他起，就不停地问他有没有吃过饭，口渴不渴，嘘寒问暖，让宇文晨光暖到了心窝子里，李欢做他姐夫似乎也不那么难接受了。

他和哲乐打过招呼，一口气灌了两杯茶水。

范小多见他喝得急，有点儿心疼："办公室没水喝吗？"

"今天忙得喝水的时间都没了。"

他一进屋就看到了吴筱，他不想理这个妖精，只和哲乐与小多说话，当吴筱不存在。晨光想，还好小多明事理，没让你教坏。

吴筱死盯着宇文晨光，见哲乐看她，她瞪了哲乐一眼，让他少插手。哲乐好笑地看着吴筱露出狰狞的神色，心想，反正整整他也没坏处，就乐得看热闹。

吴筱对晨光说："听说你轻轻松松就过了哲乐这一关？"

晨光堆起笑容："侥幸，侥幸。"

吴筱下巴一扬，大眼睛一翻："过了六哥那关你以为就完了？准六嫂这关也得过，明白？我已经决定和哲乐结婚了。"

晨光一口茶喷了出来。他瞪着吴筱，心想，今天怎么了？人人都想当他老大？

范哲乐觉得吴筱这话顺耳，范小多觉得吴筱要嫁她哥是大喜事，都很高兴。唯有晨光，他还瞪着吴筱。

吴筱得意地说："你忘啦，我早对你说过我会是小多的六嫂。你想和小多在一起，就得尊称我一声，六嫂！"

晨光看着这个和小多差不多大的丫头片子，叫她六嫂？换了任何一个女的现在这样对他说，他都会毫不迟疑叫出来，可是为什么会是和自己过不去的吴筱？

宇文晨光脸涨得通红。士可杀不可辱！叫李欢姐夫，他可以打落牙齿含血吞，看在他那三十一岁还单身的姐姐份儿上忍了。叫吴筱六嫂，简直是奴颜媚骨，他情愿被范哲乐踢进海里再游一公里！

吴筱长舒一口气，终于大仇得报："你连六嫂都不叫，还想娶我家小多？"

范小多以为晨光是不好意思，对比他小那么多的吴筱叫嫂子感到为难，便笑着对晨光说："没办法啊，谁叫她要嫁我六哥呢！"

是啊，谁叫范小多有个笑里藏刀的六哥，而且还有个成天在背后教她使坏、要嫁她六哥的吴筱。

宇文晨光心里被压上了两块大石头，沉甸甸地堵在胸口。

范小多还没娶到手，他已经多了一个姐夫、一个六嫂！还不得不喊，不得不恭敬地喊一辈子。

晨光哀叹了一声，对范小多说："今天头疼，陛下，臣告退。"

范小多看着他，正想体贴地说早点儿回去休息，吴筱的声音又抢先了一步："跪安吧！"

宇文晨光告辞回到家给小多发信息："我回家写了'卧薪尝胆'四个大字贴在卧室里，早晚念三遍自勉！"

范小多答他："我还有四个哥哥、一个姐姐呢。晨光，你还是叫李欢姐夫吧，好歹李欢吃过鸿门宴，有经验。"

这一晚，噩梦缠上了晨光。

宇文晨光坐在办公室里烦躁不安，秘书似乎把他所有的时间都排满了。难道晨曦以前每天就过这样的日子？难怪三十一岁还没嫁出去！自己难道也要这样过一生？

工作在一夜之间堆积如山，且每一项都不是能简单处理掉的。

晨光翻了翻行程安排，把秘书叫了进来："今天下午所有的活动取消！"

秘书张大了嘴："所有？包括那个工程的合约签订？"

晨光想了想说："叫工程部张经理去就可以了。"不等秘书再问，他冷冷地加了一句："就这样。"

秘书走出办公室，摇了摇头，他一时半会儿还不习惯新老板的行事方式。

晨光给肖成飞去了电话："肖哥，今天下午放范小多半天假行吗？我有事找她。"

肖成飞呵呵笑着问："总不能谈恋爱就不顾工作吧？"

晨光愁眉苦脸："我的哥，半天时间你这个主任应该能安排吧？"

肖成飞听出晨光似乎真有什么要事，答应了下来。

范小多莫名其妙被放了半天假，又莫名其妙坐上了晨光的车："晨光，今天肖主任放我假。咦，为什么我一放假你就知道啦？"

她有点儿开心，最近她每天都是很晚才能见着宇文晨光，说几句话，时间就晚了。

宇文晨光笑了笑："有首唐诗说'忽闻春尽强登山，偷得浮生半日闲'，想着有半天空闲就带你上山去玩。"

还没进山就看到山隐在雨雾中，白蒙蒙的湿气浸润了一山绿意。范小多摇下车窗，把手伸出窗外，手心一片凉意，雨随风飘过来扑在脸上，舒服极了。她很久没进山里玩了，有点儿兴奋："晨光，有半天时间真好。"

晨光被小多的笑容感染，心里的抑郁一扫而空。他温柔地对小多说："我们找个地方喝茶去。"

两把竹椅靠在一起，小多靠在晨光肩上，两人对着一山空寂，面前小几上茶香四溢。晨光轻声说："我还没见着你的四个哥哥、一个姐姐，给我说说他们。"

范小多笑了："你怕吗，晨光？你怕麻烦吗？"

"是啊，我很怕。我的脾气向来不是很好。"

"他们人都很好，真的。对我只是不放心，还当我是小孩似的，生怕摔着了、伤着了，他们没有恶意。"

"小多，最近工作上的事太多了。晨曦要结婚，我也不能再让她来公司上班，我得担起这个责任。我发现吧，我姐就是事无巨细都往身上揽，什么事都要亲力亲为，这不是一个好的管理者该做的。公司要改革，要习惯新的管理模式。我还得应付李欢和吴筱和你六哥，还有你家未见过面的哥哥、姐姐，我真有点儿分身乏术的感觉。"

范小多静静地听晨光说完，咯咯笑了起来："我帮你。"

晨光敲敲她的头："你能帮我什么？"

小多微笑着说："至少帮你把你姐和欢哥还有吴筱和我六哥摆平啊。"

晨光看着小多露出狡黠的笑容，不知道她打的什么主意。

小多对晨光说："欢哥和我三哥是朋友，他见过我哥我姐他们，可以帮你出主意。吴筱与六哥要是站在我们这边，以后也不会有那么多麻烦。"

晨光听得不是太明白："你的意思是你那几个哥哥姐姐比你六哥还麻烦？"

小多有点儿心虚："不是，他们也不麻烦。我家……人多嘛！"

晨光相信了。

他后来不止一次后悔当时他怎么就信了。

范小多又替吴筱说话："你和筱筱也别斗气了好不好？她是女孩子，你让让她呗？欢哥人其实也很好，你对他好，他不是对你姐更好？"

晨光看着小多，觉得她很懂事："小多，我忙着工作，你会不会埋怨我没时间陪你？"

小多点点头："会，我会觉得你没用！"

"为什么？我忙碌不就证明我工作认真很能干？"

"哪有人成天被工作缠着的。你刚才不是说要改改公司的管理模式吗？你将来如果没时间陪我，就是你没做好！"

晨光用力地点头："你就等着瞧吧！"

为了缓和关系，宇文晨光和范小多请哲乐和吴筱吃饭。

范哲乐接受了晨光不假，可一看到妹妹小鸟依人似的靠着别的男人，他心里就极不是滋味。吴筱自然还是横眉冷对。

宇文晨光一改先前的态度，谄媚道："六哥、六嫂，以后多照顾小弟！"

吴筱脸一红："你乱叫什么，我还没嫁呢！"

哲乐对她说："不是你非要晨光叫的吗？叫了就应着！"

吴筱不吭声了。

晨光本以为自己千难万难叫出了口，难堪的会是自己，没想到吴筱脸皮薄先扛不住了。他暗想，原来小多说的都是真的。不叫的话，吴筱会一直和自己作对，真叫她六嫂了，她倒利嘴变哑巴了。

他与范小多相视一笑，嘴里喊得越发亲热："嫂子，小弟以前多有得罪，这杯酒是特意向你赔罪的。六哥，你不会怨我劝嫂子酒吧？"

吴筱脸红得更厉害，她还没嫁给范哲乐呢，被宇文晨光一口一个六嫂地喊，她真不好意思了。

范哲乐揽住她的肩："迟早的事，早晚要习惯，有什么？"他又对晨光说："筱筱没这么小气的，不用放心上。以后她使小性子为难你，你告诉六哥。"

晨光一喜，表面上谦让着答应，眼睛却看着吴筱红得跟番茄似的脸，心想，原来是一只纸老虎啊！

接下来两人又宴请了李欢和宇文晨曦。

李欢还是那副嬉皮笑脸的模样。晨曦这些日子闲下来，成了结婚狂人，装修房子，准备婚礼，忙出了新的幸福感觉。能把公司扔给晨光，她很是得意。

晨光先发招，把杯子端到了李欢面前："姐夫！"

晨光这声"姐夫"爽得李欢就像三伏天连吃三个冰激凌，让他通体舒坦。

他干干脆脆地答应："晨光啊，你叫我一声姐夫，我总得送你点儿见面礼，给你点儿经验，免得你追小多走弯路！"

他打算把范家兄妹爱妹妹爱得近乎变态的情况毫不保留地说给晨光听。

晨光笑着说："有姐夫指点我就放心了。我姐一直很照顾我，你对她好就是对我好。"

晨曦心里一甜，看来这么多年真是没白宠这个弟弟，她打算再帮小弟一把："说吧，有什么难处你姐夫给你扛着。对吧，老公？"

这声"老公"与如花的笑脸，让李欢热血沸腾，一冲动就打了包票："有什么需要姐夫帮忙的，你尽管开口。"

顺利得到李欢的支持，晨光不由大喜："小多的哥哥姐姐太多，一个范哲乐和吴筱就搞得我筋疲力尽，接下来还要一一过关，姐夫，您给指点指点？"

李欢笑着说："只要你在他们面前表现出对小多好，好得不得了的样子，再装出一副正人君子的模样，使劲拍马屁，绝对通过！"

范小多插嘴说："欢哥，原来你不是真心对我好啊？你还是装出来的君子模样啊？你也这样对付晨曦姐的？"

李欢急了："不是这样的。我第一次见着晨曦就惊为天人，你还说我对着美女口水都快出来了。我对晨曦的心比钻石还坚贞！"

小多嘿嘿笑着不说话了。

晨曦瞪了李欢一眼："以后见着比我漂亮的，你还流口水？"

李欢赶紧把话题扯开，生怕小多再多一句嘴："回去再给你解释，今天不是谈怎么帮晨光和小多嘛！"

晨曦说："你有什么好主意就快说啊！"

晨光马上接嘴道："姐夫啊，你看现在姐不在公司，事情又多，我上手又慢，范家那边又催着要考察我，你先来公司帮我顶着行不？"

李欢一下醒了，好小子，说了半天原来在打这个主意！他正要回绝，小多已拉着晨曦的手撒娇了："姐，我大哥、二姐、三哥、四哥、五哥每个人都想见晨光，他都推了好几次了，说没时间，我哥哥姐姐都不高兴了。"

晨曦一听，还是小弟终身大事要紧，直接下令道："李欢，明天你和我一起去公司！"

送走李欢和宇文晨曦，晨光把小多抱了起来，高兴地喊："李欢进了公司就别再想轻易脱身！大仇得报啊！小多，你这主意出得真好！"

范小多笑着说："等他忙得透不过气，他就等着你姐成天怨声载道对他使小性子吧！说不定等你回公司，他已经把事情处理好了，你去接收胜利果实就行啦！"

晨光盯着小多："原来你这么坏！"

范小多摇晃着脑袋："主意是你提的，可不是我！我不过想你多点儿时间陪我而已。"说完，两人都露出阴谋得逞的笑容来。

晨光觉得浑身轻松："小多啊，你说有时间了我们该做点儿什么事呢？度假好吗？"

范小多叹了口气："等你过了我哥哥姐姐们那关再说吧！"

晨光满不在乎地说："每个人都让我下海游四百米，我还撑得住。"

小多忍住笑说："我送张《大悲咒》的碟给你。"

"干吗？"

"帮你凝神定气，平息怒火用！"

"不是说你哥哥姐姐们都很讲道理，你们家家教很好吗？"

"对范小多的男朋友无理可讲！"

"真的？"

"当然是假的！"

晨光看着笑意盈盈的小多想，就算是火坑他也跳定了。

15. 告白吓坏全家人

范小多并不悲观，她知道哥哥姐姐会挑剔晨光，但那也是因为爱她。

现在六哥站在自己这边，曾得到全家认可的李欢也站在自己这边，多了两个人为晨光说话，加上自己喜欢，应该没有什么大的问题。

她觉得晨光也该见见家里其他人了。

范小多和晨光商量何时去见哥哥姐姐。

宇文晨光觉得自己亏了："你还没见过我老爸呢，我先带你去见他。"

范小多抵死不肯。

虽说丑媳妇儿终要见公婆，但她心里发慌。

见她红透了脸，宇文晨光打趣道："怎么，就兴拿我到你家人面前展览，就不兴让你也见识一下我家老爷子的厉害？"

听了这话，范小多越发不肯去。她给晨光也给自己找理由："我让你见我哥哥姐姐，是看他们能不能认可你。这还没认可，我才不要去你家。我听我哥我姐的。"

晨光知道小多害羞，不肯放过她，想再逗逗她："那要是你哥你姐不同意呢？"

小多露出贼贼的笑容："那我们就拉倒呗！"

晨光明明知道她是在开玩笑，心里还是不舒服："你说拉倒就拉倒？"

小多看出晨光不快，又加了把火："是啊，我哥我姐他们要不喜欢你，我夹在中间难受，你又受不得气，我有什么办法。"

晨光恨得牙痒痒："范小多，你说句他们不同意你就跟我私奔的话宽我心都不肯？"

"美的你！宇文晨光，你还是好好准备去荡平那几座大山吧！"

晨光叹了口气："我现在有点儿发怵了。"

小多赶紧安慰他："没有你想的那么严重啦，他们只是关心我而已。"

她把脸贴在他宽厚的背上，偷偷地笑了。她觉得自己真的很幸运。人家都说初恋很容易分手，但是她相信宇文晨光，相信他们能在一起，一直这样爱着、幸福着。

范小多和范哲乐这个周末在大哥范哲天家吃饭，济济一堂。

范哲天很喜欢这种一大家子有时间就聚在一起的感觉。家里兄弟姐妹多，但还从没出现过不和的现象，这让哲天感到满足。

他是老大，他爱弟弟妹妹，兄妹和睦给了他无比的自豪感。

弟弟妹妹先后结婚生子，哪一个的人生大事不是他范哲天亲手操持的？不管妹夫还是弟妹，他都当成自己的弟弟、妹妹来看待。

妹夫是个老实人，甘于被范哲琴管，哲天看不下去，常当着妹夫的面吼范哲琴，吓得妹夫一个劲儿劝和。妹夫害怕范哲琴报复，没料到哲琴倒真改了不少，妹夫受宠若惊之余对老婆更好了。

范哲天知道了就对哲琴说："看看，学着点儿。这才叫高水平的管理！"

三弟妹心眼儿小，有时和哲地拌嘴，她不找娘家人出头，总会跑来告诉大哥范哲天。她错了，范哲天照样训她，她也心服口服。其实她不知道，背地里，范哲地被老大训得更惨。

范哲天对弟弟妹妹们说："婚姻要靠经营。大哥没别的要求，就想要个家和万事兴，都给我学好了。"

所以，范哲天在家的时候是老大，弟弟妹妹们结了婚成了家，他还是老大。

今天范哲乐把吴筱带来了。

吴筱是第一次见所有的范家兄妹。以往听小多说起他们的事，大学时又见范哲和看小多看得紧，吴筱对范家兄妹的感觉并不好。不料见面后每个人对她都很好。

范哲天的儿子范小天主动夹了只鸡翅膀给她。她看到范家兄妹都盯着她看，就摸摸小天的头夸他："小天真乖，这么小就知道为女士服务了。"

范哲天两口子瞪了小天一眼。

哲天心想，儿子这么小就领悟挑拨离间、借刀杀人、渔翁得利的精髓了。

大嫂心想，这孩子羽翼未丰，初生牛犊不怕虎，做事凭勇气、欠考虑，今晚少不得被他爹打手板心。

范小多瞪了小天一眼，心想，敢这样明目张胆，今天挨打别想小姑给你说情。

范哲乐看了看哥哥姐姐，心里犯愁，回去该怎么提醒吴筱，范家餐桌上的鸡翅膀是小多御用？

从某种意义上说，家里餐桌上鸡的两只鸡翅膀等同于皇帝的玉玺，鸡翅膀给小多吃，象征着范小多在家里至高无上的受宠地位。

吴筱把鸡翅膀放到嘴里的瞬间，所有人包括使坏的范小天都盯着范小多看。

从前哲地媳妇也不知道家里的规矩，随便夹了只鸡翅膀在碗里。

范哲地脱口而出："红烧鸡翅膀是专为小多做的。"

哲地媳妇尴尬得差点儿哭了。

范小多觉得三哥脑子进水了。她爱吃，家里人让着自己就算了。新登门的嫂子不知道，吃了又怎么了？她懂事地把另一只鸡翅膀也夹给了三嫂，甜甜地说，她喜欢三嫂，所以鸡翅膀让给嫂子吃。哲地媳妇那会儿觉得才十岁的小姑真懂事、真可爱。后来，她在大哥家吃饭，再也没碰过红烧鸡翅膀。

以后家里形成了惯例，新嫂子第一次登门，都吃范小多夹的鸡翅膀，代表范家认可她了。

今天范小多还没动筷子，范小天便犯上越矩了，他等着看小姑脸色如何由晴转阴。

范小多却想笑。吴筱不知道她家这个臭习惯，如果知道了，肯定会气得再也不吃鸡翅膀了。她瞟了范小天一眼，明白这小子什么心思。可是，范小多却想顺着他逗逗吴筱。

她笑嘻嘻地问吴筱："我大嫂烧的鸡翅膀好吃吧？"

吴筱点头："好吃！"

不好吃她也得说好吃，不看看是谁做的！她拿定主意今天要好好表现的。再说，这道红烧鸡的确色香味浓，手艺一流。

范小多嘴一扁，不说话了。

范家人的眼光马上盯在了哲乐身上。

范哲乐苦笑，心知自己恶整了宇文晨光，小多就这样报复！

他侧过身对小多张张嘴："晨光！"

范小多一哆嗦，今天还要给大哥他们说宇文晨光的事呢，六哥这是在威胁她，不对吴筱好，他就不帮自己。她马上把另一只鸡翅膀夹给吴筱："好吃就再吃一个！"

范家人这才齐齐松了口气。

没看到好戏的范小天满脸失望。

桌上又欢声笑语不断了。

晚饭吃得差不多了，范小多慢慢开了口："我交男朋友了。"

桌上除了哲乐、吴筱，范小天和另外两个小家伙，都愣住了。

范哲琴小心地问小多："你答应李欢了？"

其他人也这么想。

范小多心一横说："不是李欢！是另一个人，他叫宇文晨光！"

范哲天立刻去看哲乐。老六和小多住在一起，小多认识陌生男人，哲乐如果没察觉到，就是失职！

范哲乐硬着头皮对老大一笑："我见过了，人还不错！"

范哲天火冒三丈。老六不仅知道，还见过人了？！小多连点儿风声都没让他知道！

其他几人惊愕地看看小多，再看看老六，不知道是谁突然大声说："老六你居然知情不报！"

范哲天筷子一扔，沉着脸说："老六，你跟我来书房一趟。"

剩下的人面面相觑："大哥，我们也要知道！"

范哲天指着他们说："你们问小多，我问老六，省得他们串供！"

串供？范小多交男朋友有这么惊悚？吴筱惊得鸡翅膀掉在了碗里。

哲琴老公，哥几个的媳妇都担心地看着小多。

范小多委屈地看着哥哥姐姐："人家觉得合适了才给你们说嘛！"

哥哥姐姐听她这么一说，敢情妹妹都决定了？忙七嘴八舌地开问："怎么认识的？家是哪儿的，做什么的，年龄多少，长什么样儿？"

问题太多，范小多一时不知从何说起。

吴筱看看她，第一次同情起宇文晨光来。

范小多突然觉得很心烦。哥哥姐姐们问题一个接着一个，姐夫嫂子也来凑热闹。她干脆闭紧了嘴，任众人如何发问，就是一声不吭。她很想晨光，想他出现，让这些问题都奔着他去。

哲琴着急得很："小多啊，你就给姐说说嘛，是什么样的人嘛！"

几个哥哥随声附和。

范小多低低地说:"没多只眼睛也没多只耳朵。"

四嫂心急:"小多你就说嘛,到底是什么人呢!"

范小多闷了半天:"我喜欢他。"

一句话把众人说得全呆了。

哲琴猛地抱着小多就掉泪:"小多啊,怎么办啊,你喜欢他?怎么办才好啊!"

吴筱目瞪口呆,这么夸张?范小多交个男朋友、说声喜欢他值得这么夸张?!吴筱直犯晕。

哲琴被小多直截了当的表白吓到了,她都还不知道是何方神圣,她的小多就动心了。万一这人不好呢?妹妹还不知道会怎么伤心。她边掉泪边想,她可怜的小多。

范哲天和范哲乐从书房走出来时就看到哥几个一脸严肃,老二哲琴两眼通红,其他人手足无措。

哲天温言对小多说:"小多,你真喜欢他?"

大哥这么一问,范小多吓得直眨眼,觉得自己好像做了什么坏事似的:"大哥!"

范哲天搂住小多:"哥又不会骂你,你喜欢就喜欢呗。哥哥姐姐只是想了解了解而已。"

范小多感动得搂住大哥直蹭。

吴筱现在特别期待能看到宇文晨光对着这一家子时的表情。她躲在哲乐背后贼贼地笑了。

范小多以为事情就这么简单过去了,哥哥姐姐就是想了解情况,这是情理之中的事。而且大哥范哲天并没有再仔细问她什么,看来已从哲乐那里知道了想要知道的东西。

小多和吴筱、哲乐一起回去。路上小多问哲乐:"六哥,大哥说了些什么?"

范哲乐看看吴筱再看看她："小多，我觉得大哥是想调查取证后再行动。晨光很优秀的，我想应该没什么问题。"

范小多放了心，回家就给晨光打电话："晨光啊，今天吓死我了。"

晨光笑着说："怎么了？"

"我哥、我姐问了一大堆问题。我见大哥很生气地把六哥单独叫进了书房，还以为他不同意呢！"

晨光惊喜道："结果你大哥同意了？"

范小多呵呵直笑："我大哥很好的。他说就是想了解你，没别的。"

晨光放了心："我还以为真像李欢说得那样呢，想着他如果不同意，就带你私奔去！"

这时吴筱抢过电话叫道："宇文晨光！"

"吴筱？哦，六嫂！"

吴筱笑嘻嘻的："没关系，你叫不叫我六嫂都没关系！"

晨光奇怪了，吴筱态度怎么这么好？又听到吴筱说："范家人真的个个都很爱小多，肯定也会对你特别好的。等我和哲乐结了婚，我也会对你好的。"

不知道为什么，宇文晨光从吴筱甜甜的语气中感觉到一股阴森森的凉气。但他决定相信小多的话，她的哥哥姐姐想了解一下她的男朋友是很正常的事情。小多也说了，她大哥很好的。他记得从前肖成飞也说过，范哲天很讲道理。

范哲天成功隐瞒了自己的情绪，等小多他们都走了才把老四范哲人叫进了书房。

家里老六是信不过了。

老三介绍的李欢居然成了那个宇文晨光的姐夫，老三也信不过了。

老二哲琴太感性，排除在外。

老五哲和是学校老师，没那个能力，也排除。

老四范哲人是医生，为人严谨、理性，调查宇文晨光这事非他莫属。

哲人大概知道老大的想法，没等他说就主动请缨："只要宇文晨光是本市人，查他没问题。我一定把他'解剖'得干干净净、清清楚楚。"

哲天对哲人的态度相当满意。

三天后，范哲人的"解剖报告"就摆在了范哲天面前。

哲人觉得自己解剖尸体都没这样紧张过。

他动用了自己所有的关系，同事、朋友、同学，只要认识宇文家的知情人士，他都亲自登门，虚心打听。为了让大哥范哲天相信自己的报告，他甚至求好哥们儿为证词按了鲜红的手指印。

范哲人对某知情人士提了个很严肃的问题："听说你小时候常和宇文晨光在一起玩，他欺负过你没有？"

该知情人士想了半天说："小时候打过架，有输有赢，欺负谈不上。那时还小呢！不过他小子打起架来贼狠。"

就因他这句"贼狠"，范哲人又连问了好几个问题。

这篇证词他特意请研究犯罪心理学的专家看过，并让专家写下了分析，有一句写的是，从小好强，骨子里带狠劲儿，受重大打击后心理容易扭曲、变态。

有一个问题是问的宇文晨光曾经相处过的女士："听说宇文晨光和你谈过恋爱，为什么分手？"

女的笑了："我当时都二十八了和一个十七八岁的小毛孩儿谈什么恋爱啊，他一直叫我姐姐呢！"

范哲人若有所思。

碍于范哲人大胆且谨慎的求证以及言辞恳切的再三叮嘱，知情人士对他此次取证都三缄其口。

宇文家一点儿风声都没收到。

范哲天看着哲人递过来的报告良久不语。

哲人转悠了几圈，问大哥："这个宇文晨光从家世到自身都很复杂呢！"

范哲天一字一句地说："何止复杂，他比那个李欢要麻烦一百倍，打小惹是生非，十来岁就交女朋友，家里有钱，一直玩到快三十，从来没有自食其力过一天。"

哲人着急地说："是啊，我家小多可单纯了！不是他对手啊！"

范哲天望着天花板，半晌才说："我要单独和宇文晨光聊聊。老四，你到时候坐别处，拍几张照片当证据。等咱们回来，召集大家再研究研究。"

范哲天很是心烦，小多怎么就喜欢上这么个人呢！

报告上的宇文晨光是个标准的浪荡子，成天无所事事，在国外溜达了几年。宇文老爷子就他这根独苗，他要风得风，要雨得雨，他不想工作，他家里会养他一辈子。

这样的男人，范哲天摇头，不是他心目中小多的理想夫婿。

范哲天又翻翻报告：从小打架生事，老师称他"小霸王"、坏学生，上高中就泡夜店和人有一夜情。

范哲天感觉事态严重，他绝对不要他的小多跟这种男人在一起。

宇文晨光已经是个成熟男人，而他的小多才出校门大半年，根本没有任何社会阅历。这样的小女孩最容易被成熟男人吸引。喜欢？怕是受诱惑居多吧！

范哲天下了结论。

16. 全套考验

听说范哲天想和他聊聊，晨光很高兴，追着李欢问："姐夫！你第一次和范哲天聊的是什么？"

李欢心里暗笑："我那时没准备，推开门就看到一大家子人等着审我了。"

晨光不依："你说具体点儿，越详细越好！"

李欢看了眼晨曦："我除了小多的三哥三嫂，其他的一个也不认识。当时的情形就像是论文答辩，他们问我答，答完了就过了。"

晨曦笑着看看他："我们家也要组织答辩。"

晨光用力地点头，审视了李欢好一阵，憋出个问题："李欢，我就问你一个问题，你只爱我姐一个人吗？"

李欢拉着晨曦的手，大声说："对，只爱她一个！可这和范家提的问题不一样！"

"怎么不一样了？这不是最重要的吗？"

李欢挠头，现在回想起来那次鸿门宴，他仍觉得脑门儿冒汗。

晨曦笑了："好啦，快点儿说，晨光现在着急呢！"

李欢就说了："他们问的问题很奇怪。但你只要把握一个原则，以范小多的喜好至上就行。晨光，我问你试试呵。"

晨光乐呵呵地说："好，先演练。你问吧。"

"你喜欢范小多什么？"

"什么都喜欢！"

李欢摇头："这样回答没诚意，你得说小多清纯、可爱、美丽、有礼、大方、懂事……"

晨光哈哈大笑："我是不是还得再加一句，在我心中她不是天使，天使连她脚指头都比不上！范家人这样看小多的？"

李欢严肃地说："比这个还夸张。你只有比他们更夸张才能打败他们。"

他把范哲人当时问他会不会讲故事这一细节告诉了姐弟俩。

宇文晨光笑得肚子疼："放心，如果问我，我就回答我熟悉《一千零一夜》《安徒生童话》《格林童话》外加四大名著。实在不行，我就现场给范家兄妹声情并茂地讲小红帽的故事，至少五种版本，用三国语言！"

李欢纳闷儿："我当时怎么就没现场开讲呢？我的口才不亚于你啊！"

他又将范小多的喜好告诉晨光，叮嘱道："万一问起你小多的喜好你答不出来，你就不是合格人选，他们担心你照顾不好她。"

晨光又笑："这个不怕，范哲乐已经给我演练了一遍。标准答案我让他们问小多去，保证每题答对。"

一番培训交流下来，晨光觉得范家人就是过于关心小多，生怕她受半点儿委屈，生怕自己照顾不好她。这个，他完全理解。

李欢似乎比晨光还紧张这次见面，一个劲儿提醒他，要着装齐整，千万别穿什么花衬衫，不要戴项链、戴耳环之类的，去了态度要好，要有礼貌，要表现出对小多一往情深。

晨光看看镜子里的自己，怎么看都是正派人士。他转过头问李欢和晨曦："怎么样？"

晨曦一脸欣赏："你上街溜一圈，回头率肯定高。"

李欢却摇头："你还是穿身普通点儿的衣裳比较好，你这身衣服可以上时装杂志了。"

晨光开始换衣服，从西装到休闲装换了个遍，累得他微微喘气："那个范哲天到底喜欢哪种？"

李欢看得眼花缭乱，慢吞吞地说："我第一次见他们穿的是西装，根本没准备别的。"

晨光拉下脸："哪种颜色的西装？"

李欢想了半天："啊，当时就穿的我身上这件。"

晨光仔细看了看，回头对晨曦说："姐，赶紧去帮我买一件样子、颜色一模一样，大一号的回来！"

晨曦摇摇头："你找件相似的穿不就行了？"她站起来，亲自给他配了衣服、配了领带。

等晨光穿好了，李欢又说："你衣服太挺、皮鞋太亮、头发太顺，怎么看怎么别扭。"

晨光用手扒扒头发。

又换了件休闲衬衫。

看看皮鞋，他伸出脚对李欢说："你踩一下。"

李欢使劲一踩，晨光疼得跳了起来："叫你踩脏点儿，不是叫你踩疼点儿！"

晨曦缩在李欢怀里开始狂笑："晨光！我还从没见你这么紧张！"

晨光不理他们，对着镜子左转头右转头，下定决心，就这样了。他吹着口哨往外走，又听李欢笑着说："千万别在范哲天面前吹，他会觉得你不正经！"

晨光不吹口哨了，笑着对自己说："一滴水能反射出太阳的光芒，成败在于细节。"

范哲天选的时间是上午九点，地点是位于某大楼天台的某茶楼。

这个时间，这家茶楼几乎没有人。

宇文晨光走进茶楼的时候，看到一个酷似哲乐的中年男人坐在门口附近的座位上看着他，远处的角落里有个正在看报挡住了脸的男人，茶楼里没别的人了。

晨光径直走到了范哲天的面前："您是小多的大哥吗？我是宇文晨光。"

范哲天微笑着，没有起身。他点点头："坐。"

宇文晨光坐下后看了看范哲天坐得直挺的身子，再看了看他别在口袋里的钢笔，心想，难怪李欢叫我千万别穿色彩鲜艳的衣服，范哲天不是一般的落伍，这年头，谁还在口袋里插支笔，太土了！他想笑，又拼命把咧得开了点儿的嘴往回收。

范哲天沉稳地打量着宇文晨光，他似乎找到了小多喜欢这小子的原因。

宇文晨光比照片上看起来还英俊帅气，笑起来的时候，仿佛把阳光全收在了脸上，举手投足间又有成熟男人的风度，正是小女孩最喜欢的那种类型。

范哲天想，老六哲乐说这人不错，宇文晨光看上去确实不错。可是，他心里冷笑一声，老六啊，你只看外表，只听他谈吐，你要是见了老四的报告，我看你怎么评价他！

哲天还是老作风，没有把先入为主的意见带进这次见面里。他继续微笑着招呼晨光，简单做了自我介绍："我是小多的大哥范哲天，我比小多大十八岁，又当哥又当爹了。"

晨光及时补充了一句："以后我会照顾好小多。"

范哲天虽说想尽可能地去客观评价宇文晨光，但受哲人递交的报告影响颇深，晨光接口说的话，听到他耳朵里就成了小多不再需要他的意思，一股子酸味就蔓延开来。哲天端起茶喝了一大口，想压下心里的这点儿不舒服："令尊身体还好吧？"

晨光准备了满肚子应付稀奇古怪问题的资料，可范哲天怎么问起了他老爹？晨光只得回答："还好，精神特别好，闲不住，说是在家种花养草，但公司重大决策还是他老人家拍板做主。"

范哲天笑了："有时间我亲自去拜访他。对了，宇文晨光，你在国外读了几年书？"

晨光心里想，进正题了，他说："叫我晨光好了，我在国外待了七年，但其实书只读了四年，有三年时间都在边打工边旅游。"

范哲天感慨："读万卷书，不如行万里路，多走多看长见识，不像我家小多，长这么大就没怎么出过 A 市的地界。家里人总是担心她的安全，现在看来，早应该让她出去锻炼，多点儿生活经验，也不至于现在交男朋友，全家都不放心。"

晨光心里咯噔一下响起了警报。范哲天是真的称赞自己见多识广呢，还是说小多眼神儿不好找自己是没找对人？

他笑着回答："以后我多带小多出去走走。"

范哲天心里的酸味又重了几分，寻思我还没说同意呢，怎么句句话里小多都变成你的人了？他淡淡地说："其实以你的条件，你有大把的选择。"

晨光想，这是不是变相问他有多喜欢小多？他正正脸色，张口流利地把李欢说的系列形容词外加自己的创作一口气说了出来。

天使也不及小多一根脚指头？说得这么溜！范哲天倒吸一口凉气。如果不是知道宇文晨光的家庭情况，他几乎怀疑遇着专门勾搭单纯小姑娘的骗子了。

晨光见镇住了范哲天，松了口气，等待下一个问题。

范哲天好半天才缓和下来，语气转为冷淡："我了解我妹妹，她绝对没有宇文先生您说的这么优秀。"

晨光一听坏了，宇文先生？多冷淡啊！他心想，李欢你害死我了，赶紧补救："其实我只是想说，小多在我心里是最好的。"

范哲天还是很冷淡："小多没谈过恋爱，你十七八岁就去夜店，小多怎么能和那些欢场女子相比。"

晨光暗道一声惨了，这个范哲天把他看成花花公子了。他解释道："那是年少时不懂事，好奇、贪玩。"

越解释范哲天越不满，心想，不管怎样，你十八岁可以找个二十八岁的女人当你的启蒙老师，我怎么可能放心把小多交给你。

范哲天缓缓问出了最后的问题："你以后什么打算？"

晨光想，这句话是同意还是不同意他和小多在一起呢？但他嘴里没有半点儿犹豫："我想和小多再相处一段时间。眼下我刚接手公司，等工作理顺了，我就娶她。"

他说完，正视着范哲天，尽量让自己的眼神看上去更诚挚。

范哲天一直盯着他。

晨光不敢转移视线。

他被范哲天看得眼睛都酸了，范哲天才收回目光做出了结论："宇文晨光，我不同意你和小多谈恋爱，更不同意你娶她。"

范哲天说这些话时脸上还带着微笑，态度也很和蔼。

宇文晨光坐了一上午，聊了一上午，态度好了一上午，脸笑僵了，眼睛瞪酸了，最终得到这么个结论，他很生气。

他强忍住心里的怒气告诉范哲天："你是小多的大哥，我尊重你，所以来征求您的同意。但是小多已经是成年人了，她的选择才是最重要的，我不会因为你不同意就不和小多在一起。但是，你能告诉我，你为什么不同意吗？我愿意改，我希望小多和我在一起能得到家人的祝福。"

你看人家说得多好，还暗带威胁：小多成年了，你管不着了；征求你的同意是看在你带大小多，是她亲大哥的面子上；同时又留有后路，你不同意，拿理由来，我改还不行？

晨光这番话说得不卑不亢，范哲天叫了一声好，原谅了小六的目光短浅。

他越发觉得宇文晨光不简单，因此他想了想，对晨光说："明天晚上，你来家里，我告诉你为什么我不同意。"

晨光一听，还有转机，忙笑着答应下来。

晨光一走，范哲人就从角落里过来坐下了："大哥，我都听见了，这个宇文晨光真不好对付呢！"

范哲天一摆手："今晚召集哲琴他们几个来开个会，你把报告再印五份。对了，通知哲乐时不要给他说来家里干吗，省得这小子通风报信！"

晨光回到家，李欢和晨曦就围了上来："怎样？"

晨光没好气地说："死刑，缓期到明晚执行！"

李欢和晨曦都愣了。晨曦说："小多大哥不同意？"

晨光往沙发上一倒："什么叫老狐狸！我今天见识了。范哲乐出招出在明处，踹你下海，让你坚持游上岸，只要你照做就过关了。但我根本看不出范哲天的情绪变化。一上午，他坐着就没动过一下，判我死刑时脸上还一直带着笑，如果不是他的眼神冰冷，我还以为他戴了张面具。"

李欢奇怪道："不对啊，说没说为什么不同意？"

晨光沮丧道："不知道，没明说。我估计是担心小多单纯，怕被我骗了。"

李欢笑了："你这形象怎么也不像那种油头粉面的街头骗子啊！"

晨曦这会儿冷静下来，吩咐晨光："你把整个过程中所有的对话都说一遍，我们看看问题出在哪里。"

晨光想，三个臭皮匠能抵一个诸葛亮，让他们出出主意也好，于是慢慢回忆了从走进茶楼到离开的全过程，又附加形容了对话时范哲天的表情、动作。

晨曦和李欢听完，还是觉得奇怪，范哲天没有问古怪的问题，晨光的回答也没有什么不妥。李欢说:"会不会是觉得你形容小多形容得太过分,有点儿假?"

晨光瞪了他一眼:"那不是照你说的复制过去的?"

李欢一拍沙发:"是啊,从我这里听过一遍,你再重复,范哲天没准儿觉得你没诚意。"

晨光怒吼:"看吧,就你坏的事!怎么办?下次怎么补救?"

晨曦说:"他提到了你十七八岁时去夜店?"

晨光点头。

晨曦说:"你这么不纯洁,他当然担心小多。但他怎么知道你十多年前的事?"

晨光摇头:"我感觉范哲天对咱们家很了解,他还提到有空要去拜访老爷子。"

晨曦沉思良久说:"看来范家对你做了调查。但是不管他了解多少你的过去,现在和以前毕竟不同了,人都是会成长变化的。明晚你实话实说,不要夸张!"

晨光觉得有道理。

晨曦又说:"你三十了,小多才大学刚毕业,范哲天担心是很正常的。但是你只要有诚意,让他相信你不是逗小多玩,那还有什么问题?"

晨光听了,又恢复自信。

晨曦打了个电话,回来笑着对晨光说:"老爷子知道了,说晚上叫人把范家的资料全拿来,咱们也分析分析他们,有的放矢。"

晨光高兴得蹦了起来:"有老爸出手帮忙,我不信拿不下范家兄妹!"

晨曦用手指戳他:"谈个恋爱惊动全家,快三十岁的人了还这么不让人省心!"

小多给晨光打电话:"你见过我大哥了?他没为难你吧?"

晨光笑笑："让我明晚去他家里呢！而且小多，你大哥不让你去。"

小多笑了："我在场外给你助威！"

晨光豪情万丈："好，明天我武装到牙齿，拿下你哥他们！"

范哲乐知道大哥叫他去准是说小多的事，临出门时小多用期盼的目光看着他，哲乐抱了抱她："小多，你相信晨光是很好的人吗？"

范小多点头。

"那你还担心什么？我看啊，大哥他们现在就是心里不平衡。你想，一点儿风声没有，你就宣布和晨光谈恋爱了，你打了他们一个措手不及，他们不生气才不正常。不过，不会有什么事的。"哲乐笑着安慰她。

走出门他又回头道："等六哥晚上回来给你说情报！"

小多直点头。

这一晚，如果把宇文家和范家的情形拍来对比，会发现一个共同特点，人人神情严肃，时不时会发出叹气的声音。

宇文晨曦又回到了在公司上班时的干练女强人形象，她拉出一张塑胶板，对贴在上面的一堆资料进行分析。

"老大范哲天，今年四十岁，工程师。他做事稳重、有计划且严谨。他习惯于把事情掌握在自己的控制范围内。他为人和气，处事公道，如果有人要反对他的意见，就一定得拿出理由来，拿不出理由他会发火。

"其助理说，印象中最深的一件事情是，范小多把第一次得到的奖金封了红包给范哲天，那天范哲天脾气特别好。

"助理印象里范哲天最失态的一次是接到电话，听说范小多上体育课跑八百米晕倒了。"

晨光听到这里也急了:"她跑八百米怎么会晕倒?"

李欢笑着拍拍他的肩:"这个反应好,你与范哲天有得一拼。"

晨曦也笑:"范小多那天跑八百米没吃早饭,而且大姨妈来了,晕倒很正常。"

"范哲天宝贝范小多超过宝贝他的儿子范小天,一直对老婆儿子灌输他'长兄如父'的思想,治家很严,从小就对弟妹兴家法。"

李欢接嘴道:"上次小多踩了我一脚被范哲天罚跪阳台,那阵仗!"

李欢回想那一幕,心里的感慨绵绵不绝。

晨光嘿嘿直笑:"小多踩你一脚就被罚跪阳台?范家家法还挺严的嘛!那范小多上次踩我一脚,我也兴家法,让她跪阳台去!"

李欢说:"你最好打消这个念头。范小多往阳台上一跪,全家心疼。说是罚,结果呢?我嘴皮都说干了,又认错又认罪。范家哥几个的眼神就能把我生剐了。范哲天下的令,结果他还不是要对小多道歉。你敢让范小多跪阳台,我估计范家哥几个能用刀把你剁了,还嫌不解恨!"

晨光道:"换成我,我压根儿就不会让小多跪阳台。"

晨曦总结道:"所以只要拿下范哲天,范家大门基本就敞开了。哦,不对,还有个范哲琴。她心思细密,对范小多跟老母鸡护鸡崽儿似的。她要觉得你不行,范哲天同意,她也不会点头答应。范家其他兄弟都唯他俩马首是瞻,干掉这两个,问题就解决了。晨光,你要记熟每一个人的长相、爱好,还有他们的老公、老婆的资料,枕头风一吹,事半功倍。"

说着宇文晨曦又拿出一份资料:"这是你的简历!"

"简历?干吗?"

"老爷子说范家调查你,肯定有份你的资料,但出处可疑,自备一份,到时言之有据。"

李欢和晨光都呵呵笑了起来。

后来晨光不得不佩服老爸高瞻远瞩，多吃几十年饭得来的经验是书本上学不来的。

晨光想，就当明天是期末考试，今晚临时抱佛脚温书，又是一个不眠之夜啊！

与此同时，范家六兄妹正在看哲人拍的宇文晨光和范哲天见面时的照片。

老五范哲和拿出了教书时的感觉，给大家讲解："从这张照片来看，这个宇文晨光看大哥的眼神就非常奇怪。大家注意他的笑容，相当别扭。大家谈谈看法。我的感觉是他很假，笑得脸有点儿扭曲。"

范哲天发言："他像是在努力挤出一个微笑。大家笑一笑，感觉一下自然微笑与勉强做出来的有什么不同。"

范哲琴发言："就是皮笑肉不笑嘛！"

范哲地发言："虚伪！"

范哲人发言："这个笑拉近了看更恐怖！"

范哲乐发言："可能是他见到大哥紧张的缘故。"

范哲和继续上课："大哥选天台的露天茶楼就是因为光线好，能把他看得更清楚。大家注意，他的头发，这撮还有这撮，都支了起来，就像是刚睡醒就匆忙赶来的样子。我个人认为，态度决定一切，他不重视与大哥的见面！"

范哲天发言："我在近处看到他皮鞋上还有鞋印似的。"

范哲琴发言："态度不端正。"

范哲地发言："不正经。"

范哲人表态："看上去还是很帅，不拍下来还没捕捉到这些细节！"

范哲乐说："他可能是太重视，所以一急就没注意到。"

如果让宇文晨光现在听到这些评论，他一定会后悔听了李欢的话。哦，不，宇文晨光要是听到这样的评价，他会直接带了小多走，绝对不会去见范家老大，免得他大大的脸部特写挂在电视上被范家兄妹一个毛孔都不放过地挑剔。

范哲天总结："还不只是这些细节上的问题，最大的问题是我对他的人品有怀疑。你们看到手里的报告了？我的印象是宇文晨光脾气暴躁、行为放浪，生活作风有问题。最关键的一点是他这么多年就没工作过，全靠家里的支持过活，换句话说，他是个又帅又多金的败家子，说白了就是条米虫，当然，是长得很好看的米虫！"

哲琴说："女孩子喜欢这样的男人很正常，可是我们家小多不同，她不是个只喜欢外在的人。小多既然喜欢宇文晨光，他必然也有他的优点。"

范哲天听到老二哲琴冒出不同的观点，很冒火："小多就是被他的外表迷惑了，帅哥谁不喜欢？况且这是小多第一次交男朋友！她有个屁的主见！"

哲琴听范哲天粗口都爆出来了，从小与范哲天抗衡的辣劲儿也冒了出来——终于等到这一天了，与范哲天对决！哲琴说："你凭什么这样说小多？小多是单纯了些，但不见得就没有自己的观点！小多那天说喜欢他，她是随便喜欢一个男人的女孩子吗？你哪有女人了解女人！"

范哲天气得把报告一摔："我就看宇文晨光不顺眼，我就是不同意！这个家我还是老大，我说了算。你简直，简直就是头发长见识短。"

几个弟弟眼见大哥和二姐吵得厉害，赶紧劝架，两个拉一个，摆开楚河汉界，三对三。

大嫂之前一直没吭声，自从她嫁给范哲天，只要是范家的家务事，她从不插手，看到情势紧急，她才跳出来大吼了一声："我说你们都别吵了！"

大嫂问哲人："你的报告可信度有多高？"

哲人骄傲地说："可以送法院做证据。"

　　大嫂打断他："十七八岁进夜店？我记得你高一时早恋被你大哥打得在床上睡了一天，你也作风败坏了？以前的事能说明什么问题？还有这个，小孩子打架用得着犯罪心理专家进行分析？你们兄弟几个小时候打架不狠？我也没见你们变态！"

　　大家不吭声了。

　　大嫂接着说："小多跟我的女儿一样，我认为你们应该从她的角度想想，这宇文晨光毕竟是她喜欢的人，为什么不问问小多，不仔细和宇文晨光谈谈？我看哲天你和宇文晨光就没谈出个什么名堂来！"

　　一屋子安静了。

　　半晌范哲天才说："刚才不够冷静，我不对。现在重新想想，宇文晨光到底适不适合小多。"

　　哲琴忙点头："我看最主要的问题是他是有钱人家的儿子，先就把他想复杂了。我其实也担心，他条件很好的，怎么就喜欢上我家小多了呢？小多是很好，但也不是绝世佳人，他到底喜欢小多什么？"

　　哲人说："他说在他心里，连天使都比不上小多，还用了一大堆形容词，我总觉得在哪儿听过似的。"

　　哲地说："李欢上次说过的。"

　　哲和说："拾人牙慧，他自己难道对小多没评价？"

　　哲乐说："我看晨光也是多方咨询，想总结李欢的经验过大哥这一关而已。他不是没主见的人，他喜欢小多，但也不至于非要拾人牙慧。"

　　屋里众说纷纭，范哲天一摆手："明天宇文晨光来，大家想问什么就问。我现在分下工。哲琴，你负责考他生活常识，了解他是不是生活不能自理！我希望他还能分清韭菜和蒜苗！哲地，你着重问他生意场上的经验，宇文晨光才接手他家的公司，不要真是个不学无术的败家子！哲人，你了解他的身体状况，我不希望他被酒色掏空！哲和，你问文学方面的，我知道他出国念过书，但谁知道他是不是用钱买的文凭！哲乐，你在旁边听着，总结归纳，就跟你打官司要抓对方的漏洞一样，我们不管是同意还是反对，都要证据！

"但是有一点，谁都不准轻易表态。老六，我知道你对宇文晨光有好感，你回去不要透露消息。大哥不是偏激，就算我们现在接受他了，也还想看看他的表现。你放水，就意味着害了小多。听明白没有？"

说到最后一句，范哲天眼睛里射出了一道寒光。

哲乐哆嗦了下。他想大哥说的也有道理，慎重一点儿对小多好，就点头答应下来。

这一夜，范家人也是一夜无眠。

17. 晨光闯情关

肖主任守着范小多做广告。

今天不知道为什么，范小多总是出错，不是拿错了广告带，就是搞错了播出时段。

范小多哭丧着脸，不知道今天几点才能做完下班。

肖成飞早已知晓内幕，耳朵边上还回响着早上晨光电话里的抱怨："我的肖哥哥，你眼睛是瞎的啊？范哲天哪点儿讲道理、明是非了？他挥着大棒笑嘻嘻地要打散鸳鸯！我真是错信你了！我的肖大哥！如果今天晚上范哲天还要判我死刑，我一定找你出气。"

肖成飞肚子都要笑爆了，他安慰晨光："你放心，你要实在顶不住，我代表小多的组织出面！"

晨光唉声叹气："我昨晚就没睡好，范家兄妹及其家属的脸在眼前乱飞！我考研都没这么累！"

肖成飞大笑出声："我放范小多假，让你们临死前缠绵一下行不？"

晨光想了想，答应了。

肖主任忍住笑看范小多紧张慌乱地做项目，过了会儿才告诉她："今天让阿慧、阿芳帮你做吧，晨光差不多该到单位了，他会在门口等你。"

范小多惊喜地看着主任，她确实想见晨光。

昨晚六哥回家，只是看着她叹气，任她撒娇威胁，就是什么也不肯说。

小多一整夜没睡好，又不想打电话给晨光，怕他着急。

今天早上，她无意中看到茶几上摆着一份资料，拿起来看了看，才发现这是晨光的资料。范小多简直不敢相信，她想，这肯定是六哥故意留下的。就凭这份报告，晨光绝对在哥哥姐姐们面前讨不了好。

小多拿着报告，心思百转千回。回想起从认识晨光到现在的点点滴滴，她最终对自己说，相信自己眼前的他。

范小多飞也似的跑出单位大门，晨光的车也刚到，她走过去，顾不得在大街上，扯着他的衣角不肯松手。

晨光哄她："小多，这是在大街上，你不是最怕别人盯着瞧你笑话吗？我带你去个清静的地方！"

小多这才松手，她总觉得不安。

两人进了咖啡屋，宇文晨光点了一堆甜点喂小多，自己也一阵猛吃，边吃边说："吃了才有力量。"他笑着看小多："对我没信心？"

范小多摇头。

"你哥他们变态？看不得你好？"

小多瞪眼："就是他们太好，我才担心！"

"为什么呢，小多？为什么你会担心我过不了关？"晨光柔声问小多。

范小多从包里把报告拿出来扔在桌上："你自己看。"说完，埋头吃甜点。

晨光拿起报告翻开看，越看脸越青，越看脸越白："谁整出来的玩意儿！"

晨光的声量已吸引了不少客人往这边瞧，范小多忍不住提醒他："你小声点儿！"

晨光长长地吐了口气，详详细细地把报告看了好几遍才沉着声音问小多："你相信？相信报告里写的我？"

范小多低头吃点心，不回答。

晨光急了："小多！这都是些陈芝麻烂谷子的事了，是从前，不是现在！什么乱七八糟的分析，别人的分析也算到我头上啊？"

范小多慢慢抬起头，眼里闪着光："那你去证明给我看啊！你要是连我哥他们都说服不了，拿什么来说服我？"

晨光恨不得掐死写报告的人。他盯着小多一字一句地说："范小多，你真相信？"

小多也盯着他："相信怎样，不相信又怎样？"

晨光狠狠地看着她。

范小多相信，要是在他目光下放张纸，一会儿工夫就能燃起来。

晨光突然笑了："相不相信，都没关系了，反正也由不得你。"

小多扑哧一声笑了："你真是霸道不讲理！不过，我喜欢！"

晨光的眼神深邃如海："小多，我从不知道你喜欢我什么。"

小多晃晃头："我只觉得和你在一起我很开心，你还要我喜欢你什么？"

晨光脸上飞过一丝神采，突然侧过身在小多脸上亲了一下："小多，这是我听到的最真实的话，两个人开心就是最好的了。"

小多被他突然的举动吓了一跳，白了他一眼："所以啊，你让我不开心了，我还和你在一起干吗？"

晨光笑了："原来你也是只小狐狸，借着机会讲条件啊？"

范小多嘿嘿直笑。

这一刻宇文晨光觉得，没有任何人能阻挡他和小多在一起，范小多的哥哥姐姐们也不能。

看了范家的报告，他觉得自己有了目标，信心十足。

晚上，宇文晨光含笑敲开了范哲天家的大门。

范家六兄妹早已守候在家。

晨光进了屋，递上一堆礼品："第一次来拜访，不是什么贵重物品。"

他挨个儿打招呼，满屋子人，一个也没叫错。

范家兄妹看他认出家里每一个人，心知宇文晨光做足了功课，显得他真心看重和妹妹恋爱，态度上就亲切了许多。

晨光坐在了范家兄妹的对面，背后是电视机，画面上正是定格的他的大头像。晨光侧过身去看，觉得自己很上镜。他不知道这是范家何时拍的，把他拍下来研究？范家的行为让他又好气又好笑。

范哲天开了口："除了哲乐，家里其他人都没见过你，所以拍了些你的照片。"

哲和就问："我们一直奇怪，你怎么见到大哥的时候笑得这么古怪？"

晨光强忍着胸腔里要爆发出来的狂笑，埋下头说："当时看大哥衣服上插了只钢笔，这年头很少有人把钢笔别在上衣口袋上了。"

哲天咳了一声说："你和小多的事，我反对，但你要理由，我现在就告诉你。"

范哲天摸出那份报告："这是我们收集的你的资料，从资料上显示……"

晨光打断他："对不起，打断一下。那份报告我看过了，里面有些事实是……"

"你认罪？"

晨光笑着说："人都是在变化的，谁没犯过错？那都是从前不懂事的时候的事。再说，我觉得报告里有几点不实！"

说着，晨光身子往前倾了倾："我很专一，当然，以前我也没发现我会这么专一，这是遇到小多以后我才知道的。

"我没有丝毫变态倾向。我很自豪地告诉大家，根据我市最权威专家出具的诊断报告，我不仅精神正常，而且智商也很高。

"我不是坏学生，我十八岁高中毕业后没读大学不是因为我考不上，我花了一年时间申请国外的大学。我的文凭不是买的，是我自己考取的。

"我没不上班，不等于我就是败家子。我在国外的时候，虽然家里给了我钱，但我还是一直坚持打各种零工，送报纸、洗碗，我都干过。

"我喜欢范小多是因为她适合我，我和她在一起感觉很好，不是因为她长得漂亮，也不是因为她有多优秀，喜欢一个人有时候没原因可讲。"

范家兄妹听得呆若木鸡。

范哲人精心使用侦察手段得出的报告成了堆废纸。

宇文晨光条理分明的陈述无懈可击。

几姐弟都看向了范哲天。

范哲天沉默了一会儿，又说："就算你人不错，各方面都很优秀，也不意味着我们就会放心。这世上好男人很多，小多不见得就非得跟你！"

晨光愣了。他以为精心准备的这番说辞完全可以击溃那份该死的报告，谁想到范老大跟四季豆一样油盐不进！想自己玉树临风、英俊潇洒，标准的高富帅，怎么到范家人眼中就成了土疙瘩？

范哲天慢慢说："我们对小多的男朋友、未来的老公自有一个标准，不是说他一定要长得帅，不是说他一定要很有钱，也不是说他非是才子不可。"

晨光头大如斗，说了半天，你发了张兑奖券，上面还标注了一行字：范家人对游戏规则拥有全部解释权。

那还有什么好说的？你说行就行，你说不行我上法院也告不了你！想到这里，宇文晨光觉得忍无可忍，当下就想发作，告诉眼前范小多这几个亲哥姐，不同意也无所谓，他要抢人了。

范哲天看到宇文晨光眼里闪过簇簇火苗，心里总算平衡了点儿。让这小子牵着走了这么久，该要点儿主动权回来了。

他笑眯眯地对晨光说："我们的标准也简单，老样子，想问你几个问题。"

晨光努力压着心头的火，嘴角扯开一个难看的笑。他把西装一脱，大马金刀地坐着："放马过来！"

气氛马上活跃起来，范家六个人一人从包里拿出了厚厚的一叠纸，看上去全是问题。

晨光看得头皮发麻，他觉得自己应该带个笔记本电脑了，这么多问题，实在不行，他还能上网查资料啊！就是不知道范家人允不允许！

范家其他兄妹拿出的是写满问题的纸，范哲乐则是拿出纸笔充当书记员。

晨光的神经一下子绷紧了。

他在心里咒骂，没骂别人，他在骂自己，怎么就找上了范小多这个麻烦精，而且还老老实实地面对她带来的这一堆麻烦！

他定定神，举手申请："各位，你们的问题很多，我要全答下来，估计这一晚上时间都不够，能不能抽答？"

范哲天板着脸说："那就一人一题吧。我们五个人五个问题，要求你全答对，回答错误就重新安排时间对你进行考核。"

晨光想，范哲天你这个老狐狸，还一轮一轮地来啊！脸上却露出轻松的笑容："大哥，从你开始？"

哲天摇摇头："从哲和开始。"

老五范哲和清清嗓子："第一题，作几句诗，每句包含我们兄妹七人其中一人的名字，就是天、地、人、和、乐、琴、多，七个字，每字一句。要求，七步成诗。"

晨光傻了眼，一来就掉书袋？让他背几首唐诗宋词或现代诗，他还能撑一下，这个？他又不考状元！晨光举手道："能否申请场外支持？"

哲和得意扬扬地说："可以。"

晨光拿起手机起身往窗边走，刚迈出一步，就听到哲和大声说："一步！"

他没反应过来，又迈出一步，哲乐又计数了："两步！"

晨光停住脚步，回头看看哲乐，又看看自己的脚，不动了。他站在客厅给候在外面的晨曦打电话，瞟见范家兄妹虎视眈眈地盯着他，他压低了声音："姐，范家要我现场作诗！还要七步成诗！我走了两步了我！"

晨曦接到电话，和李欢、小多互望一眼，想笑又不敢笑："写什么诗，什么内容？"

晨光说："用范家兄妹的名字，天、地、人、和、乐、琴、多！"

晨曦说："你等着！"

晨光站在客厅拿着电话，他不用看都知道这屋子里有人在偷笑。

哲和想，你要真的七步成诗，也算有点儿墨水了。场外支持，哼，能这么快写出来我也服了！

晨曦也着急，她只知道一首打油诗，就念给晨光听并声明："我只知道这个！"

晨光不管，念了再说："天上一笼统，地上黑窟窿。"

哲和笑出声来，这是一首写雪景的打油诗，下面两句是"黑狗身上白，白狗身上肿"。他笑着说："继续，还有五句呢！"

晨光无奈，又催晨曦。晨曦没法了："我完成了两句了，其他的自己想办法！"说完就把电话挂了。

晨光瞪着手机想，真是没文化！他发现自己还保持着迈步的姿势，着实难看，干脆两步走回来坐下了。

哲和笑着说："没关系，你不用迈大步，还有三步！"

晨光一赌气，就顺着那首打油诗往下说："哲人身上白，哲和身上肿。"

范哲人扑哧一声就笑出来了，他们弟兄五人中，范哲和是最胖的一个。

哲和气得把脸扭到了一边。

听了这四句，其他几个人都爆笑出声。

范哲天盯着晨光涨红的脸想，哪能这么容易就把小多给你，为难你是为了让你记牢，我家小多在我们眼里就是块宝。他脸一沉："严肃点儿，这一题不用考了，勉强算及格。下一题，哲人！"

晨光呼出一口气，他想，范家这群人真是变态，他现在特别想把这个场面拍下来，以后放给他们看，羞死他们。

范哲人带着笑对晨光说："我的题很简单，你做五十个俯卧撑。"

宇文晨光看看哲人："这里？现在？"

哲人点点头。

晨光想，长这么大还没心甘情愿被人当猴耍过，干脆丢人到家，以后一并还给范家。他露出满不在乎的笑容，挽起袖子往范家客厅里一趴，开始做起了俯卧撑。

哲人计着数。晨光边做边想，就当是在健身房，还好自己喜欢运动，不然，这般折腾，不死也要脱层皮。

晨光听到哲人数到五十，拍拍手站了起来："过了？"

范哲天点点头，他对晨光轻松做完五十个俯卧撑感到满意。

轮到哲地出题了。哲地说："如果宇文家破产了，你会怎么办？"

晨光笑了："没有如果，不可能的事情。"

哲地强调："万一呢，你会怎么办？"

晨光笑得很愉快："我说没有就是没有，公司出大麻烦了，就去想办法解决，就这个答案！"

哲地看向大哥。

范哲天想了想，说："过关。"

晨光笑得更是开心，三关都过了，也不是多难的事情。

范哲琴等了老半天，终于轮到她了。哲琴问晨光："你知道现在猪肉的市价吗？"

晨光嘴张了张，又闭上。他几时去过菜市场？他只好蒙："五块？"

哲琴摇头。

"十块？"

还是没对。

"十五！"晨光猜不下去了。

哲琴说："你在蒙啊！我看你真不是居家过日子的人，你从来没买过菜？"

晨光觉得这题不适合他，他说："有保姆我为什么要去买菜？实在不行就吃馆子呗！"

范哲天摇头："宇文晨光，你对居家过日子两眼一摸黑。这关过不了。"

晨光还想据理力争。哲琴说："有钱是一回事，过日子是另一回事，不是所有的东西都能用钱买到的。"

范哲天说："今天就这样吧，等你学会买菜了再来。"

晨光想了半天，对范哲天说："那能不能把你的题现在出了，到时候我就只过二姐这关了。"

范家兄妹都笑。哲乐一边记录一边观察，他觉得家里人开始喜欢晨光了。

范哲天问晨光："你真的想答我这题，过我这关？"

晨光点点头。

范哲天往里屋喊："小天！你出来！"

范小天早想出来看热闹，一听老爸召唤，跳着就出来了。范哲天看看儿子，笑着说："这个人想要做你小姑的男朋友，你出个题考考他。"

晨光看着十岁的小天哭笑不得。范哲天怎么想的，让儿子出题考他？他脑子飞快地回忆自己看过的动漫电影、电视，生怕小天问及一个他实在不认识的动漫人物。

范小天摆出一张成人脸，歪着脑袋想了想，先问范哲天："爸爸，我问的问题，他回答的答案是对是错由我说了算吗？"

范哲天笑着摸摸儿子的脑袋："好，由你说了算。"

小天眼睛里闪动着狡猾的光芒，张口问晨光："如果饭桌上有我妈妈烧的红烧鸡，一只鸡有两只鸡翅膀，我和小姑都想吃，但这两只鸡翅膀我想一个人全吃掉，你会把鸡翅膀给谁？"

晨光觉得小天太可爱了，这题有什么难，总不能让小多和小侄子抢鸡翅膀吧？他说："叔叔肯定把两只鸡翅膀都夹给你吃。"

范小天高兴地鼓着掌对晨光说："答对了！我喜欢你做小姑的男朋友！"

晨光露出笑容，正想再逗逗小天，却发现范家众兄妹脸色都不好看。他想，自己没说错什么啊！

范哲天看看儿子，再看看宇文晨光，见儿子一脸兴奋，晨光一片茫然，就说："事先说过，答案是否正确由小天判断。我这里算你过关了。你明天过哲琴那关吧，自己去买菜，然后拎家里来，晚上我们就吃你买的菜。记着一定要买只鸡，我老婆做的红烧鸡味道不错！"

晨光出了范家，望着外面的星空想，真是太不容易了。

晨曦、李欢还有小多都等得急了，见晨光回到家就问他考得怎么样。晨光看看他们，突然把小多抱起来，大笑着说："只要学会买菜就行了！"

家里几人都长舒一口气。

李欢问晨光："什么叫学会买菜就行了？"

晨光笑着说："小多的哥哥姐姐说我连菜都不会买，不是居家过日子的人。"

小多呵呵直笑："明天我带你去买菜！"

"好，买完了拎你大哥家去，晚上在你大哥家吃饭！"

小多一脸惊喜："看来大哥他们认可你啦！"

晨光搂着小多坐在沙发上，对晨曦和李欢说："我累了，我还做了五十个俯卧撑呢！"说完把头往小多身上一倒："范小多，我要报仇，一定要报仇！"

18. 小多也要过关

宇文晨光不是没买过菜，在国外读书时，超市里有一盒盒包装好了的菜，可以拿了就走。但他从来没有在菜市场里讨价还价地买过菜。

自从进了菜市场，范小多的笑就没有停止过。

晨光瞪她："每买一样，价都给我记好了，听到没有？"

小多拿着纸笔笑着答应："知道啦！"

晨光除了鸡以外不知道还要买些什么菜，就问小多："你哥他们喜欢吃什么菜？"

小多说："喜欢吃的多了。"

"那给每个人选一样喜欢吃的。当然，还包括你喜欢吃的，我全买。"

就因为这一句话，宇文晨光走出菜市场时两手挂满了菜蔬。他得意地冲小多一笑："这下好了，七兄妹做七道菜，每个人都不放过，一网打尽！"

"晨光，我忘了对你说了，在我大哥家吃红烧鸡，鸡翅膀是我的专享。也不是说我就爱吃得不行，但是他们就记着这个。所以你要记得把鸡翅膀夹给我吃，不然大哥他们会觉得你不疼我！"

晨光脚步一滑，手里的菜差点儿落地："你小侄子考我的题是红烧鸡的鸡翅膀要夹给他才对！"

范小多大怒，范小天这小家伙！上次吴筱去大哥家，他故意夹鸡翅膀给她，现在换了晨光，他居然敢出这道题阴他。想到这里，范小多恨不得把小天吊起来打。

她气鼓鼓地对晨光说："在我们家，没人敢动我的鸡翅膀，特别是范小天！我就爱和他抢着玩。你上当了，我看你怎么办！"

晨光想，这可怎么办才好呢！不给小天吧，自己说话不算话。不给小多吧，范家兄妹就觉得自己不够疼小多。范哲天还专门叮嘱他要买鸡，不就是想看看自己到时候怎么办。他想，两只鸡翅膀能难倒一个大男人？

晨光看着小多气鼓鼓的样子，乐了："小多，你二十二了吧？你怎么这么计较这两只鸡翅膀呢？让让小天如何？我买更多的鸡翅膀给你啃，好不好？"

小多叹了口气说："别的鸡翅膀哪能和我大嫂烧的鸡翅膀比。那个，太美味了！"说着，眼神里流露出对大嫂烧的鸡翅膀的神往。

晨光觉得有必要和小多讲讲形势："小多，今天你如果和小天争这个鸡翅膀，你哥他们会不会借题发挥啊？要是他们反对，我们怎么办？"

范小多扑哧笑出声来："我不是非要吃那个鸡翅膀，是我哥哥、姐姐觉得给我吃鸡翅膀才叫宠我！所以我每次都满足他们的愿望，让他们满意。不是我要和小天抢鸡翅膀，他也不是不吃鸡翅就要哭，他就喜欢和我抢着吃。如果我不吃了，小天对鸡翅膀也没兴趣了。不过呢，范小天人小鬼大出了这么道题，我不管，我就不要他得意！"

晨光看在眼里，都不知道该怎么去形容这可笑的事情："小多，你这么大的人了，怎么还这样孩子气？"

范小多眼珠一转，笑眯眯地看着晨光："我就是任性不讲理，要和范小天抢鸡翅膀，你怎么着吧？"

晨光心想，范小多在家里不知道还有多少这样任性的时候，等得到范家兄妹的认可，他一定要好好教育一下范小多，这个念头从范家兄妹对他使各种变态招数时就有了。在范家这样的环境下，范小多在家不知道跋扈成什么样了。

他把菜放进后备厢，想了想，对小多说："你在车上等我，我还忘了一样菜，我去买了就回来。"

范家今晚又齐聚一堂，全家老少的视线都黏在宇文晨光身上。

哲地老婆和哲人老婆咬耳朵："长得真是不错，听说大哥他们为难他，他都过关了。"

哲人老婆转过身与哲和老婆咬耳朵："看来是很优秀的人呢，不知道他和小多以后谁管谁。"

哲和老婆跑去和大嫂咬耳朵："你说小多能制住这么一个人？"

大嫂微笑："小多是宠大的，晨光在家也是老小，这下有好戏看了。"

一张大圆桌围坐着范家兄妹七人、宇文晨光和范家二姐夫以及范小天。

另一张大圆桌上坐着范家兄弟的老婆和吴筱以及两个孩子。

两张桌子坐满了人，家里热闹异常。

范哲琴一点儿不含糊，吃一样菜问一样菜价。

宇文晨光对答如流，同时还不忘给小多布菜，范家兄妹都很满意。

红烧鸡就摆在桌子正中，范哲天等了一会儿，见宇文晨光没有去夹鸡翅膀，就给儿子使眼色。范小天等了好久终于等到今天，大声说："叔叔，昨天我考你的题，你是怎么说的？"

晨光好笑地看了小天一眼，把筷子伸向了鸡翅膀。

范小多眼看小天就要得逞，就想逗晨光："两只鸡翅膀都是我的，不准你给他！"

晨光没有理小多的话，夹着鸡翅膀送到了小天碗里。两只鸡翅膀，一只不少。

范小天不知死活地边啃边赞："妈妈烧的鸡翅膀是天下最美味的鸡翅膀，好吃！"

范小多眼中闪着狡猾的光，决定彻底踩扁晨光。她咬着嘴唇，满脸委屈——她平时在家，只要做出这种委屈的样子，要天上的月亮哥哥姐姐们都会跑去摘来给她。

果然，范家兄妹都露出了舍不得的神色，责备地看着晨光。范哲天想，为了过关，你就不顾小多，果然是商人重利啊！

范哲琴想，你怎么就这么不细心，不注意小多的心情呢！

范哲地想，小多这么爱吃鸡翅膀的啊，你怎么就不照顾她呢！

范哲人想，现在就不顾着小多，以后还会对小多好啊？

范哲和想，小多还是要找个对她百依百顺的好。

范哲乐想，宇文晨光你死定了，这才是大哥最后出的题呢！

宇文晨光视线往范家兄妹身上一转，心想，还好自己早有准备。他微笑着把筷子又伸向了红烧鸡，居然又从里面捞出了两只鸡翅膀，送到了小多碗里。

一只鸡怎么会有四只鸡翅膀？范家兄妹眼睛都看直了。

晨光呵呵笑着说："我多买了两只鸡翅膀，并且提前拜托了大嫂对大家保密。"

范家人一下子语塞了。

范哲天笑着说："好，有勇有谋。从现在起，你就是小多的男朋友了。"

范小多瞧着碗里的鸡翅膀，露出了笑容，边吃边和小天比："我的鸡翅膀更大！"

范小天郁闷了，这样也不能独占鸡翅膀啊！

晨光看着范哲天，笑着说："我是小多的男朋友，我只希望以后小多有什么事都找我商量。哥哥姐姐，你们可不能什么事都插手管她。"

范哲天点头："你们都是成年人了，自己的事自己商量着办，家里不管。只要你不欺负小多，我们绝不干涉。"

范哲乐看看晨光，心想，这小子这么说是习惯了自己做主呢，还是别有用心呢？范哲乐找不出反驳的理由，毕竟小多以后要嫁的人是晨光，他们会有自己的小家。大哥也说了，只要他不欺负小多，就由他们去吧！

范小多听了这话也没觉得有什么不妥，她当然是巴不得哥哥姐姐们别再像管小孩子似的管着她。

宇文晨光心想，范小多，你以后这些和小侄子争鸡翅膀、不讲道理地在家刁蛮任性的习惯最好改了，不然，我也要动家法。想着，他嘴边浮起了一朵极温柔的笑容。

看在范家人眼里，只觉得是宇文晨光含情脉脉地看着小多。

出了范哲天家，晨光牵住小多的手去散步。

他边走边笑，小多奇怪地看着他："高兴傻了？乐成这样？"

晨光停住脚步，看着小多："我能不高兴？终于得到你哥你姐的同意。据李欢说，他们一同意，就站在我这一边了。范小多，从现在起，你就是我的人了！"

小多看了他一眼，说："我大哥忘了给你说范家家规第一条，范小多意愿至上，违者杀无赦！"

宇文晨光这天对范小多说："风水轮流转，现在该你到我家过关了，嘿嘿！"

范小多坐着喝茶，一点儿动静都没有，没有说去也没有说不去，只是吹吹浮在水上面的茉莉花，继续喝她的茶。

晨光慢条斯理地说："你不说话就表示同意，我现在给你说说宇文家的规矩。"

小多看了他一眼，从包里拿出纸，笑推给晨光："记详细点儿。"

晨光一下子噎着了，后面的话也抖不出来了。他瞪着小多想，怎么她就一点儿也不慌乱？原本打算得意地滔滔不绝，说得小多脸色发青，可怜兮兮求他才肯罢休，范小多却气定神闲还给他纸笔，难道她就真的不在意？

晨光憋了一口气，他想，你不听我说没关系，我就照着你哥你姐的来一回，看你怎么办。于是范小多坐着舒服地喝茶，宇文晨光皱着眉写家规。

晨光写了好一会儿，一看，半页纸都不到，他却想不出来了。抬头一看，小多正笑嘻嘻地盯着他，活像家长在看孩子写作业。

他好笑地伸手捏她的鼻子："逗我好玩是不？"

小多呵呵笑起来："写完了没有？"

晨光把纸递过去："现在就这么多，还有的想到了再告诉你！"

小多拿起一看："宇文家男人不下厨，不做家事？什么意思？"

"意思是你到我家吃饭，饭得你做！"

小多又看："宇文家男人说话，女人不得插嘴？什么意思？"

"意思是你到时候乖乖地坐在我旁边做小鸟依人状！"

小多再看："以我的意志为转移？什么意思？"

"意思是我说什么你做什么，最好不用我提点你就能明白我的意思，然后去做！"

小多点点头。

"明白了？"

"嗯。"

"清楚了？"

"嗯。"

晨光得意地说："要是做不到，以家法论处！"

小多疑惑："家法？"

"对！认错的话打手板心，不认错的话跪阳台反省！"

小多笑笑："需要我买菜去你家做吗？"

晨光摇头："这个不需要，叫保姆买，你下厨就行。小多啊，我想这样的小事你不会跟你哥他们哭诉吧？"

范小多还是微笑："怎么会，拿我哥他们来压你，没意思不是？"

回到家，范小多拿起床头的玩具狗就是一阵拳打脚踢："宇文晨光，想给我下马威，你做梦！"

她拿起电话打给晨曦："晨曦姐姐，晨光说要带我去你家见叔叔。叔叔凶不凶啊？我害怕。"

晨曦一听，小多要来家里见老爸，天大的喜事啊，赶紧安慰小多："我爸很和蔼的，见谁都笑眯眯的，一点儿不吓人。小多，你不用怕，有姐姐在，什么事都不用担心。"

小多笑得很开心："我就知道姐姐最好了。对了，你不要告诉晨光呵，他会说我四处告状呢！"

晨曦笑了："这个哪算告状，你没见过我老爸，担心很正常嘛。姐姐知道了。"

范小多满意地挂掉电话，嘿嘿直乐，晨光啊，你们家连李欢和我在内五个人，有两个人都站我这边了，等我再把你老爸拉过来，你就是光杆儿司令啦。

宇文老爷子听说儿子终于要带女朋友回家，突然有点儿手足无措："晨光啊，你说我送小多什么见面礼好呢？现金？不行不行，太俗了；办张卡？也不行，还是俗！首饰怎么样？她喜欢哪种？"

晨光好笑地看着老爸紧张的样子，打断他："送她一个下马威！"

"什么？！"宇文老爷子吓了一跳。

晨光说："老爸，你不知道范小多的哥哥姐姐是怎么整我的！你不帮我报这个仇，难道想让你儿子被范家白整了？"

说着就把范家哥姐如何叫他过关一事说了，让宇文老爷子听得十分畅快："哈哈，好，太好了！"

晨光怀疑地盯了他老爸一眼："你叫好？有什么好？你儿子窝囊，你开心？"

宇文老爷子笑嘻嘻地说："范家人不错啊，我最喜欢一家人热热闹闹的。小多是块宝啊，这下我放心了，我还担心没人能治你呢！"

晨光十分火大："那你知道范小多在家给宠坏了不？现在不治她，以后你儿子哭都来不及！"

宇文天脸上笑容不变："这倒也是，女孩子还是不能太娇惯！得给她下马威！说吧，儿子，老爸帮你！"

晨光这才高兴了，拉着老爸密谋起来。

范小多五点准时跟着宇文晨光回家见他老爸。

宇文晨光看看小多，觉得她今天这身白裙子穿着感觉真不错，像一只小白兔。挨宰的小白兔！晨光忍不住嘴角往上弯，要不是努力控制着，没准儿得扯到耳朵后面去。

范小多乖乖任他牵着手走进屋，就看到一个精神矍铄的老人正在逗鹩哥。客厅外是个小花园，整治得精巧美丽。

晨光喊了一声"爸"，老人转过头，小多一下子笑了，她觉得晨光的老爸笑起来像种动物，对，像只老狐狸。

她挂着斯文的浅笑对宇文天轻轻说了声："叔叔好。"

然后脸一下子红了。

范小多装乖装斯文的时候可就是只小白兔。

宇文天定睛一看，范小多清清秀秀的脸上，一双眼睛无辜又害羞，心里一下子就喜欢上了这个秀气的女孩子，忍不住放柔了声音："小多是吧？过来看叔叔养的鸟！"

晨光觉得不对劲儿了，照他的安排，老爷子应该不动声色"嗯"一声就完了。他马上拦住小多，对老爸说："今天小多说她要下厨做饭。我看时间也不早了，我带她去厨房！"

宇文天一愣，看小多乖乖站在那里，头都不敢抬起来，再一瞄儿子，眼神凶恶，他"哦"了一声，转身又逗鸟去了，心里想，儿子娶个下得了厨房的女孩子也不错。

晨光把小多带到厨房，对保姆说："你给小多说说餐具、佐料在哪儿就行了。"

范小多看看晨光，不动声色地问："围裙呢？"

保姆忙拿出围裙给小多系上。

范小多眼睛往厨房一扫："今天有些什么菜？"

保姆赶紧介绍："买了鱼，有肉、有豆腐，这是蔬菜。"

小多看了看，回头对晨光说："你喜欢吃什么鱼？"

晨光心里想，难道是我想错了？范小多在家是要进厨房做饭的？他张口回答："我老爸喜欢吃酸菜鱼。"

小多打开水笼头开始洗菜，洗完菜就开始动刀。

晨光看她熟练的架势，倒不想为难她了，只想着吃小多做的菜。

他很满意小多能做饭，娶老婆不就得娶这样的吗？晨光干脆把保姆支走，坐在椅子上看小多切菜。他觉得眼前这一幕赏心悦目至极。

范小多停了下来，对晨光说："宇文家的男人不下厨房，你出去！等着吃就行了。"

他笑着说："好，我出去。记着呵，菜也不用太多，够我们五个人吃就行了。"

晨光一出门，范小多就把厨房门关了，拿出电话打给大嫂："嫂子，晨光带我见他老爸，要我做晚饭！你别告诉哥他们，我还非得做给他看！"

哲天老婆一听："我的天啦！小多，你千万别挂电话，用耳机听。"

我说你做，千万别把他家厨房烧了。"

小多笑着答应，于是在大嫂的遥控指挥下，范小多成功地把鱼、酸菜、大葱段、姜片倒进了半开的水里，按指示加了盐。

哲天老婆紧张地做着深呼吸："还好是做酸菜鱼，煮好就行了，味道别管了。"

小多很兴奋："嫂子，煮东西这么容易啊？晨光说做五人份就行了。这里还有豆腐，绞好的肉末，切好的肉丝、肉片，还有各种青菜，怎么做？"

哲天老婆想了想说："我觉得让你炒肉肯定都不行。这样，咱们做简单点儿，豆腐切块，再把肉末做成肉圆子和着豆腐煮汤！再炒个青菜。三道菜少是少了点儿，但你把量下足，够吃就好！"

小多开心地笑了，挂掉电话开始做另外两道菜。哲天老婆要是知道最终结果是什么，肯定会守着小多把菜做完！

范小多又煮了一大锅豆腐圆子汤，炒了个青菜，打开了厨房门。

晨光在外面守了小半天，终于见着小多出来，忙问："做好了？"

小多得意地点点头："晨曦姐姐和李欢来了吗？可以开饭了。"

宇文天、宇文晨曦、李欢、宇文晨光坐在餐桌旁等小多上菜。

范小多先端出了一个大盆，笑着说："别揭盖子，等菜上齐了再一起吃！"

宇文老爷子用鼻子嗅嗅，脸笑成一朵花。

晨曦和李欢对视了一眼，不吭声。

晨光自不用说，已拿好筷子摆出准备进攻的姿势。趁小多转身进厨房，他就想揭开盖来看，晨曦敲了一下他的手："小多说过菜齐了再揭盖，猴急！"

晨光说："我是想有个心理准备，免得到时被吓到。"说完又安慰大家："刚才我见小多洗菜操刀有模有样，应该没什么大问题。"

小多又端出了两个大盆子，这才解了围裙，上前把盖子全揭了：

"这是叔叔最爱吃的酸菜鱼，这是豆腐圆子汤，这是素炒菜心！"

小多端出第一个大盆子时，大家没看出古怪，用盆装酸菜鱼很正常。等到三大盆菜上了桌，晨光觉得不对劲儿了："小多，我怎么感觉像公社食堂上菜啊？"

范小多被他说得极不好意思："我忙不过来嘛，就想菜的样数做少了，量足就好。你说的五人份，我想够了吧？"又看看宇文天："叔叔，够不够？您饭量很大吗？"

宇文天一愣，呵呵笑了："为什么这样问呢，小多？"

小多轻声说："晨曦姐和李欢好像吃得不算多，晨光平时吃的也不算多，我不知道您吃得多不多。"

晨曦、李欢和晨光都盯着桌子上的三大盆菜，心想，五个人？十个人都够吃。宇文天笑着说："好，这样吃着才爽，我就喜欢吃大盆子菜！"

范小多一颗心就落到了实处。

第一盆是酸菜鱼，上面浮了厚厚一层酸菜，汤色黑红，没看到雪白的鱼片。晨光先下筷子，往盆里一捞，捞是捞起来了，但他看着夹起的鱼问小多："这是鱼片？怕是鱼块吧！"

范小多嘟了嘟嘴。

宇文天想，都能做出来了，这个不能为难她，赶紧也下筷子夹起一块鱼："没事，酸菜放得多，鱼块更入味！"

几个人都争着下筷子夹鱼，小多担心地看着他们。四个人吃了口鱼，齐齐咳了出来，小多就问："怎么了？我第一次做这种鱼，不好吃吗？"

宇文天嘘出一口气："太好吃了，就是……"只说了半句话，他又咳了起来："辣得够呛！"

晨光辣得直吐舌头，晨曦赶紧开了冰镇可乐，四人忙不迭地喝了起来。

宇文晨光问小多："不就是需要放点儿野山椒，怎么辣成这样？"

范小多很委屈："我把一盘子野山椒放进去了，想着这么大一盆，怕不入味，又倒了半袋子辣椒面进去。"

宇文天生怕她第一次上门就难堪，赶紧帮她解围："酸菜鱼这样做另有一番滋味。不错，真的很不错。"

范小多一听就高兴起来，给宇文天又夹了一大块鱼："叔叔喜欢吃，我以后常做！"

宇文天笑眯眯地没敢再吃："给叔叔盛碗豆腐汤好吗？"

他觉得现在喝点儿汤比较合胃口。

小多站起身，另拿了只空碗盛豆腐汤，顺便用勺子舀了个拳头大的肉丸子装碗里给宇文天送过去。

四个人眼睛都瞪大了。晨光怀疑地看看圆子再看看小多："我的天哪，这是肉丸子？我以为是手雷呢！"

小多郁闷地回答："五个人，一人一个，管饱！"

晨曦和李欢低头闷笑，宇文天也忍俊不禁，对晨光说道："看来你在小多家没吃饱，我们的丸子都归你吃！"

晨光愣住了。

范小多讨好地帮他舀汤："晨光啊，这是我第一次下厨，你不能让我没信心对不对？"

晨光想说不吃，但又想以后小多继续下厨做饭，只好不说话了。

第三道菜是炒菜心，宇文天看了一眼，没敢再让小多介绍，只招呼众人："吃！小多第一次下厨，能这样很不错了，多吃！"

他夹了根菜心，咬了口，咸得他没敢咬第二口。

这顿饭大家都吃得很无语。

吃完一看，除了豆腐汤里的豆腐，其他菜基本没人敢吃。

范小多怯生生的，看起来心情很低落："我做的菜原来不好吃啊！"

她眼睛里马上浮起了一层水雾。

四个人全慌了手脚。

宇文天开始批评儿子："小多第一次做菜，这态度就很端正了。做了我喜欢吃的酸菜鱼，还充分考虑到了要让大家吃饱！晨光，你怎么不去厨房帮着小多呢？我记得你在国外都是自己下厨做饭的。"

晨曦和李欢忙着安慰小多："能吃到小多做的菜那是天大的福气。一回生二回熟，谁一开始就会做的？"

晨光在众人的目光谴责下开始做检讨："小多，是我不好，我没想到你是第一次下厨，以后……以后还是我做给你吃吧！"

他们都哄着自己，范小多心里感动不已，马上保证说："我会学着做的，经常做就会做得好吃了。从明天起，我都在家里学着做菜，你下了班就来吃。"

晨光想，还不如杀了我算了，还敢吃？但见她一脸期盼，只好苦着脸答应下来。

宇文天问小多："你们家做丸子都是一人一个吗？"

小多不好意思地笑了："我刚开始做的很小，可是放了一个进水里就散了，再放一个又散了，我就捏了五个大的肉团，散开了一些，但至少还能看出是丸子！"

宇文天哈哈大笑，他觉得小多可爱极了，他很喜欢。

晨光听到老爸的笑声想，您可千万别这么容易就倒戈了。他一个劲儿地给老爸使眼色。

宇文天看明白了，笑着对小多说："叔叔年纪大了，他们都不陪叔叔玩，你陪叔叔玩会儿？"

晨曦一听，脸色大变，冲小多直眨眼睛，小多还没看明白就已经点了头。

晨光嘿嘿笑着想，范小多，你陪我老爸玩，有你哭的时候。

宇文天在家没别的爱好，唯独喜欢下五子棋。他觉得下五子棋可以动动脑筋又不会太费神。久了，他成了家里下五子棋的第一高手，但老是赢吧，没有彩头他又觉得不舒服。

让女儿、儿子陪着下棋的时候他就动了心思，谁输了就往谁脸上贴纸条，瞧着宝贝女儿和儿子粘得满脸都是纸条，他心里就乐开了花，谁叫他们成天在外跑不理他的？

李欢也被他整过几次，只是东找理由西找借口凭借一张油嘴躲过了贴纸条。眼下想出这招，是晨光想要看看小多满脸粘着纸条又不敢当他老爸发脾气耍赖的样子。

小多一听下五子棋，兴奋得跳了起来，她是高手啊！听说要往脸上粘纸条，她又小心地问宇文天："叔叔，您脸上粘满纸条可不许生气哦！"

宇文天一听，好胜心起来了。不知天高地厚的丫头！他笑着冲儿子乐，意思是说，看老爸这回帮你长脸！

一家人围着棋盘看一老一小下五子棋。

下之前小多又问："有禁手吗？"

宇文天说："没有！"

范小多笑眯了眼，执子先行。两分钟不到，第一张纸条贴上了宇文天的脸，随后越贴越多。她赢得不好意思了，扔下棋子："叔叔，不玩这个了嘛！"

宇文天吹吹嘴边的纸条，看到晨曦、李欢笑逐颜开，一副大仇得报的模样，儿子站在旁边想笑又不敢笑，他心里直骂，臭小子，我这还不是为了帮你！他心里极想赢小多一盘，干脆"叛变"了："小多啊，叔叔真喜欢你，你每天都来陪叔叔下棋好不好？"

范小多为难地看看他："可是晨光说，不听他的话就要打我手板心，不认错就要罚我跪阳台！我来陪您下棋，你让晨光不要凶我行不行？"

宇文天借机把脸上的纸条一扯，对晨光怒道："你敢！你敢动小多一根头发，看我怎么收拾你！"

晨光很气闷，非常气闷，苦心说服的老爸这么容易就站到了小多一边。

他有些羡慕小多了。他也是老小，为什么家里人不帮他？

他决定以后少带小多来见老爸，免得她要的特权越来越多。他想，难道我就找不到一个盟友？

19. 过了最后一关才是春天

晨光搂着小多对她说："这么多人爱你，你就爱我一个，听我的话，多好！"

范小多看着他："晨光，你怎么老想着来欺负我呢？这是不可能的事嘛，你放弃好不好？"

晨光看着小多，眼睛危险地眯了眯："我就知道你是故意装乖的。"

小多努力让自己看起来很乖："是啊是啊，你知道了还不是只能认命！"说完就大笑着往一边跑。

晨光没想到小多竟然如此嚣张，大手一捞把她抓过来："哼，我不要别人支持了，现在就收拾你。"说着，低下头就找小多的唇。

小多笑着使劲推他："宇文晨光，你胜之不武！"

晨光突然想明白了："我就是耍赖又怎样？"他搂紧了小多霸道地吻她，直吻到他满意地看到了他想要的那个羞红了脸软着身子靠住他的小多为止。

晨光温柔地对小多说："我等不及想娶你，小多。"

范小多很犹豫："我们在一起还不到半年呢！"

晨光觉得不能凡事都给小多牵着走："这个我说了算。小多，我都三十岁了，大龄青年了呢，你总得照顾我一下。"

小多埋着头说："这个算求婚？"

"那你想怎样？"

"我不知道，这是第一次有人向我求婚呢！"

"难道你还想让别人向你求婚？"晨光语气严厉起来。

小多低着头笑："求婚不是有很多种嘛，哪有这样简单的。"

"那你想要哪种求婚？"

小多嘿嘿笑了："我就是不知道嘛！这样好了，我看过的电视、电影、小说里面求婚的多了，你照着做呗，哪种合心意了，我就同意。"

晨光脚一软，还想整他啊？他抬起小多的下巴，看她笑得像狐狸一样狡猾，冷哼了一声："我只有一种，你不同意我就继续。"说完又吻住了小多。

半晌，小多喘着气推他。晨光问："同意不？"

小多气急败坏："哪有这样的？你无赖！"

"我发现就这样才是最好的！"晨光笑着说又低头找小多的唇。

小多用手挡住唇，瞪着他。

晨光大笑着说："还是不同意？那好，继续！"

小多拼命把头埋下："好啦！"

"我没听见！"

范小多想用脚踩他，晨光侧身闪过，腿一扫，小多就倒了下去，但手还捉住晨光的衣襟不放。晨光戏谑地问她："还想踩？上次我怎么说的？"

小多不吭声。

"性子倔呵，我也说话算数。"晨光抱起小多，"走喽，逛街去！"

小多气极："你敢！"

"怎么不敢？"晨光往门外走。小多急了，冲他大喊："你敢这样抱我上街，我就不嫁你了！"

晨光嘿嘿一笑，抱着小多坐到了沙发上："愿意嫁我了？"

范小多眼珠子一转："我爸妈还没见过你呢！"

晨光深吸一口气，怕了："你还有爸妈！"

范小多敲他的头："难不成我从石头缝里蹦出来的？我当然有爸妈，总不能我嫁人我爸妈都不知道吧？"

晨光放开小多，瘫倒在沙发上："范小多，我服了，原来还有两座堪比珠穆朗玛峰的山等我爬啊！"

这天晚上，晨光召集了老爸在内的家庭成员开紧急会议："我以为摆平了范小多那几个哥哥姐姐就没事了，都忘了还有她爸妈。怎么办啊，我精力不够、体力不支，难以应付了。"

晨曦和李欢偷笑，想娶范小多可真不容易。

宇文天了解了全过程，看着儿子这么辛苦，忍不住想重出江湖："晨光，老爸亲自陪你们去丽江！老对老！"

晨曦说："你不就是想在路上和小多下棋嘛！"

宇文天严肃地说："帮晨光第一。下棋嘛，第二！"

晨光看着老爷子，突然没了信心："老爸，你上次还答应我给小多下马威呢，结果还不是把威风发到我头上！"

宇文天脸一板："你懂什么！要是我真把小多吓着了，婆家这么厉害，她怎么肯嫁你？"

晨光撇撇嘴："你就吹吧，要是你搞不定小多父母怎么办？"

宇文天很不服气："要对老爸有信心，想当年，你老爸可是赤手空拳打江山的。我给你说，小多在他家是宝贝，只要老爸和小多搞好关系，范家二老看在眼里，喜在心里，绝对不会为难你！"

晨光终于有了点儿信心。

范家兄妹听说小多要带晨光去丽江看父母，千叮嘱万叮嘱，又把晨光叫来好好地吩咐了一番。范哲天修书一封给父母汇报了小多与晨光的所有情况，并附上晨光的验收报告。

几兄妹准备了诸多物品要晨光和小多带给父母。

临走时，范哲天又对晨光下了道命令："不管你用什么办法，都要把二老接回来住些日子。做不到，就别想这么快娶我妹妹。"

晨光叹气，怎么又多了一道题？但想想过了这关，前途一片光明，他也豁出去了，当即表态："连哄带骗我也把二老接回来。"

范哲天有些不放心："听说你父亲也要去？"

晨光含糊地说："老爷子想趁机旅游，干脆就和我们一起去。"

"听说你家老爷子不发脾气则好，一发火就有点儿火爆，你可千万注意，别让两边的老人怄气！"

晨光坚定地说："我打小就特尊老敬老。大哥，你放心，我宁肯委屈自己也不会让两边的老人伤心。"

范哲琴偷偷告诉晨光："我爸妈最喜欢年轻人亲近他们，嘴甜点儿没坏处。"

晨光觉得二姐真好。

范哲地悄悄对晨光说："我爸妈喜欢活泼开朗的年轻人，你多陪他们聊天儿，一定没问题。"

晨光看哲地很顺眼。

范哲人把晨光拉到一边："我妈最喜欢别人赞她手艺好，记住了？她最拿手的是猪肉馅饼，你越吃得多她越高兴！"

晨光想哲人真是不错。

范哲和看似无意地说："我老爸不喜欢管事，总是尊重他的意见让他拿主意他会恼火。"

晨光点头记下，心想五哥也是好人。

范哲乐对晨光说："你千万别在他们面前说小多一句不是。他们平时乐呵呵的，小多一不高兴，他们两个会飞起来吃人！"

晨光拍拍六哥的肩："六哥，我明白，我装孙子忍气也要忍到你爸妈同意把范小多嫁给我！"

晨光接收了这么多信息，突然想，自己倒是可以忍，老爸怎么办？他不放心，回到家对老爷子说："老爸，听说范家二老都是很和气的，就是怕看到小多不高兴。"

宇文天嗤之以鼻："这家里能惹小多不高兴的只有你。我可告诉你，要是坏了我抱孙子的大计，看我怎么收拾你！"

晨光无语，暗暗说，我忍，范小多，我最多忍到你嫁给我！

一月的丽江还有鲜花盛开，蓝天白云，阳光温暖，游人如织。

范小多领着宇文晨光父子东拐西转，终于在一处稍偏僻的小巷内找到了爸妈开的小店。

和丽江别的小店一样，这家店内外摆满了鲜花，门口挂着印染的布帘子，墙上还挂着各种工艺品，布置得温馨美丽。

宇文天看着小店，觉得范家二老人老心不老，颇有情趣，还未谋面，就对两亲家有了好感。

小多挽着他笑着走进店内。

范妈妈正在做吃的，范爸爸正和客人唠嗑。

小多眼尖看到了他们，大声喊："小二，卸行李上茶！有贵客到！"

晨光好笑地看着小多，觉得丽江所有的阳光与活力都集中到了小多身上。再一听，小二？他以为是范家二老当老板请了小工来打杂，这时就听到范妈妈一声尖叫。

范爸爸一回头，看到了小多。

范妈妈从柜台后面跑出来："宝贝！妈想死你啦！"

范爸爸笑逐颜开地抱小多："乖女，来，爸爸亲一个！"

三人又抱又亲，亲热无比。

宇文父子对望一眼。宇文天想，这么宝贝的女儿，要被个陌生男人带走，小多父母怕是不会轻易同意。

晨光想，我的妈呀，多大年纪了，这样也不嫌肉麻！

小多抱完老妈再亲完老爸，挽着他们走到宇文父子跟前说："宇文叔叔，这是我爸妈。爸，妈，这是宇文晨光的父亲！"

范妈妈和范爸爸早知道小多找了个男朋友叫宇文晨光，还通过了家里几兄妹的测试。眼见着晨光玉树临风、一表人才，他们心里万分高兴。

眼下连未来的亲家都亲自来看他们了，范爸爸笑得眼睛眯成了缝，范妈妈脸上笑成了一朵花。二老忙拉住宇文天就座，这时，范爸爸喊了一声："小二，赶紧把行李卸了去倒茶！"

晨光站着等店小二来帮忙拿行李，半天也没见人出来，正纳闷儿呢，范爸爸看了晨光一眼，心想，这小子怎么一点儿幽默细胞都没有？

范小多看晨光还愣在那里，就用手指戳他："你就是店小二！我爸叫你把行李放下去倒茶！"

晨光觉得自己听错了，还愣在那里。

范爸爸摇摇头："小子，就是说你呢，放了行李去柜台倒茶！我要好好招待亲家！"

宇文天想笑，坐在那里看儿子一脸呆相，心想，这范家二老太狠了，女婿还没过门呢，就使唤上了。他冲晨光喊："没听到你范伯伯叫你？"

范小多抿着嘴笑，拉着晨光进了柜台，翻杯子找水泡茶。

晨光傻傻地问小多："我怎么第一次见你爸妈就成了他们店里的小二了？"

范小多奇怪地看他一眼："难道要我爸妈做店小二泡茶给你喝？美的你！"

晨光苦笑不已，人家的父母多厉害！见面不到两分钟就把自己降级成了小工。看来不做好这店小二怕是不能抱得老婆归了。

于是这一下午，宇文晨光就当起了范家二老的店小二。

三个老人坐在店里谈笑风生。小多想去帮晨光，可惜好不容易见着她的老爸老妈拉着她就不撒手。四个人坐着喝茶聊天儿，只苦了宇文晨光在店里手忙脚乱地招待客人。

今天亲家上门，女儿回来，范爸爸决定晚上停业，他转头对在柜台忙碌的晨光说："你写个告示，说今晚停业，写明原因呵！"

晨光舒了口气，他知道丽江晚上人比白天多。如果店里晚上继续营业，他还得当他的店小二！

晨光找出纸笑就要写告示，写什么原因呢？晨光想了想，笑着大笔一挥："范爸爸和范妈妈的宝贝女儿带着准女婿、准亲家来啦。女儿是七仙女，女婿不想当董永，因此小店今晚停业！恳请各位客官明天再来。"

他把纸贴在了大门上。

范爸爸专门跑出去看了看，回来对晨光说："意思写得不错，就是字差了点儿。人家都说字如其人，你的字嘛，大气是大气，就是硬邦邦的，不婉转圆润，怪不得喊半天小二你都没反应。"

晨光哭笑不得，点头受教。

晚上，范妈妈亲自下厨做了最拿手的菜和小吃。

范爸爸拉着宇文天下五子棋，小多做裁判，谁输了就往谁脸上贴纸条。

范爸爸和宇文天棋逢对手，越战越开心。

晨光一下子无事可做，想拉着小多去逛街。宇文天瞪他一眼，他只得悻悻地站在一旁观战。

范爸爸眼珠一转，对宇文天说："亲家，你看这样好不好，游戏要大家参与才好玩，我输了就往晨光左脸上贴纸条，你输了就往晨光右脸上贴纸条。我们嘛，一大把年纪了，贴纸条多没面子。"

宇文天一听，拍手叫好，回头对儿子说："过来坐好，你要是右脸纸条多了，就是丢我的脸！"

范爸爸一听不乐意了："晨光啊，你要是左脸纸条多了，就是丢我的脸！"

晨光瞪老爷子一眼，看他眼里透出狡狯的神色，再看范爸爸，眼里也露出狡黠的光彩。他想，又不是我下棋，输了关我什么事啊？怎么板子都往我身上打呢？

范小多咯咯笑着也叫好。

晨光瞪她一眼，范小多得意地朝他扬扬下巴，神采飞扬。晨光看得失神，心想，能让小多一直这样，贴就贴。

几局下来，晨光左脸贴了三张纸条，右脸贴了两张纸条，范爸爸有些不高兴了。

晨光想，得站在岳父这边才是，就仔细地帮范爸爸看棋，靠着多年与老爸苦战的经验，赢回一张纸条粘在右脸上。

宇文天好胜心被招起来了，他嘿嘿一笑："小多啊，这局你帮叔叔看看，该怎么下。"

范爸爸一听急了，小多的棋力他知道，他下不过。再说，他不敢赢小多，小多会不高兴，他忙说："我说亲家，这观棋不语是传统！"

宇文天说："那刚才晨光还给你说了棋。"

范爸爸呵呵一笑："晨光，你刚才给我说了棋吗？"

晨光难道答说了？他当然肯定地回答"没有"，把自家老爷子出卖得干干净净。

宇文天骂完儿子问小多："你是听到了的吧，他刚才明明说了！"

范小多觉得晨光这样撒谎太不对了，好歹也是自己老爸啊。小多决定站在正义的一边，她答："我听到晨光说了的。"

宝贝女儿帮外人了，范爸爸扔下棋："不下了，开饭！"

他亲热地拉着晨光去吃饭。小多一看老爸又赖棋了，也亲热地挽着宇文老爷子去吃饭。

晨光记得范家兄妹的话，甜言蜜语使劲说，范爸爸高兴得合不拢嘴。范妈妈端出饭菜，晨光想，拼命吃就行，吃完王拼命夸，果然，范妈妈也高兴得不得了。两个人对晨光一下子亲热起来。

宇文天看在眼里，喜在心里，而且小多陪着他，也是乖巧懂事，一个劲儿给他夹菜，而且每道菜都先夹给他，看得范爸爸、范妈妈心里泛酸。

晨光一看，这哪行，也争着给范爸爸、范妈妈夹菜。二老感叹，还是女婿好啊！

吃过饭，晨光主动要洗碗，范爸爸挡住了他，对小多说："现在你当小二，你去洗碗！男人不做这些家事！"

小多呆了，二十二年了，家里从来没有过这种事情！

晨光也呆了，感觉终于找着组织了，他有满腹冤屈和苦水要向组织倾诉！

宇文天感叹，大局已定！功劳嘛，全是自己的，要不是自己和范老头儿下棋，怎么会给晨光讨好岳父的机会？要不是自己拉着小多，怎么会让范家二老觉察出女婿的可贵？他真真是太佩服自己了。

当天晚上，范家二老一致通过决定，吸收晨光成为内部人员。

晨光趁热打铁请二老回家过年小住，顺便帮小多筹备婚礼，范爸爸、范妈妈欣然同意。晨光觉得和范家交手这么多回合，丽江之行是最顺利的，顺利得他都不敢相信。范家二老甚至直接对他说："晨光啊，以后小多就交给你管教了。"

晨光觉得身子一下子轻了好多，管教啊，这个词怎么听怎么舒服。

晚上，范小多和老爸老妈聊天儿，她很委屈："本来还想让你们难为一下他，这么容易就让他过关了。还让他管我，你们都不疼我啦？"

范妈妈抱抱小多："宝贝，妈疼你才这样对他啊！对他好，他才会对我们小多更好啊！"

范爸爸笑呵呵地也抱抱小多："乖女儿，咱们家你大哥他们唱了白脸，老爸老妈只好唱红脸了，红白搭配，干活不累，对付人也是百试不爽。哦，错了，这叫恩威并施！"

三个人开心地笑了起来。

晨光兴奋地对老爸说："没想到范家二老人好心也好，一眼就看出我是好人！"

宇文天怜惜地看着儿子："当初你老爸就是这样栽在你妈手里的。儿子啊，宇文家的人丢脸丢到老婆家不算丢人，记住了！"

晨光拉着小多的手走在丽江街头，把温暖的阳光和冬日的空气一并吸入，感觉香甜无比。晨光轻声问小多："明年春天我们结婚好吗？"

"为什么是春天呢？"

"我喜欢你们家。我希望我们的感情永远像春天一样明媚，像杏花春雨一样温暖。"

（结束）